HAYMON taschenbuch **209**

MIX
Papier aus verantwortungsvollen Quellen
FSC www.fsc.org FSC® C083411

Auflage:
4 3 2 1
2019 2018 2017 2016

HAYMON tb 209

Originalausgabe

www.haymonverlag.at

ISBN 978-3-7099-7841-2

Umschlag- und Buchgestaltung nach Entwürfen von
hœretzeder grafische gestaltung, Scheffau/Tirol
Umschlag: Eisele Grafik · Design, München, unter Verwendung
einer Distel: depositphotos.com/fermate
Satz: Da-TeX Gerd Blumenstein, Leipzig
Autorenfoto: Watzek Photografie
Veilchen-Figur: pcards.de

Gedruckt auf umweltfreundlichem,
chlor- und säurefrei gebleichtem Papier.

Joe Fischler

Veilchens Blut

Ein Fall für Valerie Mauser

Alpenkrimi

Joe Fischler

Veilchens Blut

Für Gabriele

Donnerstag

Er traf sie mit Wucht. Unbarmherzig, unvorbereitet, ganz anders als geplant. Der Moment, den sie so lange herbeigesehnt hatte, war da.

Rebecca war da.

Valerie Mauser sprang auf, lief zum Schrank und zerrte die Straßenkleidung heraus. In ihrem Kopf nur ein Gedanke: *Rebecca braucht mich.* Weg mit dem Krankenhauspyjama, rein in Jeans, T-Shirt, Lederjacke, Sneakers. Kein BH, keine Socken, kein Blick in den Spiegel. Egal. Keine Zeit!

Sie zitterte. Hinaus auf den Gang, jemand grüßte, eine Krankenschwester machte große Augen, Valerie reagierte nicht, sprang die Treppen hinunter, zwei Stufen auf einmal.

„Grias di, Frau Mauser ... Frau Mauser, hallo? Frau Mauser! ... Ja hat dich der *Hofer* gestochen?“ Es war Sven Schmatz, der ihr entgegenkam, umdrehte und hinterherhechelte. Keine Zeit, ihm zu antworten, keine Lust, ihn zu verbessern. Er und seine falschen Sprichwörter. *Hafer,* nicht *Hofer.* Egal. Weiter!

„Ja du hast's aber eilig, jetzt wart halt!“, hörte sie von schräg oben.

Sie stürzte ins Freie, raus aus der schützenden Umgebung des Reha-Zentrums Hochzirl, in dem sie sich noch eine Woche lang von ihrem Schädel-Hirn-Trauma erholen sollte, weiter über den Vorplatz, Richtung Parkplatz. Ihre Kondition war im Eimer. Herbstwind blies ihr ins Gesicht, warm noch vom Tal herauf, Bäume rauschten, Blätter fielen.

Völlig unwichtig.

Rebecca lebte. Und sie brauchte sie.

Außenstelle Innsbruck Hauptbahnhof, Fuchs ... hier ist eine junge Frau, die in Schwierigkeiten steckt ... sie behauptet, Sie seien ihre Mutter ... wenige Worte, die sich in Endlosschleife in ihrem Kopf abspielten. Sie musste auf der Stelle hin. Aber *wie*?

Sie behauptet, Sie seien ihre Mutter. Konnte es denn sein, dass das Kind einfach so aufgetaucht war, nach all den Jahren? Dass Rebecca sich endlich entschlossen hatte, ihrer wahren Herkunft nachzugehen? Welche Schwierigkeiten?

Valerie blieb stehen. Atmete heftig, drehte sich einmal im Kreis herum, suchte nach dem schnellsten Weg hinunter ins Inntal und weiter in die Landeshauptstadt. Nur noch wenige Kilometer trennten sie von Rebecca ... kein Taxi weit und breit ... Schwierigkeiten ...

Bitte lass es nichts Schlimmes sein! Ich muss sofort ... jetzt gleich ...

Schmatz neben ihr. Sie sah ihm in die Augen, besser gesagt, sie fixierte ihn, so eindringlich es ihr nur möglich war. „Schmatz, ich muss jetzt sofort zum Hauptbahnhof. Schnell!"

Ihr junger Assistent – möglicherweise bald Ex-Assistent, wegen ihrer Suspendierung und des bevorstehenden Straf- und Disziplinarverfahrens – senkte seinen Kopf, zeigte ihr seine blonden Wuschelhaare und starrte ein Loch in den Asphalt.

„Ich weiß nicht, ob das jetzt so gut für dich ist, Frau Mauser", murmelte er. „Ich glaub, du solltest wieder hinauf ..."

„Schmatz!", fuhr sie ihn an, wissend, dass sie sich gerade ordentlich im Ton vergriff. Nützte nichts. Sie packte ihn am Arm, zog ihn weiter und bellte: „Mach schon!"

„Jaja, Frau Mauser, jetzt beruhig dich, das ist nicht gut für deinen ..." Er tippte sich auf den Kopf.

Der kleinen bösen Souffleuse auf Valeries rechter Schulter kam schon der Dampf aus den Ohren. „Schmatz, jetzt sofort! Hauptbahnhof! Wo steht dein Auto?"

„Also mein ..."

Gleich verlor sie die Geduld mit ihm. „Wo Schmatz, wo?"

Er deutete in eine Richtung, sie zerrte ihn hinter sich her, zum Parkplatz.

„Welches, Schmatz? Das da? Hm?" Sie tippte auf einen rostigen Fiat Punto, lief ohne seine Reaktion abzuwarten hin und rüttelte am Griff. „Komm, aufsperren, los!"

„Nein, Frau Mauser, das da." Sein Zeigefinger wies auf ein rostiges, ungleich kleineres Vehikel direkt daneben – ein Motorfahrrad mit Tretpedalen. *Puch Maxi*, wenn sie nicht alles täuschte. Ein größerer Fahrradsitz plus Gepäckträger zwischen zwei kümmerlichen Rädchen, in deren Mitte ein putziges Nähmaschinen-Motörchen hing. Über dem Rückspiegel etwas, das aussah wie ein Asterix-Helm, mit langen, weißen Flügeln an den Seiten.

„Das da?"

„Das da."

Kein Auto, ja klar, erinnerte sie sich an seine fragwürdigen Fahrkünste im Dienstwagen, wie auch daran, dass er einmal klatschnass im Büro gesessen war und ihr etwas von seinem *Feuerstuhl* erzählt hatte. Aber das da? Feuer? Half nichts. „Na dann!", rief sie und zeigte abwechselnd auf das Ding und die Straße ins Tal.

Schmatz sah sie hilflos an. „Aber die Maschine geht nur solo!"

Maschine. Die adelige Bezeichnung für diesen kümmerlichen Behelfsuntersatz hätte sie sonst vielleicht amüsiert, doch nun packte sie die blinde Wut. Sie lief hin, umfasste die Griffe am Lenker, schob das Ding von seinem Hauptständer – und hätte es sich nicht rollen lassen, hätte sie das Zirkusteil hochgehoben und ihm in die Hand gedrückt. „Los, anlassen, Schmatz. Sofort!"

„Jaja, jetzt stress nicht so rum, Frau Mauser." Er fummelte eine halbe Ewigkeit in seiner Hose herum, zauberte einen winzigen Schlüssel hervor und steckte ihn ins Zündschlösschen.

„Du fährst", befahl Valerie. Sie hatte keine Ahnung von diesen Dingern.

„Aber ich hab nur einen Helm!"

Scheiß auf den Helm!, schrie die böse Souffleuse.

„Scheiß auf den Helm!", schrie Valerie. Was sollte schon passieren, schneller als ein Fahrrad konnte dieser Untersatz kaum sein. Sie würden eine Ewigkeit nach Innsbruck brauchen ... keine Zeit für Diskussionen ... *Rebecca in Schwierigkeiten!* Höchste Zeit, wegzukommen.

„Aber wie soll ..."

„Anlassen!", befahl sie erneut und drängte das schlechte Gewissen zurück.

Schmatz schüttelte den Kopf, Valerie auch, als er ihr den Helm anbot, also setzte er sich die optische Zumutung selber auf, ohne den Kinngurt zu schließen, stellte das Mofa zurück auf den Hauptständer und trat ein paarmal in die Pedale. Dazu schwangen die Asterix-Flügel im Takt. Als sich der Motor dann erstaunlich lautstark zu Wort meldete und dazu eine stinkende Rauchwolke ausstieß, grinste Schmatz vielsagend – seine Sommersprossen passten gerade besonders gut ins Gesamtbild – und schob sich in Startposition. Keine zwei Sekunden darauf hatte Valerie auf dem Gepäckträger Platz genommen und bemerkt, dass es hier nicht viel zum Festhalten gab. Also griff sie nach den schmalen Hüften des jungen Mannes, woraufhin dieser heftig zuckte, sich wand und zu ihr umdrehte.

„Bitte nicht kitzeln, Frau Mauser!"

„Na los jetzt!"

Wieder griff sie zu, wieder wand er sich. „Ahahahahahaha!"

Keine Chance. Wie konnte man nur so kitzlig sein! War ihr noch nie aufgefallen – Kunststück, hatte sie ihn wohl auch noch nie richtig berührt, schon gar nicht an den Hüften. Egal, musste es eben anders gehen, also umklammerte sie die Sattelstange, die akzeptablen Halt bot. Der Rauch, den das Mofa im Stand ausstieß, stank beißend und wurde immer dichter.

Rebecca braucht mich. Neues Adrenalin fuhr durch ihren Körper.

„Schmatz, ich bin fertig! Jetzt fahr endlich!"

„Aber auf deine Verantwortung!" Wieder tippte er auf seinen Kopf.

„GUMMI!", schrie sie.

Aus welchem Eck ihrer Erinnerung war dieser Biker-Slang jetzt so plötzlich aufgetaucht? Unwichtig, denn er tat seine Wirkung. Schmatz nickte einmal, als habe er soeben den Befehl einer höheren Macht empfangen, stemmte sich auf den Lenker, als wollte er seinen Trizeps trainieren, drehte am rechten Griff und ließ links die Kupplung schnalzen. Die Erklärung für seine ambitionierte Haltung folgte auf dem Fuß, denn begleitet von bestialischem Heulen ging das Vorderrad des Mofas in die Höhe, ein astreiner *Wheely* auf den ersten Metern, auch Valeries Gewicht am Gepäckträger geschuldet, wodurch sich der Schwerpunkt nach hinten verlagerte – fast wären sie umgekippt, doch

Schmatz hielt sein Ross mit gekonnter Dosierung von Bremse und Gasgriff im Zaum. Kaum hatte das Vorderrad den Kontakt mit der Straße wiedergefunden, waren sie schon im zweiten Gang. Die Kraftentfaltung dieses Spielzeugmotörchens unter ihnen konnte unmöglich Serie sein.

Gut für uns, dachte Valerie, fand dann aber die Geschwindigkeit, mit der Schmatz die ersten Bergabkurven nahm, herzlich optimistisch. Fünfzig Kilometer pro Stunde und mehr konnten am Berg schnell ins Auge gehen, aber der junge Mann gab immer noch Gas. Dritter Gang. Dritter Gang? Valerie kannte solche Mofas eigentlich nur mit zwei, also handelte es sich wohl kaum um das ursprüngliche Getriebe – das Ding war ein umgebautes Tuning-Geschoss! Sie rauschten durch langgestreckte Biegungen, einmal rechts knapp an der Leitplanke, einmal links noch knapper am Felsen vorbei, hüben wie drüben wartete der Sensenmann, doch Schmatz verschenkte keinen Zentimeter der Ideallinie. Die Straße vor ihnen schien schmäler und schmäler zu werden. Valerie wollte instinktiv die seitlich nach vorne gestreckten Beine einziehen, ging nur nicht. Fahrtwind wirbelte durch die wenigen Zentimeter Haar, die seit der Operation nachgewachsen waren, weit entfernt von alter Pracht, aber besser als Glatze. Immer wieder hopsten sie über Unebenheiten, die vom Metall des Gepäckträgers ungefiltert an ihren Allerwertesten weitergegeben wurden. Ein fieser Kanaldeckel ließ sie kurz die Sterne sehen. Diese Fahrt würde sich gleich in mehrfacher Bedeutung einprägen. *Egal. Rebecca braucht mich!*

Hatte sie schon vorhin über die Potenz des Zweitakters unter ihr gestaunt, gab es nochmal einen Extraschub, als sich vor ihnen eine lange, verkehrsfreie

Gerade auftat. Vierter Gang. VIERTER Gang! *Oh Gott*, dachte Valerie. Aber ob *der* ihr noch helfen konnte?

Schmatz duckte sich ganz tief runter, sein Kopf zwischen den Hörnern der Lenkstange versenkt, um möglichst wenig Luftwiderstand zu produzieren, dazu Vollgas bis zum Anschlag. Seine windschlüpfrige Haltung bedingte auch, dass ihr sein Hintern näher kam, als ihr lieb war, Schmatz und seine Schlabberhosen, das Gesamtbild unnötig zu erwähnen.

Wir sind im Arsch!, schrie die böse Souffleuse, meinte damit aber die heillose Geschwindigkeit, mit der sie auf die erste Kehre zurasten. Hundert Meter vor ihnen ging es scharf rechts ab, in eine Bahnunterführung, umschlossen von meterhohem (und wohl auch meterdickem) Beton. Schmatz schien die Kurve nicht zu sehen, vielleicht war er im Delirium, vielleicht hatte er seinen Lebenswillen verloren, oder meinte er etwa, sie könnten massive Wände durchstoßen und kämen unterirdisch schneller nach Innsbruck – nur so viel war fix: Dieser Kerl war völlig wahnsinnig!

Valerie graute. *Gleich sind wir tot!* Ein Helm wäre jetzt doch praktisch gewesen. Praktisch ... *sinnlos*! Wenn Schmatz nicht sofort bremste, musste sie es für ihn tun, also ließ sie ihre Sneakers auf der Fahrbahn streifen, zuerst leicht, dann immer fester, schließlich stemmte sie sich mit rauchenden Sohlen dem Schicksal entgegen, die Sattelstange mit beiden Händen umklammernd, mehr Anker als Passagier. Ja, Schmatz war definitiv durchgedreht, das ging sich doch nie mehr aus!

Schmatz!, wollte sie schreien, doch es blieb ihr im Hals stecken. Als sie schon ans Abspringen dachte, bremste er. Und wie. Unvermittelt ließ er den dritten Gang kommen und zog den Bremshebel so fest, dass sie mit Kopf und Oberkörper an seinen Rücken stieß, unfähig, sich dem körperlichen Vollkontakt zu entziehen. Wie ein Magnet pappte sie an seiner Rückseite. Der zweite Gang brüllte auf. Als sie in die Kurve stachen, waren sie immer noch viel zu schnell, doch Schmatz fuhr sein Knie in Valentino-Rossi-Manier aus und widersetzte sich der Zentrifugalkraft, gab am Scheitelpunkt der Biegung bereits wieder Gas und zog die Kurve sauber durch, während Valerie zu tun hatte, ihr rechtes Bein irgendwo zwischen Auspuffrohr, Tretpedalen und der Straße hindurchzufädeln. Was die Gesetze der Physik mit dieser Schräglage gemein haben sollten, war ihr ein Rätsel, aber es ging sich doch irgendwie aus.

Der Lebensfilm, der schon vor ihr vorbeizuziehen begonnen hatte, flatterte wieder davon, und erst jetzt bemerkte Valerie, wie heiß ihre Füße vom Mitbremsen am Asphalt geworden waren. Dazu war ihr, als röche sie verbrannten Gummi. Keine gute Idee. *Oben lassen!*, nahm sie sich vor, streckte die Sohlen in den Fahrtwind und vertraute im Übrigen auf Gott. Und Schmatz. Schmatz und Gott. Schmatz, der bereits die nächste Haarnadel anvisierte, und Gott, den sie flehentlich bat, auch dieses Mal beide Augen zuzudrücken.

Rebecca braucht mich doch!

Einige Spitzkehren, Stoßgebete und Begegnungen der dritten Art (wie jene mit dem gelbweißen Linienbus, der sie unheimlich knapp verfehlte) später hatte Valerie sich auf Schmatz' Fahrstil eingelassen und konnte erstmals wieder Gedanken fassen, die sich nicht ausschließlich um Blut, Asphalt und unfreiwillige Organspenden drehten. Schneller als erwartet würden sie am Bahnhof Innsbruck sein. Und das war gut.

Bald würde sie zum ersten Mal seit der Geburt ihre Tochter wiedersehen. Als sie daran dachte, setzte ihr

Herz einen Schlag aus. Was sollte sie ihr sagen? Tausendmal hatte Valerie die Situation durchgespielt, nie die richtigen Eröffnungsworte gefunden. Es gab drei Favoriten, die sie seit Jahren auswendig kannte.

Oh Kind, es tut mir ja so leid.

Ich bin so dankbar, dass ich dich wiedersehen darf.

Nie wieder werde ich dich allein lassen.

Alle stimmten. Doch kein Satz konnte es je wiedergutmachen: Sie hatte Rebecca im Stich gelassen. Zur anonymen Adoption fortgegeben. Verstoßen. Weil das Kind nicht in den Lebensentwurf einer schrecklich naiven Achtzehnjährigen gepasst hatte, die meinte, gegen die Welt rebellieren zu müssen. Alles wäre anders gekommen, hätte Valeries Vater damals noch gelebt. Doch mit seinem Tod erlosch auch ein Teil ihres Lebens, brachte eine dunkle Valerie hervor, die das Wort Rebellion fortan unsichtbar auf der Stirn trug. Rebellion gegen die Mutter, Rebellion gegen die Welt, Rebellion gegen sich selbst. Feuchtfröhlicher Anlass, Filmriss, unbekannter Vater. Unbekanntes Kind.

Rabenmutter.

„Geht's?“, schrie Schmatz nach hinten, als sie an einem Vorrang-geben-Schild anhielten. Sofort hüllte sich alles in Rauch.

„Jaja, weiter!“ Ihr Hintern glühte. Aber sie musste durchhalten.

Der Berg lag endlich hinter ihnen, nun fuhr der junge Mann zu ihrem Erstaunen auf den breit ausgebauten Autobahnzubringer. Dieses Mofa war wohl weder dafür zugelassen noch geeignet! Bald hatten sie wieder Höchstgeschwindigkeit erreicht, rasten weiter Richtung Autobahn, bis Schmatz im letzten Moment die Ausfahrt nahm, im Kreisel ging es einmal rundherum auf die Bundesstraße, die am Fuß des Berghangs entlangführte. Wieder beschleunigte er, musste vor einem abbiegenden Schottertransporter scharf abbremsen, bevor er den Gasgriff erneut bis zum Anschlag drehen konnte. Langgezogene Kurven wanden sich Innsbruck entgegen. Große Plakate, die zur Vorsicht mahnten und darauf schließen ließen, dass die Strecke bei Motorradfahrern sehr beliebt sein musste. Vierter Gang. Schmatz überholte ein silbergraues Pärchen auf einem voluminösen Reisemotorrad, dann einen Traktor, schließlich einen ausgewachsenen Geländewagen. Das Mofa brüllte bei den Überholvorgängen noch lauter, als wollte es jedem, den es hinter sich ließ, eine Warnung mit auf den Weg geben. Greifvögel kreisten über ihnen, Segelflugzeuge auch. Hin und wieder eine Windböe von der Seite, Blätter auf der Fahrbahn, von schräg hinten wärmte die Herbstsonne. Valerie schätzte ihre Geschwindigkeit auf gute achtzig Kilometer pro Stunde.

Sie musste nicht erst nachrechnen, um das Alter ihrer Tochter zu kennen. Vierundzwanzig. Sechs Jahre älter, als sie selbst bei ihrer Geburt gewesen war. In ihrem Alter war Valerie schon im Dienst der österreichischen Polizei gestanden, hatte die wilden Jahre hinter sich, jedenfalls privat gesehen. Damals war auch die Schuld gekeimt, die von dort an beständig größer wurde. Tag für Tag hatte sie ein kleines bisschen mehr an ihr genagt, ob rational oder nicht, das schlechte Gewissen hatte sich aufgebläht, hatte immer mehr Platz eingenommen und andere Dinge verdrängt. Bis Valerie letztendlich davon überzeugt gewesen war: Sie hatte ihr Kind verstoßen.

Monster.

Sie schüttelte den Kopf, zwang sich zu schöneren Gedanken, die zwar kamen, sich aber ums selbe Thema drehten. Drehen mussten. Jeden vierten Dezember zündete sie Geburtstagskerzen für Rebecca an, wünschte sich beim Ausblasen, das Kind möge sich endlich melden. Nun war es so weit. Bald würden sich Mutter und Tochter gegenüberstehen, zum ersten Mal seit all den Jahren zusammen sein. Bald würden sie womöglich gemeinsam Rebeccas Geburtstag feiern können. Bald würde Valerie aber auch viele unangenehme Fragen beantworten müssen. Das war nur gerecht. Doch würde es im Gegenzug auch Antworten auf ihre eigenen, immer gleichen Fragen geben: Welchen Namen man ihrer Tochter wohl gegeben hatte? Was sie wohl tat? Wo sie wohl lebte? Sicher war sie wunderhübsch und klug und ... und tolerant. Ja, tolerant musste sie sein. Und verzeihend. Ein großartiger, edler, weltoffener Charakter, ohne jeden Zweifel. Mit beiden Beinen fest im Leben stehend, unersetzlich für ihre Umwelt. Beliebt bei allen. Und glücklich – ganz ohne ihre leibliche Mutter. Vielleicht sogar deswegen. Valerie fühlte tiefe Dankbarkeit, diese Person in Kürze kennenlernen zu dürfen. Aber was konnten das nur für Schwierigkeiten sein, in denen sie steckte?

Sie waren bereits kurz vor Innsbruck, als Schmatz unvermittelt bremste. Valerie legte den Kopf zur Seite, um sehen zu können, warum. Augenblicklich schoss eine Extraportion Adrenalin in jede Faser ihres Körpers: Verkehrskontrolle. *Auch das noch.* Ein Polizist zeigte mit der einen Hand auf Schmatz und winkte sie mit der anderen in eine Parkbucht. Dazu machte er ein ziemlich finsteres Gesicht. Blitzschnell überschlug sie die Situation. Sie musste zum Bahnhof. Jetzt. Keine Zeit für Erklärungen. Kein *Hallo, Kollegen!*, weil: keine Dienstmarke, kein Ausweis. Erschwerend kam hinzu, dass sie keinen Helm trug und auf einem böse frisierten, irre qualmenden Moped saß. Besser gesagt: auf dessen Gepäckträger! Der Besuch der nächstgelegenen Dienststelle war vorprogrammiert. Sinnlos verschwendete Stunden.

Rebecca braucht mich!

„Gib Gas, Schmatz!“, schrie sie und klopfte ihm mit der flachen Hand auf den Rücken.

„Was? Aber Frau Mauser, ich kann nicht weiter, da stehen Poli…“

„GUMMI!“

Wieder tat das Zauberwort seinen Dienst. Sie schlugen einen Haken um den polizeilichen Winkmeister und verfehlten ihn nur um Zentimeter. Valerie konnte den Luftzug spüren, vielleicht sogar noch etwas mehr als das. Sie warf den Kopf herum. Der uniformierte Kollege ruderte mit seinen Armen, dann brüllte er wie ein wild gewordener Affe. *Hoffentlich lässt er seine Glock stecken,* dachte Valerie, als sie in die Kranebitter Allee rasten, kaum Verkehr, hinter ihnen das Folgetonhorn der Polizei, leise, lauter, ganz laut. Valerie lehnte sich zurück und legte den Kopf in den Nacken, sah alles verkehrt herum und staunte erneut über die Rauchwolke, die das Gefährt ausstieß, mittendrin der Einsatzwagen, der rasch aufholte und schließlich bis auf wenige Zentimeter auffuhr, fast hätte der Fahrer sie gerammt, der Idiot. Einen Verfolgten auf die Hörner zu nehmen, stand so in keiner polizeilichen Dienstanweisung. Valerie quittierte die rücksichtslose Fahrweise des Beamten mit ihrer rechten Hand, erst Scheibenwischer, gefolgt vom Autofahrergruß, was nicht unbedingt zur Deeskalation beitrug, aus ihrer Sicht aber mehr als gerechtfertigt war.

Als das Polizeiauto zum Überholen ansetzte, verlagerte Valerie ihr Gewicht nach links, brachte das

Moped aus der Spur, und bis Schmatz die unerwartete Lastverlagerung wieder ausbalancieren sowie gegenlenken konnte, waren sie auch schon auf die andere Fahrbahn geraten und hatten den Überholweg blockiert. Heftiges Hupen verriet, was die Polizisten von diesem Manöver hielten.

„Hey!“, protestierte auch Schmatz.

„Niemanden überholen lassen!“, befahl Valerie und feuerte sicherheitshalber ein dreifaches „Gummi! Gummi! GUMMI!“ hinterher. Rechts ließen sie das Innsbrucker Ortsschild hinter sich. Jetzt war es nicht mehr weit.

Schmatz hatte seinen Auftrag endlich begriffen: sie ohne Rücksicht auf Verluste auf schnellstem Weg zum Innsbrucker Hauptbahnhof zu bringen. Deshalb brauchte sie ihn nicht mehr extra anzuweisen, rote Ampeln zu überfahren oder erneute Überholversuche zu blockieren. Seine Fahrweise war sogar richtig geschickt, schlitzohrig boshaft, landläufig *hundsgemein* – aber auf nette Art, jedenfalls aus ihrer Perspektive. Von rechts kam ein weiterer Polizeiwagen mit Blaulicht, zu spät, um ihnen den Weg abzuschneiden, und so musste sich die Verstärkung ebenfalls hinter ihnen einreihen. *Bald wird noch ein Hubschrauber über uns schweben,* fürchtete Valerie und fühlte sich an Live-Verfolgungsjagden aus den USA erinnert. Und daran, wie oft diese fatal ausgingen, weil entweder die Verfolgten oder die *Cops* die Nerven verloren. Sie würde sich nicht mehr aufhalten lassen. Alle Schuld auf sich nehmen. *Ich muss Rebecca helfen!*

Sie bogen rechts um einen zackig geformten Häuserblock herum auf die Universitätsbrücke, ein Windstoß, unter ihnen Wasser, hinter ihnen Chaos, vor ihnen Schicksal. Zur Abwechslung zeigten die Ampeln grün, als sie unweit des LKA Tirol den Innrain querten und die Anichstraße nahmen, Linkskurve, dann am Leokino vorbei, geradeaus, scharf rechts, am Zebrastreifen um einen Mann mit Stock herum, dieser verschaffte ihnen wieder etwas Vorsprung, denn das Polizeiauto musste warten, bis der Greis seiner Empörung mit wedelnder Gehhilfe ausreichend Luft gemacht hatte. Schmatz fuhr geradeaus, links, Müllerstraße, Leopoldstraße, bei Rotlicht in die Salurnerstraße, der Bahnhof wenige hundert Meter vor ihnen.

„Zur Bahnhofswache, Schmatz!", präzisierte Valerie den Zielort.

Als sie zurückblickte, klebten schon drei Blaulichtfahrzeuge an ihren Fersen. Noch einmal Vollgas, noch einmal Rot missachtet, links den Südtiroler Platz hinunter, rechts direkt vor die Polizeidienststelle auf den Gehsteig. Schmatz hielt an, hinter ihnen quietschende Autoreifen, Valerie stieg ab, besser gesagt: stand auf, spürte ihren Hintern nicht mehr, spürte gar nichts mehr, rannte ins Innere, direkt auf den Schalter zu.

Vor fünf Tagen | Hosin, Tschechische Republik

Sophia ist hier. Sie weiß es. Spürt es. Er hat sie hierhergebracht.

Vorsichtig schiebt sie die Zweige auseinander, um den Blick aufs Gelände freizumachen. Von hier oben sieht sie alles, besser gesagt nichts, wie schon seit gestern. Nur die umherlaufenden Wachhunde lassen darauf schließen, dass Menschen anwesend sind oder bald zurückkehren werden.

Hallen, darüber Büros, ein Wohntrakt, dunkel in der Nacht, verlassen am Tag. Brachliegende, geschotterte Freiflächen, von zähen Pflanzen und Unkraut durchstoßen. Verwahrlost.

Hier verlaufen sich Sophias Spuren im Sand, im Wald nahe Hosin, unweit der tschechischen Stadt Budweis. Das Gelände gehört Knarr, Milan Knarr, jenem Mann, dem sie gemeinsam in die Suppe spucken wollten, damals, als sie noch Seite an Seite waren. Dem Mann, der eine Bande von Tierschmugglern anführte, die Millionen damit verdiente, exotische Tiere nach Deutschland und Österreich zu schmuggeln, und dabei in Kauf nahm, dass diese in falschen Autoreifen, Koffern und Verstecken aller Art elendiglich verreckten. Sophia und sie hatten herausgefunden, dass Knarr hinter der Geschichte mit den fünfzehn Hundewelpen steckte, erst ein paar Wochen alt, die in der sengenden Sonne eines Autobahnstaus überhitzt waren. Der Zoll hatte sie entdeckt. Alle tot. Und Knarr? Der kam mit einer Geldbuße davon.

Sie hasst es, dass der Staat Tiere wie Sachen behandelt und meint, Tiermord und Tierleid seien bloße Sachbeschädigung. Man verbrüht Eier von Vögeln, die vom Aussterben bedroht sind, weil man zu blöd ist, diese sicher zu transportieren, und das soll gleich schlimm sein wie das Stehlen eines Mercedes-Sterns? Man erschlägt unverkäufliche Hundewelpen, und wenn man erwischt wird, ist es, als schlüge man Fensterscheiben ein? Wer keinen Profit abwirft, hat es nicht verdient, zu leben? Geld macht alles wieder gut? Aber wie lässt sich ein totes Tier wiedergutmachen? Sie ballt die Faust. Diese Gesetze stammen nicht von Menschen, sondern von Bestien. Was ihrer Erfahrung nach auf dasselbe hinausläuft.

Sie wollten Knarr eine Lektion erteilen, nicht mehr, haben ihn aufgespürt in seiner Nobelvilla am Attersee, wo er mit seinen schicken Wägen und einem Motorboot direkt am hauseigenen Steg protzte. Zugegeben, ihr Plan hatte Lücken. Sie wollten sich diesen Knarr greifen, ihn verprügeln, dazu noch in die kleinste Kiste stecken, die sie finden konnten, damit er am eigenen Leib erfahren würde, wie sich das anfühlte. Oder so ähnlich. Jedenfalls sollte er wissen, dass es jemanden da draußen gab, der etwas gegen ihn und seine Machenschaften hatte, wenn es denen da oben schon scheißegal war. Sophia und sie haben auf den perfekten Moment gewartet, gehofft, er würde einfach so auf den Steg hinausstolzieren wie am Morgen zuvor. Und so kam es auch, selbstgefällig wankte er bei Tagesanbruch aus dem Haus und zum Wasser, stand auf den Holzplanken ganz vorne, Nebelfetzen über dem See, keine Boote, keine Menschenseele außer ihnen und Knarr – hier stand es, das perfekte Ziel, keine dreißig Meter entfernt ... keiner würde sie sehen ... aber Sophia hat so lange gezögert – sie war immer so zögerlich ...

Und genau damit hatte sie ihnen das Leben gerettet. Denn gerade, als sie sich losreißen und nach vorne laufen wollte, brachten zwei Männer einen Gefesselten heraus und drückten ihn vor Knarr auf die Knie. Dieser zog eine Pistole aus seinem Mantel und schoss ihm aus nächster Nähe in den Kopf.

Knarr muss Sophia gefunden haben.

Sie nimmt den Anhänger ihres Goldkettchens zwischen Zeigefinger und Daumen, spürt die Zacken, wo die kleine Münze geteilt wurde, führt sie in den Mund. Salzig. Sie hat das Zeichen ihrer Verbundenheit kein einziges Mal abgenommen, nicht einmal, als sich ihre Wege scheinbar für immer getrennt haben. Blutsschwester war man für immer. Sie und Sophia. Und wie sie Schwestern waren. Das gemeinsame Elternhaus, Rebellion und Ausbruch, ihr Kampf für das Gute, gegen die Menschen. Der Messerschnitt, der sie zu Blutsschwestern machte. Das Versprechen, sich für Tiere einzusetzen, wann immer man konnte.

Was sie erlebt haben. Wahnsinnige Räusche, Kämpfe und Triumphe, unbändiges Leben. Und Niederlagen. Die Zeit im WWF, ihr Ausscheiden, weil sie die Spielregeln nicht befolgten. Aber was erreichte man schon mit Regeln im Kampf gegen Leute, die sich an keine einzige hielten!

Knarr, der Tier- und jetzt auch Menschenmörder. Wie er in Seelenruhe abgedrückt hat, in der Öffentlichkeit des Seeufers, wo er doch damit rechnen musste, beobachtet zu werden. Irgendwer sah immer etwas. Aber das war ihm ebenso egal wie die Lautstärke des Schusses. Wie er über den zur Seite gefallenen Körper gestiegen und wieder hineingegangen ist, einem seiner Männer im Vorbeigehen die Waffe gereicht hat, während sich schwächer werdende Blutfontänen aus dem Kopf des Mannes in den See ergossen. Wie Sophia ihr den Mund zugehalten hat, weil alles in ihr schrie und aus ihr herauswollte. Wie sie sich schweigend davongestohlen haben und nicht wussten, wie umgehen ... wie sie nie wieder ein Wort über das Gesehene verloren haben.

Wie es begann, Sophia aufzufressen.

Die schweren Schatten, die folgten. Nächte unter Brücken bei arktischen Temperaturen, dem Tod näher als dem Leben. Männer wie Tiere. Nein, viel schlimmer. Sophias eskalierende Heroinabhängigkeit, die Vergewaltigung, sie im Wodkarausch daneben, unfähig, einzuschreiten. Sie hat später für Gerechtigkeit gesorgt. Wer sonst, die Polizei vielleicht? Sie spuckt aus, als hätte sie einen schlechten Geschmack im Mund.

Überdosen, unfreundliches Klinikpersonal, meistens waren sie wegen Sophias Drückerei dort, manchmal hatte sie selbst zu viel *Booze* erwischt. Die Fratzen angewiderter Passanten und systemkonformer Spießer, denen sie wohl zu schlecht rochen. Tage ohne Essen, Tage im Rausch, Tage in der Hölle. Sophia und sie taten, was nötig war, um zu überleben, wofür Sophia eben härtere Sachen brauchte. Sie wären füreinander gestorben ... jedenfalls wäre sie für Sophia gestorben. Ob es umgekehrt auch so war, kann sie heute nicht mehr eindeutig sagen.

Dann war Sophia weg.

Man hatte die Männerleiche gefunden, Monate später, in einem beschwerten Plastiksack am Grund des Sees. *Mafiamord am Attersee* war die Schlagzeile gewesen, die Polizei tappte im Dunkeln, was sonst. Sophia war sofort entschlossen, gegen Knarr auszusagen, sie wusste, sie würde damit nicht zurechtkommen, keine Droge war so stark, die Erschießung aus dem Kopf zu vertreiben. Nichts konnte sie mehr davon abbringen, auch nicht der Vorschlag, sich diesen Knarr selber vorzuknöpfen, ohne Polizei.

„Wann kapierst du endlich, dass wir aufhören müssen zu träumen?“, hatte Sophia sie angeschrien, und es war das Letzte gewesen, das sie von ihr gehört hat. Dann war sie weg.

Das Innenministerium hatte ihr Zeugenschutz angeboten, eigentlich aufgedrängt, weil Knarr genug Beziehungen hatte, um sich auch aus der Gefangenschaft heraus an ihr rächen zu können. Aber der große Prozess brachte ihn gar nicht erst hinter Gitter. Die Geschworenen haben Sophia nicht geglaubt – Knarr wurde „aus Mangel an Beweisen im Zweifelsfall“ freigesprochen. Weil diese Idioten einer Drogenabhängigen weniger glaubten als einem Schwerverbrecher. Sie selbst hat es aus einer Gratiszeitung erfahren, zum Prozess ist sie nicht gegangen, aus Trotz und Wut gegenüber dem System, das alles nur schlechter machte, und genau so ist es dann auch gekommen. Statt Knarr musste Sophia in die Isolation, bekam ein völlig neues Leben umgehängt, alles Alte vorbei. Aber Blutsschwester war man doch für immer! Sie würde auch heute noch für sie sterben ... würde sie ... würde sie wirklich?

Gebell. Sie lässt den Anhänger fallen, er klatscht ihr wohlvertraut gegen den Hals. Kein Hinweis, was die Hunde so aufregend finden, vielleicht ein Tier im gegenüberliegenden Waldstück, vielleicht haben sie einfach Langeweile, wer kann es ihnen verdenken, hier in dieser Pampa.

Sie wartet nur noch aus einem einzigen Grund: weil sie glaubt, es Sophia schuldig zu sein. Ihr Zögern hat ihnen damals das Leben gerettet. Ginge es nach ihr, würde sie einfach hineinstürmen, diesen Knarr suchen und ihm an die Gurgel springen, egal, was danach passiert. Aber damit würde sie Sophia gefährden. Wenn sie noch lebt.

Wie konnte er sie finden, wenn es nicht mal ihr selbst gelang? Bei Gott, sie hat es versucht. Auf allen Wegen, die ihr eingefallen sind. Bei ihren gemeinsamen Adoptiveltern, die sie eigentlich nie hatte wiedersehen wollen. Am Gericht und sogar bei den Bullen ... *ach, fuck*. Sie hatte bald nicht mehr gewusst, wen sie noch fragen sollte. Sie war in Sophias neuem Leben genauso unerwünscht wie Milan Knarr. Aber wenigstens einmal melden hätte sie sich können, sie wissen lassen, dass es ihr gut geht. *Nada*.

Es regnet wieder, also zieht sie sich in den Unterstand zurück.

Nada, bis zu diesem Artikel in der Zeitung. Sekretärin Stefanie Wend, abgängig in München. Auf dem Foto eindeutig Sophia und doch sonderbar fremd. Nicht mehr die Sophia aus ihrer Erinnerung. Ernster. Erwachsener und gepflegter ... besser, wie sie zugeben musste. Stefanie Wend, die Büro-Saftschubse, sah gesünder aus als Sophia Brennsteiner, die heroinabhängige, gelegenheitskriminelle Tierschützerin. Und war doch eindeutig sie. Abgängig in München. Daraufhin hatte sie versucht, mehr herauszufinden, aber vergebens. Keine Adresse, kein Arbeitgeber, sie war Sekretärin für Mister Nobody in einer Luftschlossfirma, hatte keinen Mann oder Freund, keine Kinder, war ein Phantom von Sekretärin, das niemandem fehlte.

Ihre gemeinsame Adoptivmutter gab sich bestürzt über Sophias Verschwinden, unternahm aber nichts. Was sollte sie schon machen, Zeugenschutzprogramm und so weiter, die liebe Frau Nationalrätin versteckte sich lieber hinter Behörden und Vorschriften, als sich um ihr Kind ... Adoptivkind zu kümmern. Sophia und sie haben schon gewusst, warum sie nichts mehr von ihrem früheren Zuhause wissen wollten. Sie spuckt aus.

Nie zuvor hat sie so aufmerksam alle Nachrichten verfolgt, aber lange schien es, als wäre Sophia vom Erdboden verschluckt worden. Bis zum nächsten Artikel vergingen drei Monate. Er zeigte tschechische Polizeibeamte genau vor diesem Gelände hier, in Verbindung mit dem Hinweis, dass sich Stefanie Wends Handy ziemlich genau an dieser Stelle unweit des Flugplatzes Hosin vor Wochen ins Netz eingeloggt hat, bevor es vermutlich deaktiviert wurde. Oder zerstört. Jedenfalls hatten die paar Hinweise ausgereicht, um hierherzufinden.

Dass die Polizei nichts gefunden hat, bedeutet gar nichts. Wo Kohle im Spiel ist, lässt sich Blindheit erkaufen. Überall auf der Welt – und ganz konkret, man musste sich nur diesen Prozess ansehen. Ein Witz war das, kein Prozess. Hätte Sophia nur auf sie gehört ...

Je mehr Zeit vergeht, desto schlechter kann es um ihre Blutsschwester stehen. Wenn sie überhaupt noch lebt ... Ihre Essensvorräte sind fast aufgebraucht, nicht weiter schlimm, es gäbe genug Pflanzen, Beeren, Pilze und Insekten, sie könnte auch an der nahe gelegenen Moldau fischen gehen, doch dafür bräuchte sie Zeit, die sie nicht hat, denn sie darf nichts verpassen. Ihr Beobachtungsposten ist trocken, an Wasser kommt sie auch jederzeit. Sie könnte Wochen hier im Wald aushalten, es wäre auch nicht das erste Mal, doch diese Untätigkeit hier bringt sie nicht weiter. Sie muss etwas unternehmen. Sie wird im Schutz der Dunkelheit ein Loch in den Zaun schneiden und notfalls jeden Stein nach Sophia umdrehen. Bald.

Verdammt, Sophia!

Drei Stunden später entschloss sie sich zum Einbruch. Zuerst musste sie die Hunde ruhigstellen. Sie war zwar den Tieren näher als den Menschen, deshalb aber nicht so durchgeknallt, sich an deutschen Schäferhunden vorbeimogeln oder diese mit irgendwelchen Psychotricks aus Fernsehkrimis besänftigen zu wollen. Die Betäubungsaktion war dann schwieriger als gedacht. Denn die beiden haben den ersten Versuch, ihre hausgemachten *Magic Mushrooms,* schlicht verschmäht. Die vermeintliche Delikatesse: Steinpilze, präpariert mit je zwei Benzo-Tabletten. Fritz und Franz, wie sie die beiden Rüden getauft hatte, haben dran geschnuppert, sie dann aber einfach liegen gelassen. Und weil sie gerade weder Würstchen noch andere Leckereien griffbereit hatte, hieß es – so unauffällig es ging – ab in den nächsten Supermarkt und wieder zurück. Unnötige Aufmerksamkeit erregt und wertvolle Zeit verschwendet. Vier Benzos obendrein. Nochmal je zwei davon in die Bratwürste gesteckt, damit war der Tablettenblister leer. Die nächsten Tage würden hart werden. *Fuck.*

Wenigstens taten die Tranquilizer ihren Dienst. Sie hat die präparierten Leckerbissen über den Zaun geworfen, die Hunde haben sie aus dutzenden Metern gewittert und sich gierig draufgestürzt. Schon wenige Minuten später bewegten sich Fritz und Franz nur noch in Zeitlupe.

Jetzt liegen sie da.

Mit dem Multifunktionstool zwickt sie ein Loch in den Maschendrahtzaun und steigt hindurch. Ohne die Taschenlampe anzumachen, läuft sie geduckt über das Gelände, dorthin, wo die Hunde sind, ertastet ihre Lage, checkt Atmung und Herzschlag, ruhig und gleichmäßig. Sehr gut. Die würden eine Weile schlafen, aber bei ihrer Größe und Körpervolumen kaum Schaden nehmen, denn wie sie aus eigener Erfahrung weiß, kann man schon einige davon schlucken, bevor man in die Nähe einer Atemdepression kommt. Sie fährt den Tieren noch ein paarmal durchs Fell, dieses ist stellenweise verfilzt, sie ahnt, dass sich Parasiten darin eingenistet haben. *Knarr sind seine Tiere so scheißegal wie die Menschen*, denkt sie, dann rennt sie weiter, geduckt, gut hundert Meter bis zu den leeren Käfigen, es stinkt nach Exkrementen, sie schlüpft hinter die ersten Gebäude, in den Innenhof, der bisher vor ihren Blicken verborgen war. Auch hier kein Licht, keine Autos, kein Hinweis auf Anwesende oder Gefangene. Keine Spur von Sophia.

Nichts, das ihr helfen würde, etwas zu sehen, immer noch ist es bewölkt und nieselt. Nach mehreren Minuten des Umherirrens, Tastens und Stolperns entschließt sie sich, die Taschenlampe anzumachen, nähert sich leise dem ersten Gebäude, das aus zusammengeschweißten rostigen Containern besteht, tritt zur Tür und lauscht ... nichts. Vorsichtig drückt sie die Klinke hinunter, zieht und drückt in Zeitlupe, zuerst leicht, dann fester. Versperrt. Sie ist sich ziemlich sicher, dass weder Milan noch jemand von seinen Leuten hier ist, hat aber nichts dabei, um sich gewaltsamen Zugang zu verschaffen. Kurz überlegt sie, nach Sophia zu rufen, verdrängt den Impuls wieder. Weiter zum nächsten Eingang. Auch hier nichts zu machen. Wenigstens gibt es hier ein Fenster, sie leuchtet hinein, erkennt durch die schmutzigen Scheiben zwei Feldbetten. Gerümpel, einen Tisch, Flaschen, Papier und Gläser. Die Aufenthaltsbaracke. Und weiter.

Immer wieder macht sie Pause, hockt sich hin und konzentriert sich ganz auf ihr Gehör. Wäre Sophia eingesperrt, würde sie vielleicht klopfen oder sonst wie auf sich aufmerksam machen. Aber nichts. Vielleicht hat sie schon aufgegeben, Signale nach draußen senden zu wollen. Kein S.O.S. im Morsecode. Wasser tropft, Wind rauscht in den Bäumen. Kein Klappern, keine Schritte, kein Niesen, Husten oder Schnarchen. Nichts, das auf die Anwesenheit eines Menschen deuten würde.

Mehr und mehr gibt sie die anfängliche Vorsicht auf, bewegt sich freier, leuchtet jeden Winkel des Geländes mit der Taschenlampe aus, rüttelt an Türen und ruft dann doch Sophias Namen, zuerst verhalten, gegen Türen, in Spalte hinein, gezischt, dann lauter, schließlich übers ganze Gelände. Wenn sie nicht bald einen Hinweis hat, wird sie Fenster einschlagen und im Inneren weitersuchen. Vorher noch die Garagen. Zumindest diese sind unversperrt, mit metallischem Quietschen öffnet sie das erste Tor, es schwingt von alleine nach oben und kracht gegen einen Bolzen. Sie schreckt zusammen. Wäre jemand hier, hätte er das definitiv nicht überhören können. Kurz wartet sie, aber wieder keine Reaktion, dann leuchtet sie hinein. Leer. Nur Dreck, von breiten Reifen hereingetragen, sonst nichts. Weiter zur zweiten, auch diese nicht verschlossen, hier lagern Gerümpel, Kleintierkäfige, schlampig verwahrtes Werkzeug, ein ausrangiertes Aquarium, Kanister und Dosen, es riecht nach Putzmitteln, der Fliesenboden ist schmierig, der Boden ... in der Mitte Holzplanken ... es gibt einen Bretterboden! Darunter ist sicher so eine schmale Grube, die man braucht, um an die Unterseite von Autos heranzukommen, kombiniert sie. Das perfekte Versteck für ... „Sophia!“, ruft sie laut. Keine Reaktion. Hastig versucht sie, eines der Holzbretter mit bloßen Fingern herauszuheben, doch sie liegen zu dicht aneinander, also sucht sie im Werkzeug, findet einen Schraubenzieher, sticht damit in den Zwischenspalt und zwängt ein Brett über das andere, hebt es heraus und wirft es zur Seite, dann das nächste, noch eines, glaubt, etwas in der Tiefe zu erkennen. „Sophia!“, schreit sie, greift nach der neben ihr am Boden liegenden Taschenlampe, um in die Grube zu leuchten ...

Plötzlich Scheinwerfer, direkt auf sie zu. Sie hat das Auto nicht kommen hören, war ganz auf die Grube konzentriert, hat selbst zu viele Geräusche erzeugt. Sie macht die Lampe aus, völlig sinnlos, sie muss schnell ... jetzt ganz schnell ... hinunter! Gleich wird man sie entdecken, wenn es nicht längst passiert ist, das grelle Licht nur noch zehn Meter entfernt, schnell näher kommend! Sie springt, rutscht dabei aber mit dem rechten Fuß auf einer Fliese aus, stößt mit dem Hinterkopf an den oberen Grubenrand, bevor ihr bewusstloser Körper in die Tiefe fällt.

***

Im Empfangsbereich der Polizeidienststelle war niemand.

„Hallo?“, schrie Valerie. Hinter ihr wurde die Eingangstür aufgerissen.

„Hinlegen!“, befahl einer der Verkehrspolizisten, die sie verfolgt hatten – mit Waffe im Anschlag, was ihr ziemlich lächerlich vorkam.

„Mauser, LKA, das ist ein Einsatz!“, blaffte sie zurück.

„Hinlegen!“ Der junge Kollege ließ sich nicht beirren.

Gleich würde er noch die MP88 aus dem Kofferraum holen. Valerie erkannte die Sinnlosigkeit, ihn verbal davon überzeugen zu wollen, dass er wirklich eine Kollegin vor sich hatte. Aus und vorbei, so kurz vorm Ziel.

Trotzdem, sie hatte es bis hierher geschafft. Rebecca befand sich doch in diesem Gebäude, und sobald sie sich den Einsatzkräften erklärt hatte, würde sie ihre Tochter sehen dürfen. Also beschloss sie, vorerst mitzuspielen, hob ihre Hände und kniete sich hin. Der Polizist ging um sie herum und drückte sie brutal nach vorne auf den Bauch. Sie fing sich ab. Fühlte ein Knie im Rücken, den kalten Steinboden an der Wange, kräftige Hände, die ihre Arme am Rücken zusammenführten, kühles Metall, das sich um ihre Handgelenke schloss.

Eine Tür wurde aufgerissen. „Was ist denn jetzt schon wieder los?", rief jemand. Valerie legte den Kopf auf die andere Seite. Ein mächtiger Polizist, der sich ein Taschentuch an die Stirn hielt, war aus dem Hinterzimmer gekommen und betrachtete ungläubig die Szene, bevor er sein rot geflecktes Tuch in Augenschein nahm und eine Platzwunde offenbarte.

Valerie meinte, die Stimme zu erkennen, ergriff die Chance und antwortete als Erste: „Mauser, LKA. Sind Sie Herr Fuchs? Haben Sie mich angerufen? Wegen meiner Tochter?"

Wegen meiner Tochter – das hörte sich großartig an.

„Genau – aber was machen Sie denn da auf dem Boden, Frau Mauser? Sind jetzt alle verrückt geworden, oder was?" Fuchs, dessen gewichtige Erscheinung ihm natürliche Autorität verlieh, warf seinem Kollegen einen scharfen Blick zu. „Jagen wir uns gegenseitig, ja? Ist Ihnen langweilig auf Streife?"

„Aber die da ... Fahrerflucht ... Widerstand gegen die ... die Staatsgewalt ... fahrlässige Gemeingefährdung ... rasende Nebelmaschine ... Beamten...beleidigung!", stammelte ihr Verfolger. Ein weiterer Polizist betrat den Raum und rief: „Franz, wir haben den Asterix!"

„Jetzt ist aber Schluss mit lustig, Himmelherrgott!“, schallte es aus voluminöser Kehle. „Auf meiner Dienststelle dulde ich kein Kasperltheater! Schließen Sie die Handschellen auf und helfen Sie Ihrer Kollegin auf die Beine, aber dalli!“

Der Streifenpolizist brauchte mehrere Versuche, die Handfessel zu lösen, Valerie spürte, wie seine Hände zitterten, alles egal. Noch während sie sich mit weichen Knien erhob, versuchte sie, irgendwo eine Vierundzwanzigjährige zu erspähen, vergeblich, also sah sie Fuchs fragend an.

„Wo ist meine Tochter?“

Meine Tochter. Gott, wie schön das klingt.

„Ausgebüchst.“

„Wie bitte?“

„Abgehauen. Mit dem Boxer.“

„Dem Boxer?“

„Genau.“

Valerie versuchte, sich einen Reim auf das Gehörte zu machen. Rebecca und ein Boxer? Hatte *der* Fuchs die Kopfwunde verpasst? Steckte sie deswegen in Schwierigkeiten? *Meine arme Tochter wurde von einem Boxer entführt!* „Wohin?“

„Die Kollegen haben sie Richtung Sillpark verfolgt, dort haben sie sie verloren. Gerade läuft eine Großfahndung.“

„Glauben Sie, er tut Rebecca etwas?“

„Wer? Wem?“

„Na der Boxer!“, platzte Valerie heraus. „Meiner Tochter! Rebecca!“

Nun sah Fuchs besorgt drein. „Kommen Sie, setzen Sie sich erst einmal hin. Sie sind ja ganz durcheinander. Wollen Sie ein Glas Wasser?“

„Nein! Sagen Sie mir, wie dieser Boxer aussieht, den kauf ich mir!“ Gedanklich hatte sie ihre Fäuste geballt und zum Kampf erhoben. Unwillkürlich stiegen ihr Tränen in die Augen.

„Soll ich Ihnen einen Arzt rufen, Frau Mauser?“

Sie schäumte vor Wut. Ein Ringkämpfer hatte ihre Tochter in seiner Gewalt! Und diese Polizisten kapierten überhaupt nichts! Es schnürte ihr die Kehle zu. Am liebsten hätte sie etwas zerrissen ... etwas ... jemanden ... alles an ihr kribbelte, sie bekam kaum noch Luft. Aber sie musste etwas sagen ... oder tun ... was nur? „Grrruaaaa!“, entfuhr ihr noch, dann krampfte sie zusammen und sank in die Knie.

Wenig später fand sie sich auf einem Drehstuhl wieder, heftig in einen Papiersack atmend, den ihr jemand vors Gesicht hielt und der so übel nach Fleischkäse und Senf stank, dass ihr das Hyperventilieren schon davon verging.

„Ganz ruhig ... langsam ... so ist's gut. Und ein ... und aus. Geht's wieder, Frau Mauser?“, fragte Fuchs, neben ihm Schmatz.

Sie war schwach. Zu schwach für das alles. Die irrwitzige Fahrt hierher, dazu die Nachwirkungen ihres Schädel-Hirn-Traumas. Egal. „Haben Sie Rebecca gefunden? Ist sie in Sicherheit?“, fragte sie den Polizisten.

„Frau Mauser, ich hoffe, wir haben da kein Missverständnis? Wer ist diese Rebecca?“

„Na meine ...“ Erst jetzt begriff sie. Im Eifer des Gefechts hatte sie den Namen aus ihrer Vorstellung benutzt, weil sie den richtigen nie erfahren hatte. Sie bemühte sich um einen ruhigen, besonnenen Tonfall. „Herr Fuchs?“

„Ja?“

„Wie heißt die Frau, die behauptet hat, meine Tochter zu sein?“ Sie hielt den Atem an.

„Du hast eine Tochter?“, platzte Schmatz heraus. Valerie legte den Zeigefinger an ihre Lippen und warf ihm ein kraftloses, dafür langgezogenes „Sch!“ entgegen, dann sah sie wieder zu Fuchs.

„Luna. ... Brennsteiner.“

„Luna?“ *Was für ein wunderschöner Name.*

„Brennsteiner, ja. Kennen Sie sie etwa gar nicht? Na, die hat uns ja einen schönen Bären auf die Nase gebunden!“

„Aber natürlich ... ich werde wohl meine Tochter noch kennen!“, log Valerie und bemühte sich, mehr entrüstet als verdutzt dreinzuschauen. Zu lügen war gerade einfacher, als die Wahrheit zu sagen. Rebecca war Luna! Das Kind hatte einen Namen! Logisch, aber nun kannte sie ihn endlich! Luna ... wirklich wunderschön, still formte sie die Silben im Mund, einmal, wieder, immer wieder. Zwei Zungenschläge, sanft, als kostete man einen Schluck Wein, dabei hell und anziehend, sich augenblicklich und für immer ins Gedächtnis brennend. *Luna. Lunaluna. Lunalunaluna* ... ein Name, der den Gaumen liebkoste. Großartig.

„Wissen Sie, dass nach ihr gefahndet wird?“

Seine Frage riss sie aus ihrer Verzückung. „Weil ... der Boxer mit ihr abgehauen ist? Das haben Sie mir doch vorhin schon gesagt!“ *Oh Gott, der Boxer. Bitte tu meinem Kind nichts!*

„Nein, wegen der anderen Sachen.“

Luna braucht mich ... Schwierigkeiten ... Sachen? „Welche Sachen?“

Fuchs ging zu seinem Schreibtisch, setzte sich eine Lesebrille auf, nahm ein Blatt und seufzte. „Internationaler Haftbefehl aus Tschechien. Schwere Körperverletzung, Einbruchdiebstahl, Freiheitsentziehung. Aus ihrem Strafregister kommen noch diverse Verstöße gegen das Suchtmittelgesetz. Hier, der Auszug ist mehrseitig! Sehen wir auch nicht so oft." Er schüttelte betreten den Kopf, dann blickte er auf. „Letzter bekannter Wohnort Neusiedl ... was macht sie eigentlich im Burgenland?"

Valeries Bild vor Augen ruckelte mehrmals hin und her, was neu war seit dem *großen Bums*, wie der liebe Stolwerk ihren Unfall am Bergisel nannte, als sie ihr Leben zur Rettung eines moralisch fragwürdigen Rockstars riskiert hatte und mehrere Meter abgestürzt war. Irgendetwas schien an der Verkabelung da oben noch nicht ganz zu stimmen. Kurz war ihr schwindlig, obwohl sie saß. Ihre Tochter, eine international gesuchte Straftäterin, die noch dazu mit Drogen zu tun hatte? Niemals. Das musste ein Missverständnis sein. Was sich für einen Polizisten aber so platt anhören musste, dass sie besser den Mund hielt.

„Frau Mauser?"

„Hm? Ja?"

„Burgenland? ... Ihre Tochter?"

„Burgen... äh ..." Eigentlich gingen Fuchs ihre Familienverhältnisse gar nichts an. Trotzdem beschloss sie, den Schein zu wahren und ihm die erstbeste Wahrheit aufzutischen, die ihr in den Sinn kam. „Sie wohnt bei ihrem Vater, ja."

„Ach deshalb Luna Brennsteiner und nicht Luna Mauser, oder? Oder hat sie geheiratet?"

Meine Tochter und verheiratet? Und ich nicht dabei gewesen ... Schande!

„Genau." *Genug gefragt.* Der Kerl wurde ihr viel zu neugierig. *Luna braucht mich.* Sie musste Luna beschützen! Vor diesem Boxer und der Polizei obendrein.

Aber erst mal finden. Valerie klopfte sich demonstrativ auf die Schenkel und erhob sich. „Also Herr Fuchs, dann muss ich jetzt. Wenn Sie etwas erfahren, sagen Sie mir bitte Bescheid, die Nummer haben Sie ja. Danke für alles. Schmatz, wir gehen, los!"

Fuchs trat ihr in den Weg und holte Luft. „Frau Mauser, ich weiß Sie und Ihre Arbeit sehr zu schätzen. Seit Ihrem Einsatz am Bergisel kennt Sie jeder hier. Wir hoffen, Sie sind bald wieder im Dienst, wir drücken Ihnen die Daumen, nur dass Sie das wissen. Aber wie ich Ihnen schon am Telefon gesagt habe, Luna steckt in Schwierigkeiten. Bis zum Hals. Ich werde das hier ...", womit er auf seine Kopfwunde zeigte, „nicht anzeigen, ich bin ja selber schuld, mich mit meinen vielen Dienstjahren noch so übertölpeln zu lassen. Sobald sie sich bei Ihnen meldet, sorgen Sie dafür, dass sie sich freiwillig stellt, in ihrem eigenen Interesse, ja?"

„Ja." Sie hätte Fuchs gerade alles versprochen und ihm auf der Stelle noch einen Versicherungsantrag unterschrieben, nur um endlich gehen zu können. Was sollte ihre Tochter dafür können, dass dieser Boxer ihn verprügelt hatte? „Also dann. Komm jetzt, Schmatz!"

Fuchs wollte noch etwas sagen, aber sie ließ ihm keine Chance mehr. Draußen hatte sie bereits ein neues Mantra: *Ich muss Luna finden.*

***

Ihr ist schwindlig und schlecht. Sie kann keinen vernünftigen Gedanken fassen, versucht sich zu bewegen, es geht nicht. Etwas ist um ihren Kopf gebunden, sie hört alles gedämpft, wie durch Watte. Ihr Hintern tut weh, womit sie merkt, dass sie sitzt.

„Milan, sie wach“, sagt eine Stimme in schlechtem Deutsch. Dann raschelt Papier.

Sie ist so gut wie tot.

Sofort beschleunigt sich ihr Puls. Sie erinnert sich. Die Garage, das Auto, der Sturz ... natürlich hat man sie entdeckt – entdecken müssen – und aus der Grube geholt. Fast wundert sie sich, dass sie noch lebt. Ja, warum lebt sie noch? Sie hat sich Knarr am Silbertablett serviert.

Fieberhaft überlegt sie, dann die Hoffnung: Er kennt sie nicht. Wie auch. Nur Sophia hat den Mumm gehabt, ihm gegenüberzutreten.

„Na, wen haben wir denn hier?“, fragt eine unpassend samtweiche Stimme. Der Akzent ist kaum zu bemerken. Wie sie weiß, verehrt Milan Knarr alles Deutsche und gibt sich alle Mühe, deutsch zu wirken.

Schritte, dann streicht etwas über ihre Wange, kurz, sie merkt zu spät, dass es seine Hand ist, sonst hätte sie sofort hineingebissen, bis zum Knochen, mit aller Gewalt. Ihr Kopf dröhnt, sie nimmt nur wahr, dass es um sie herum hell sein muss, sonst nichts. *Was würde Sophia jetzt tun?*

„Also? Was hast du in meiner Garage verloren?“

Sophia würde still bleiben und schauspielern. Kräftige Hände quetschen ihre Wangen zusammen. Sie versucht, sich zu wehren, doch die Eisenhand hält ihren Kopf in Position. Sie sieht Sterne, für mehrere Sekunden fürchtet sie, wieder in die Bewusstlosigkeit abzudriften.

„Tja, ja, jetzt ist man nicht mal mehr in Tschechien vor Einbrechern sicher. Und stinken tust du, meine Güte!“

Die anderen lachen. Zwei, zählt sie. Doch wichtiger: Knarr hat sie gerade auf eine Idee gebracht.

„Izvinite!“, ruft sie *Entschuldigung* in russischer Färbung und hofft, damit durchzukommen, viel weiter reichen ihre Kenntnisse nämlich nicht.

„Rede deutsch mit mir!“, schreit Knarr. Seine Eitelkeit, ihr Glück. Dann ein Schlag. Unvermittelt explodiert die Zahl der Sterne vor ihren Augen, eine Flut aus Schmerzen schwappt über sie herein, sofort wird ihr noch schlechter. Aber sie beißt die Zähne zusammen, macht keinen Mucks, obwohl ihr so einiges auf der Zunge läge. Allgemeines Gelächter. Mindestens drei Männer zählt sie jetzt. Also sind sie insgesamt vier. Hoffentlich nicht mehr.

„Izvinite! Izvinite!“ Sie hasst es, sich zu unterwerfen, aber es ist ihre einzige Chance. Sophia hätte es so gemacht.

„Die total kaputt“, sagt einer von den Männern. „Was mit ihr machen, Milan?“, fragt der andere.

Stille.

„Papiere oder irgendwas?“, will der Mörder wissen.

„Nicht. Münzen, Tool und Taschenlampe.“

Plötzlich spricht Milan aus nächster Nähe in ihr Ohr: „Ja, was machen wir jetzt mit dir, hm?“

Ein Finger, ein scharfer Nagel, der von einer Seite zur andern über ihre Kehle kratzt. Sie rüttelt an ihrem Stuhl, ihr Puls ist am Maximum. Gleich würde er sie erschießen wie den Mann am Attersee. Sophia hatte keine Chance. Ihre Schwester ist mausetot. So wie sie selbst in wenigen Augenblicken ...

Doch nichts. Eine sich nach Ewigkeit anfühlende Minute lang passiert nichts. Schritte um sie herum, dann wieder von ihr weg. Zwischen Zähnen herausgeblasene Atemluft. Sonst nichts.

Sie erwartet ihr Todesurteil, als Knarr wieder zu sprechen beginnt: „Bin ich also extra für diese dreckige Russenhure hergeflogen, was? Eine diebische Elster, habt ihr das nicht gecheckt? Aber was soll ich schon von euch Schwachköpfen erwarten ... lasst sie laufen, für die versau ich mir doch nicht mein Hemd."

Sie glaubt, sich verhört zu haben, da bindet sie jemand los und schleift sie hinaus in die Kälte. Hunde bellen. Fritz und Franz. Und noch ein weiterer. Der ist neu.

„*Otvali*!", schreit Knarr.

Das lässt sie sich nicht zweimal sagen.

***

Die Abenddämmerung war hereingebrochen, als Valerie ihre Dienstwohnung in der Innsbrucker Altstadt betrat.

„Mein Veilchen! Ahoi! Aber was machst denn du da?"

„Hallo, Stolwerk", begrüßte sie ihren lieben Freund und Ex-Ermittlungspartner bei der österreichischen Polizei, der während ihres Krankenstandes von Linz hierher gezogen war und sich bei ihr einquartiert hatte, um sie so oft wie möglich in Hochzirl zu besuchen. Er hatte ihr versichert, seine Geschäfte als privater Sicherheitstechniker auch von Tirol aus erledigen zu können, alles über *Remote Control*, was auch immer das war, außerdem gefalle es ihm hier mit jedem Tag besser.

„Ich wollt grad wieder zu dir ins Krankenhaus. Schau, dein neues Lieblingsessen, war grad beim Einpacken! Jetzt sag, Veilchen, was tust'n da? Du g'hörst doch ins Bett!"

Es roch verführerisch – seit dem *großen Bums* stand Valerie auf Mehlspeisen, konnte kaum genug davon bekommen, besonders der Kaiserschmarrn hatte es ihr angetan. In Hochzirl gab es den nie – außer eben Stolwerk brachte welchen mit. Dazu viel Apfelmus und Zwetschkenr... egal.

„Du, wir müssen reden. Jetzt gleich. Es ist wichtig." Ihr war mulmig – ihr bester Freund hatte keine Ahnung von ihrer Tochter. Sie hatte es ihm seit Ewigkeiten sagen wollen, dann aber irgendwann befürchtet, es könnte ihrer Freundschaft schaden, dass sie es ihm so lange verheimlicht hatte. *Bescheuert*. Echte Freunde hatten keine Geheimnisse voreinander, und wenn, dann würde die Freundschaft nicht daran zerbrechen, dass man sie auf die lange Bank geschoben hat. Doch was sie ihm gleich von Luna erzählen musste, konnte sein Bild von ihr ändern, und davor hatte sie riesige Angst.

„Setz dich erst mal hin, Veilchen, du wackelst ja wie der Clown aus der Kiste!"

Sie nahm sich einen Stuhl, und mit einem Mal wurde ihr bewusst, dass sie nach dem Küchenbrand nie wieder in ihrer Dienstwohnung gewesen war. Nicht besonders wichtig, vier Wände zum Schlafen eben. Vielleicht musste sie ohnehin bald ausziehen, wenn dieser neue Oberstaatsanwalt sie tatsächlich vor Gericht zerren würde. Aber gut sah es hier drin aus. Sauber, hell und frisch. Eigentlich sah alles besser aus, das Stolwerk nur lange genug in die Hände bekam. Alles und jeder. Ihr Hintern meldete sich eindrucksvoll, als sie Platz nahm, sie versuchte, es sich nicht anmerken zu lassen.

Bevor er sich zu ihr setzte, stellte er eine Pfanne auf den Tisch und schöpfte eine Portion heraus. „So, Veilchen. Komm, iss erst einmal was, bist ja ganz zittrig!" Dazu strich er kurz mit seinem Handrücken über ihren.

Sie ließ sich aus Höflichkeit dazu hinreißen, einen kleinen Brocken köstlichen Schmarrns zu kosten, bevor sie zu reden beginnen würde, biss hinein ... der Teig goldgelb und krustig, hauchzart karamellisiert, dazu das fruchtige Aroma der Zwetschken ... eine Geschmacksexplosion am Gaumen, und erst das Apfelmus – wie sie sich das früher nur entgehen lassen hatte können! Sie versank im Genuss. Noch ein Stück, und noch eins, und bevor sie sich versah, hatte sie die Welt um sich herum vergessen und die ganze Pfanne verputzt. Früher wäre das nie passiert, da kreisten ihre Gedanken auch beim Essen ausschließlich um die anstehenden Aufgaben und Rätsel, die es zu knacken galt. Die Nacht am Bergisel hatte sie verändert.

Satte Stille. Aber nicht lange.

Luna. Dazu ein Gedanke, schmerzhaft wie ein Hexenschuss. Sie erinnerte sich und sah auf.

„Magst noch?" Stolwerk, der ihr gegenüber Platz genommen hatte, grinste über das ganze Gesicht.

„Uff, danke." Sie war mehr als voll. Dann holte sie aus: „Stolwerk, ich muss dir jetzt endlich was sagen. Heute ist etwas sehr Wichtiges passiert in meinem Leben."

„Ja?" Seine Augen weiteten sich.

Sie zitterte. Mit ernster Miene fuhr sie fort: „Ich hab ein Kind bekommen, Stolwerk."

Er runzelte die Stirn, hob die Lider, dann holte er tief Luft und fing an zu wiehern. „Hieeee...haaaa... haa...haha! Na, das ist aber schnell gegangen, Veilchen!", brachte er zwischendurch noch heraus, dann folgten wieder die hohen, langgezogenen Laute seiner typischen Lachanfälle, nur unterbrochen vom asthmatischen Pfeifen seiner Lungen, wann immer er Luft holen musste.

Valerie boxte ihm auf den Oberarm. „Es ist mein Ernst, Stolwerk. Das ist! Nicht! Komisch!“ Auch wenn sie es vielleicht komisch formuliert hatte. Nochmal haute sie auf dieselbe Stelle, doch er lachte weiter. Also fester. Und dann richtig fest. So ansteckend sein Lachen sonst war, jetzt konnte sie es gar nicht brauchen. Ein finaler Punch, der ihm zeigen sollte, dass ihr nicht nach Späßen war. Endlich veränderte sich seine Mimik.

Stolwerk fing sich langsam wieder und rieb sich den Arm, seine Schultern zuckten nach.

Valerie nahm erneut ihren Mut zusammen. Sie musste es endlich loswerden, egal, was danach sein würde. „Jetzt hör mir zu. Ich hab mit achtzehn ein Kind bekommen und es zur Adoption freigegeben. Niemand außer meiner Familie wusste davon. Ich konnte es dir einfach nicht erzählen, weil ich mich so …“ Zweimal holte sie schnell Luft. *Reiß dich zusammen, Heulsuse.* „Stolwerk, heute ist sie aufgetaucht. Und sie … sie steckt in Schwierigkeiten … Luna … steckt in Schwierigkeiten.“

„Luna“, wiederholte er.

„Luna, ja. Ich weiß überhaupt erst seit heute, dass sie Luna heißt.“ *Nicht losheulen, Mitleid hast du nicht verdient* … Gleichzeitig fühlte sie sich, als hätte sie gerade einen bleischweren Rucksack abgestreift. Wenn Stolwerk beleidigt war, ließ er es sich nicht anmerken. Er nickte langsam und war jetzt ganz ernst, nahm ihre beiden Hände in seine und sprach leise: „Was sind das für Schwierigkeiten, in denen deine Luna steckt, Veilchen?“

Meine Luna. Das reichte schon aus, um ihre Tränendrüsen zu entsichern. Ihr Kinn bebte, doch sie biss sich so fest auf die Unterlippe, dass der Schmerz sie zurückholte.

„Gegen Luna liegt ein Haftbefehl vor. Schwere Körperverletzung und mehr. Sie ist vorhin aus der Polizeiwache am Bahnhof verschwunden. Eigentlich abgehauen. Und sie ist mit einem Boxer unterwegs."

„Mit einem Boxer?"

„Ja. Und sie hat Vorstrafen. Viele. Und was mit Drogen."

„Hm. Hat sie sich bei dir gemeldet?"

„Ich ... die Polizei hat mich angerufen, weil Luna mich angegeben und dieser Polizist mich zufällig gekannt hat. Also bin ich mit Schmatz zum Bahnhof, dort hab ich alles erfahren. Dann haben wir noch rumgesucht, weil es hieß, Rebecc... also Luna sei in Richtung Sillpark verschwunden, aber wo sollten wir anfangen?"

„Hm. Und jetzt?"

„Ich hab Schmatz nach Hause geschickt. Die Polizei fahndet weiter, aber sie ist wie vom Erdboden verschluckt! Und ich kann überhaupt nichts tun!" Urplötzlich brachen die Tränen doch noch aus ihr heraus. Sie war völlig erschöpft, die Kondition im Eimer, die Genesung längst nicht abgeschlossen, alles tat weh, selbst ihr voller Bauch. Wieder wackelte das Bild vor Augen, verschwommen noch dazu. Gleich würde der Schwindel kommen. Seit dem *großen Bums* war nichts mehr so wie früher.

„Stolwerk, ich schäm mich so! Es tut mir so leid, dass ich dir nie was ..." Weiter kam sie nicht mehr, brach völlig in sich zusammen.

„Na jetzt aber." Ihr Freund hob sie mühelos aus dem Stuhl und trug sie zur Couch. Der Geruch seines Karo-Pullovers hatte etwas Vertrautes an sich.

„Ruh dich aus, mein Veilchen. Ich hör mir mal den Polizeifunk an."

„Aber ich muss Luna finden!"

„Ja, das musst du, Veilchen. Aber nicht jetzt. Ich glaub, die kommt schon zurecht. Ist ja kein Baby mehr, oder? O.k.?“ Er streichelte über ihre Haare … wenn er böse auf sie war, dann merkte man es ihm wirklich nicht an. Trotz allem, was sie ihm verheimlicht hatte. Stolwerk, der große Ballon, wie sie ihn manchmal hänselte, was er stets mit „Du Kampfhühnchen!“ parierte. Ihre bessere Hälfte, nicht im herkömmlichen Sinn, aber in jedem anderen. Sie sank in die Polsterung, war ganz schwer, schmarrngefüllt, die Welt um sie aufgelöst, seine Hand an ihrem Kopf, noch einmal bäumte sich ihr Mantra auf, *Ich muss Luna finden,* chancenlos gegen die Macht, die von ihr Besitz ergriff, sie aufsaugte und dann im Ganzen verschluckte.

„Hallo?“

„Wer ... mit wem ... shit! ... wer bist du jetzt?“

„Wer will das wissen?“

„Ich hab dich zuerst gefragt.“

„Na meinetwegen. Manfred Stolwerk. Und du bist Luna, richtig?“

„Woher zum Teufel ...“

„Und möchtest mit Valerie sprechen.“

„Verdammter Mist, wieso weißt du das alles? Bist du ein verfluchter *NSA*-Spion? Shit, shit, shit ...“, murmelte Luna, Stolwerk konnte sie förmlich Nägel beißen hören. „Also, ich bin raus.“

„Nein, nein, nein, halt, Valerie ist hier, aber sie schläft, es geht ihr nicht besonders!“, schoss er heraus. *Ich Esel*, dachte er, und: *Nicht auflegen jetzt!* Stille. Kein piep, piep, piep, nur Stille. Und atmen. Besser als piepen, schlechter als reden. Drei Uhr morgens, unbekannter Teilnehmer. Er hatte nur diese eine Chance.

„Muss mit ihr reden.“

„Valerie ist völlig fertig, Luna. Sie hat mir gestern alles erzählt. Auch, dass’d in Schwierigkeiten steckst und sie nach dir fahnden. Sie wollt dich unbedingt finden. Aber seit der Sache am Bergisel ...“

„Ja, hab ich gesehen, Scheißdreck, voll arg, Alter!“

Er musste grinsen. „Genau ... dann weißt auch, dass sie eigentlich noch ins Krankenhaus gehört.“

„Echt? Hör zu, ich weiß nicht, wie lang ich noch reden kann. Die verfluchten Bullen sind hinter mir her. Bist du auf meiner Seite oder nicht? Ich muss das wissen. Erzähl mir bloß keinen Bullshit, klar?“

„Ich bin auf deiner Seite, Luna.“

„Ich zieh dir dein stinkendes Fell über die Ohren, wenn das nicht stimmt! Ich schwör, ich tu es. Du wirst dein verdammtes Nirwana erleben, wenn du mich verarschst, klar?“

„Komm doch einfach her. Altstadt, Herzog-Friedrich-Stra...“

„Jaja, weiß ich alles. Aber ich bin ja nicht vollkommen bescheuert, oder was glaubst du, Punk?“

Punk?, amüsierte sich Stolwerk. Vom Punk war er in etwa so weit entfernt wie Wacker Innsbruck von der Champions League. „Das kann ich mir denken. Also?“

„Na gut, also ... schwing deinen Arsch zum Innufer, jetzt gleich, klar?“

„Und wie erkenn ich dich?“

„Musst du nicht“, sagte sie, dann hatte sie aufgelegt.

***

Das Holpern des Kopfsteinpflasters setzte sich in jeder Faser ihres Körpers fort. Vorne hämmerten Hufe im Galopptakt gegen die Fahrbahn. Schmatz trieb den Sechsspänner durch die Stadt, schnalzte mit den Zügeln, legte sich in die nächste Kurve, die Hinterräder drohten auszubrechen, den Pferden war's egal, sie zogen, was das Zeug hielt, wohin auch immer.

„Heya, Heya! Heya, Afrodita! Heya, Arosa und Sandor! Absynth, Zorro, GUMMI!“

Drinnen flog Valerie herum, hielt ihre Sachen beisammen, der pompöse Reifrock machte jede Bewegung dreimal so schwer.

„Wie sieht's aus, Schmatz?“, rief sie nach vorne.

„Kaiserschmarrn!“, stieß dieser halb antwortend, halb warnend aus. Valerie duckte sich, hörte ein lautes Geräusch links vor der Kutsche, mehr Plopp als Knall, als

schlüge jemand einen Polster mit voller Wucht auf eine Tischplatte. Ihr Gespann vollführte einen Hakenschlag, heiße Butter spritzte gegen die Seitenwand. „Das war knapp!", kommentierte der junge Steuermann.

Valerie streckte die Nase hinaus. Riesige Brocken der Mehlspeise fielen vom Himmel, durchschlugen Dächer, zerplatzten am Boden, dampften heiß. Dazwischen hagelte es kokosnussgroße Rosinen. Apfelmus triefte in groben Fetzen von einem Baum, der unter dem Gewicht zu knicken drohte. Puderzuckerflocken bedeckten die Straße vor ihnen.

„Vorsicht, Schmatz, da vorn wird's gleich rutschig!"

„Jaja, Frau Mauser, hab ja keine Tomaten auf den Augen ... Ahahahahaha!"

„Was?"

„Klammeraffen!"

Auch das noch. Hatten einen die Biester erst mal erwischt, wurde man sie kaum wieder los. Aber jetzt war es nicht mehr weit.

Ein großer Tag sollte es werden! Valerie wollte heiraten. Den Prinzen, der so schön singen konnte. Der alte Monarch hatte seinen Segen verwehrt, eine Bürgerliche kam ihm nicht ins Haus, deshalb das Schmarrngewitter. Aber der schnurrbärtige Tatterer würde sie nicht aufhalten. Was wusste der schon von Liebe? Niemand würde ihr Glück aufhalten!

„Ahahahahahaha!"

Valerie öffnete die rechte Tür, um Schmatz zu Hilfe zu eilen, ausgerechnet jetzt eine Kurve nach links, zusammen mit der Tür kippte sie hinaus, konnte sich gerade noch am Griff festkrallen, Rechtskurve, plötzlich saß sie wieder im Innenraum. Sie schüttelte den Kopf und versuchte es erneut, mit Schwung zur Tür und hinaus, jetzt lief es besser, sie hielt sich am Gestänge der Seitenwand fest, hantelte sich vor. Plötzlich eine riesige Zwetschkenhälfte mitten auf der Fahrbahn, die Pferde zerstampften sie, es spritzte in alle Richtungen, auf Häuser, Kutsche, ins Gesicht, dann rumpelten sie über die Reste, schlitterten, die Rösser gerieten aus der Bahn, alles drehte sich. Da hielt die Kutsche unvermittelt an, in der Richtung, aus der sie kamen, sahen sie die berittene Leibgarde des Kaisers, die ihnen auf den Fersen war, samt ihren Kaiserschmarrnkatapulten, Puderzuckergranatwerfern und Apfelmuskanonen – ein herrlicher Anblick auf den Paraden beim Kaisergeburtstag, gerade jetzt: rein gar nicht!

„Schmatz, was ist? Schnell, umdrehen und weiter!"

„Geht nicht, Frau Mauser! Schau!"

Die wenigen Sekunden ihres Stillstands hatten dem Gegner gereicht. Sie waren umzingelt. Links und rechts Sperrfeuer aus Schmarrn. Vorne strömten die Faustkämpfer des kaiserlich-königlichen Boxclubs aus der Hofburg. Hinten jagten sie die Hunde los.

Dazwischen Valerie und Schmatz – verloren, alle beide. Doch sie würde nicht aufgeben. Sie würde heute heiraten, und wenn es das Letzte war, das sie tat. Sie hob die Fäuste, drehte sich, schätzte ab, wer sie zuerst erreichen würde, Boxer oder Hunde, Hunde oder Boxer?

Da traf sie eine volle Ladung Puderzucker, streckte sie zu Boden, nahm ihr den Atem, sie hustete, keuchte, drehte sich auf den Rücken, wartete auf das Einwirken roher Gewalt, woher auch immer. Doch niemand schlug zu, nichts passierte, kein Schmerz, kein Kielholen im Apfelmus, kein Pistolentanz in der Riesenpfanne, kein Schlammcatchen im Zwetschkenröster. Und auch kein singender Prinz, der sie rettete. Nichts.

Mit zusammengepressten Augen zählte sie die Sekunden. Einundzwanzig, zweiundzwanzig, dreiundzwanzig …

Dann schlabbern. Schlecken und schmatzen. Zungen im Gesicht. Viele, große Zungen. Spucke überall. Widerlich!

„Guten Morgen, mein Veilchen! Na, da hat aber schon wer Freundschaft geschlossen! Hahaha!"

Valerie gelang es kaum, die Einzelteile ihres Verstandes zu einem sinnvollen Ganzen zusammenzufügen. Sie hatte geträumt, gut. Ihre Augen waren verklebt, nun ja. Jetzt war sie jedenfalls wach. Doch immer noch schleckte ihr jemand genüsslich im Gesicht herum und sabberte sie voll. Das ergab doch keinen Sinn.

„Luna!", rief Stolwerk, „komm, sie ist wach!"

Luna. Valeries Puls beschleunigte sich. Luna war hier? Aber wie ...? Das Schlecken hörte nicht auf, Valerie versuchte, es wegzudrücken und die Augen aufzureißen, aber immer wieder diese Zunge ...

Jemand prustete. „Jackpot! Lass das, du verlauster Köter, her mit dir!" Hecheln, rutschende Krallen auf Parkettboden, Poltern, dann Klirren. Dann Stille.

„Ach, shit", tönte eine Frauenstimme.

Valerie zog das eine Lid auf, das der *verlauste Köter* wohl freigeschleckt hatte, stellte scharf und rieb sich das andere Auge. Schließlich sah sie drei Figuren vor sich stehen.

Stolwerk. Den verlausten Köter. Und eine wunderhübsche junge Frau mit Nasenring und langen, kastanienbraunen Rastalocken. Grünes Hemd, darunter Tank Top und Tarnhosen. Dreckige Füße in Flipflops. Wortlos setzte Valerie sich auf. Herzrhythmus auf Anschlag. Sie konnte sich an keinen einzigen ihrer tausendfach geprobten Begrüßungssätze erinnern. Starrte das engelsgleiche Wesen an, das mitten in ihrem Wohnzimmer stand und alles überstrahlte. Lachte ihm mit aller Liebe entgegen, die es verdiente.

„Verflucht, jetzt hat dir Jackpot die Vase zerdeppert! Böser Jackpot, scheißböser Jackpot! Schau dir die verdammte Sauerei ein, ey! Fuck, ey!“

Wie schön ihre Stimme klang. Valerie sagte kein Wort. Nicht, weil sie nicht wollte, sondern weil sie nicht konnte. Sie erhob sich von der Couch, ihr Hintern war die Hölle, ihre Beine Pudding, nichts war ihr je so egal gewesen. Sie bewegte sich wie Elvis, dann wie Frankenstein, ein Schritt, ein weiterer, ihr Puls viel zu schnell, langsam näherte sie sich der wundervollen Gestalt, hob ihre Arme, beschloss, sie einfach um Luna herumzuwerfen und nie wieder wegzunehmen.

„Hey!“, fuhr diese zurück, „lass die Scheiße!“

Erschrocken hielt Valerie inne. Da standen sie. Mutter und Tochter. Vor vierundzwanzig Jahren getrennt, jetzt wieder vereint. Bis auf diese eine Armlänge zwischen ihnen. Dauerfeuer in der Brust.

„Also, eins sag ich dir gleich, die Mutter-Tochter-Versöhnungsnummer läuft nicht, klar? Ich bin nicht freiwillig hier.“

Valerie fand keine Worte. Schon klar, dass das hier für niemanden einfach werden würde.

Stolwerk unterbrach die Stille als Erster. „Oh, ich glaub, da hat einer mächtigen Druck auf der Blase. Hm, du? Jack muss auf den Pott, was, Jackpot? Jack? Pot? Potpot? Na los, komm Gassi!“ Mit der letzten Aufforderung zeigte sich der Hund sofort einverstanden, schleckte Stolwerk die Hand, gleich darauf verließen sie die Wohnung.

Luna schniefte, wandte sich ab, ging zum Fenster und sah auf die Straße hinunter. Valerie blieb still, studierte ihre Bewegungen, staunte über das Wunder, das sie völlig in Besitz genommen hatte. Sonnenstrahlen fielen auf Gesicht und Dreadlocks und den mächtigen, silbernen Nasenring. Sie trug ein Goldkettchen, das gar nicht zu ihrem sonstigen Look passte, daran hing eine dieser halbierten Münzen, golden.

Valerie musste unwillkürlich Luft holen, als sie das Muttermal in Form einer perfekten Mondsichel entdeckte, an ihrem Hals, gestochen scharf wie ein Tattoo. *Luna.* Völlig klar, woher sie den Namen hatte. Aber da war noch etwas. Ein Gefühl, schwer zu fassen. Eine Unruhe. Erinnerte sie sich? An dieses Muttermal? Bestimmt hatte Luna es schon bei der Geburt gehabt. Aber hatte Valerie ihr Baby damals überhaupt angesehen?

Luna riss den Kopf herum, starrte Valerie an und holte Luft. „Bist du eigentlich stumm? Oder blöd?" Sie illustrierte das Vorgetragene mit Fingerkreisen um Ohren und Schläfen.

„Will ich nicht hoffen."

„Dann red endlich!"

„Du ... bist ... Luna."

„Bingo! ... Und du bist ... hey!" Theatralisch breitete Luna die Arme aus, legte den Oberkörper zurück und ging leicht in die Knie.

„Ja? Kann ich dich in den Arm nehmen?" Nichts wünschte sie sich jetzt mehr. Sie an sich drücken, nie mehr loslassen müssen. Doch Luna wich erneut zurück.

„Mann, bist du leicht zu verarschen!" Erneut schniefte sie hoch, der Nasenring baumelte einmal nach, Valerie unterdrückte den Drang, ihr ein Taschentuch anzubieten. Ja, sie war schon irgendwie ... roh. Und roch auch so. Aber alles, was Luna bisher getan und gesagt hatte, konnte Valerie ihr sofort verzeihen. Unglaublich einfach ging das. Als wäre sie berauscht. Die Hormone vielleicht? Wenn, dann handelte es sich um einen gewaltigen Dammbruch. „Schön, dass du hier bist“, sagte sie.

„Überhaupt nicht schön! Nur weil ich sonst nirgends sein kann, verflucht! Die Scheißbullen sind hinter mir her. Und ... die anderen! *Damned*!“

„Die anderen?“

Schniefen. „Scheiße, ja!“

Valerie versuchte, ihren Verstand zusammenzusammeln und sich zu konzentrieren. „Langsam. Erzähl. Kaffee?“

Luna zitterte deutlich. „Kann ich rauchen?“

Rauchen schadet deiner Gesundheit! ... Wenn's sein muss. ... Klar. „Klar.“ Eine Zigarette würde sie schon nicht umbringen.

Valerie goss sich einen Muntermacher ein, sah verstohlen zu Luna, erschrak, überlegte, ob sie sich die Augen reiben sollte, tat es dann auch, wie im Zeichentrickfilm, aber das Bild wollte sich nicht ändern: Luna befeuerte gerade einen mächtigen Joint, inhalierte tief und sah sie schließlich durch den Rauch hindurch an. „Was? Kommst du mir jetzt mit deiner Scheiß-Bullenmoral, oder was? Willst du mich direkt einsperren? Da wirst du dich verdammt aber so was von hinten anstellen müssen ... Fuck!“

„Hab ich gesehen.“ Valerie setzte sich auf die Couch und nippte am Kaffee. Überlegte. Schwerer Duft, wahlweise Gestank, erfüllte den Raum. Luna diffus im Nebel. Keine Sekunde hatte Valerie daran gezweifelt, dass dies tatsächlich ihre Tochter war. Vernünftig war das nicht.

„Also, Luna.“

„Was?“ Sie hustete, schniefte erneut, von tief unten nach hoch oben.

„Du bist meine Tochter.“ Valerie hielt die Luft an.

„Ta-daa!“ Luna breitete erneut die Arme aus.

Noch einmal würde sie nicht darauf hereinfallen. „Und wie bist du da draufgekommen? Dass ich …“

„Ach, hast du jetzt Zweifel, oder wie? Hätt ich mir ja denken können. Zuerst liegt mir das Sackgesicht von der Behörde jahrelang in den Ohren, ‚Ihre leibliche Mutter will Sie sehen, die arme Frau, meldet sich pausenlos, verzweifelt, kann man sie nicht vielleicht mal anrufen‘, blablabla. *Du* hast *mich* gesucht, nicht ich dich. Und reicht's nicht, wenn ich gerade denk, ich schau in einen verfickten Spiegel?“

Das stimmte, es gab auffallende Ähnlichkeiten, besonders Augen und Nase, die Wangenknochen vielleicht, wobei Luna wesentlich tiefer gebräunt war als Valerie. Sie musste viel Zeit im Freien verbringen. Noch ein tiefer Lungenzug.

„Luna … ich hab so lange versucht, meine Tochter … dich … zu finden. Nichts hab ich mir je so sehr gewünscht. Und jetzt stehst du plötzlich da, steckst bis zum Hals in Problemen und brauchst Hilfe. Was glaubst du, was ich denke?“

Luna sagte nichts, ließ das THC des Cannabis seine Arbeit verrichten, dann blies sie den Rauch aus und näherte sich. Vor der Couch blieb sie stehen. Blickte auf Valerie herab. Ein Grinsen, das sich nur schwer einordnen ließ. Ein entblößter Bauchnabel, eine unvermeidbare Assoziation, an dieser Stelle ihres Körpers waren sie einst miteinander verbunden gewesen, hatten sie ihr Schicksal geteilt. Luna zog wieder am Joint, hielt die Luft ein paar Sekunden an und pustete den Rauch demonstrativ in Valeries Gesicht hinunter, er vermischte sich mit anderen Duftnoten, die von ihr ausgingen. Nicht nur ein Taschentuch, auch eine Dusche hätte ihr gutgetan.

Valerie stand auf, entfernte sich zwei Schritte, dachte nach, doch die Gedanken fuhren Achterbahn. „Was ist ... mit diesem Boxer ... wo ist der?“

„Du meinst Jackpot? Stolwerk ist mit ihm raus, hast du das nicht gecheckt? Er hat’s doch gesagt! Gassi gehen! Scheiße, Alter! ... Alte.“

Der Hund! Na klar, der Hund! Ein Boxer! Gedanklich klatschte sie sich die flache Hand an die Stirn.

„Hast du Tabletten?“, wollte Luna wissen.

„Was? ... Äh ... ja, was denn für welche?“

„Egal. Tramadol wär super, retardierend, wenn geht. Oder Benzos?“

Dachte Valerie zuvor, sie sähe nicht richtig, glaubte sie jetzt, sich verhört zu haben. Meinte Luna, sie unterhielt eine Apotheke? Oder ein mexikanisches Drogenlabor? „Wozu brauchst du die?“

„Muss ich dir nicht sagen, oder? Aber ... Scheißkopfweh. Unfall.“

„Ich hätte Naproxen.“

„Pfff ... ha! Oh, ja, danke, das hilft mir sicher. Was noch? M&M’s? ... Valerie, hör zu. Ich glaub, die Idee mit dir und Innsbruck war beschissen. Du siehst nicht aus wie jemand, der mir helfen kann. Ich dachte, du wärst cool ... aber der Unfall hat dich ... na ja, *whatever, shit happens*. Ich hoff für dich, das hier renkt sich wieder ein.“ Luna kreiste erneut ihren Zeigefinger um die rechte Schläfe, halb blies, halb murmelte sie: „Fff... uck!“, ging zum Waschbecken, hielt die Spitze des Joints an den Wasserstrahl, steckte ihn ein und machte sich daran, ihre Sachen zusammenzusammeln, einen Rucksack, der mehr nach Beutel aussah, und ein merkwürdig langes Skateboard. Nach zwei Schritten Richtung Tür hielt sie inne. Valerie ahnte, warum: Stolwerk war noch mit ihrem Hund unterwegs.

„Natürlich will ich dir helfen, Luna." Sie stand auf und öffnete ein Fenster. „Bleib hier und erzähl. Gib uns eine Chance."

„Ich glaub dir ja, dass du mir helfen *willst*. Nur *können* tust du's nicht."

„Du sagst mir aber auch nichts, womit ich anfangen könnte. Was erwartest du dann?"

Luna zog die Nasenflügel hoch, als wäre sie angewidert. „Gar nichts mehr! Wenn der Fettsack endlich mit Jackpot zurückkommt, bin ich weg und du kannst dein dämliches Scheiß-Bullenleben weiterleben."

Da klingelte es an der Wohnungstür. Luna erstarrte, Valerie reagierte nicht. Kaum zu glauben, aber da war Angst in ihren Augen. So standen sie eine halbe Minute lang da, sahen sich an, sagten nichts.

Erneut der Türgong. Unwahrscheinlich, dass Stolwerk seinen Schlüssel vergessen hatte. Luna erinnerte Valerie für einen Moment an ein aufgeschrecktes Beutetier, eine Zehntelsekunde vorm Sprung in die Flucht. Wieder das Signal. Valerie ging ans Fenster und sah hinunter. Nur das übliche morgendliche Treiben in der Altstadt – den Hauseingang unter den Lauben konnte man von hier oben nicht sehen. Vielleicht doch Stolwerk? Beim dritten Klingeln würde sie den Hörer der Gegensprechanlage abnehmen. Sie wartete, zählte die Sekunden – und kam nur bis zehn.

„Nicht aufmachen!", fauchte Luna.

Valerie hob leise ab und lauschte. Nichts.

„Hallo?", sagte sie unverbindlich.

„Frau Mauser, Geyer und Prammer. Lassen Sie uns rein!"

Freitag früh. Nikolaus Geyer, ihr Stellvertreter ... nein, Geyer, der neue Abteilungsleiter, vielleicht bald Geyer, ihr Chef. Wenn sie nicht gefeuert würde. Mit

Kollegin Beate Prammer. Er klang sehr bestimmt. Das hier war definitiv kein Krankenbesuch.

„Einen Moment, ich war gerade in der Dusche. Warten Sie."

„Machen Sie schnell, Frau Mauser, in Ihrem eigenen Interesse."

Valerie legte auf, ohne den Türsummer zu betätigen, und blickte zu Luna.

Diese war ziemlich blass geworden und drängte: „Was? Wer ist da? Die Bullen? Hast du die verdammten Bullen gerufen? Oder war es Stolwerk? Ich hab doch geahnt, dass der nur so nett tut! Fuck, ey!" Damit stürmte sie auf Valerie zu, wollte an ihr vorbei zur Wohnungstür.

„Jetzt bleib stehen, Stolwerk hat nichts damit zu tun. Und ich auch nicht!" Valerie stellte sich in den Weg, versuchte, Lunas Arme zu fassen, diese sprang sie an, beide fielen zu Boden, Valerie war unten, aber nicht lange, das regelmäßige polizeiliche Nahkampf-Training bewährte sich aufs Neue. Mit wenigen, oft geübten Griffen hatte sie die Oberhand gewonnen und Luna am Boden fixiert.

„Hör zu. Die halbe österreichische Polizei ist hinter dir her. Und dir fällt nichts Besseres ein, als in die nächste Polizeiwache zu marschieren und nach mir zu fragen. Was glaubst du, woher die wissen, wo du bist?" Valerie redete sich in Rage, fühlte die Wut aufsteigen. Vielleicht musste sie einfach ihre Sprache sprechen, um einen Zugang zu finden. „Glaubst du vielleicht, die sind verdammt nochmal bescheuert?"

Luna versuchte, sich zu lösen, und fand sich sofort in einer noch engeren Fixierung wieder. „Du tust mir weh, verdammt! Aua! ... Ich *bin* da nicht *reinmarschiert*, die haben mich im Zug geschnappt. Was hätte ich denn machen sollen? Aber scheiß auf die Bullen! Du kapierst echt gar nichts!"

„Dann klär mich auf!"

„Ich ... die sind hinter mir her! Fuck!"

„Wer, die?"

„Scheißböse Menschen. Mafia!"

„Was?"

„Mafia! Mörder! Die wollen mich, verstehst du? Die haben Sophia ermordet! Sie haben meine Blutsschwester gekillt, die Schweine! Und sie war nicht die Erste! Und jetzt haben sie mich auf der Liste! Und ... fuck, ich hab da was, das die haben wollen, keine Ahnung warum, O.k.? Und ich weiß, was sie getan haben! Die finden mich überall, erst recht, wenn deine Kollegen mich schnappen! Korrupte Arschbande alle!"

Mafia. Mörder. Korrupte Kollegen. Luna hatte Valerie die groben Brocken hingeworfen. Keine Zeit zum Verdauen, und ob an der Geschichte was dran war, ließ sich nicht überprüfen. Aber Luna musste hier raus, und das schnell, daran zweifelte Valerie keine Sekunde. Niemand durfte ihre Tochter mitnehmen und ihr schon gar kein Haar krümmen!

„O.k. Eines nach dem anderen. Ich lass dich jetzt los. Mach keinen Blödsinn, ja?"

Luna riss die Arme demonstrativ an sich, kauerte sich an die Wand, senkte den Kopf und verbarg ihr Gesicht hinter den Rastalocken. Valeries Handy signalisierte eine SMS, sie ging hin. Die Nachricht kam von Schmatz: *Ruf an, dringend!*

Nach einer Minute Dauerklingeln meldete sich der junge Mann endlich, flüsternd, aber eindringlich: „Frau Mauser, endlich! Hab erst raus müssen, kann im Büro nicht reden. Hör zu, *der Adler ist gelandet*!"

„Was?"

„Äh ... alle sind hinter dir her, Frau Mauser, Fuchs vom Bahnhof hat denen das mit deiner Tochter gesteckt. Und die glauben jetzt, sie ist bei dir. Niki und Bea...“

„Weiß ich, stehen unten.“

„Die wollen einen Durchsuchungsbefehl! Der Antrag ist schon ganz oben bei der Kröte.“

Doktor Harald Krotlackner, von Schmatz in dessen jugendlichem Leichtsinn *Kröte* getauft. Der neue Innsbrucker Oberstaatsanwalt. Derselbe, der es ohnehin schon auf Valerie abgesehen hat, der, der an „eigenmächtig handelnden Exekutivbeamten wie ihr“ ein Exempel statuieren wollte, der sie der Körperverletzung bezichtigte, bei der Sache am Bergisel. Hätte es in seinem alleinigen Einflussbereich gelegen, wäre sie wohl längst aus dem Polizeidienst entfernt worden. Keine Frage, den Wisch, um hier hereinzukommen, würden Geyer und Prammer im Handumdrehen kriegen. Luna musste aus der Wohnung raus.

„Ist sie echt bei dir, Frau Mauser?“

Valerie schwieg. Die Loyalität des jungen Mannes war grenzenlos, konnte ihn aber schnell in Schwierigkeiten bringen. Besser, er wusste nicht zu viel.

„Hör zu, Frau Mauser, ich hab mir schon den Kopf zerbrochen, wie wir am besten tun. Ihr könntet ein paar Tage bei mir wohnen. Ich hab sturmfrei und niemand wird euch suchen.“

„Keinesfalls, Schmatz, verstanden? Lass dich da nicht reinziehen, schlimm genug, wenn's mich Kopf und Kragen kostet. Klar? Ich bin jetzt nicht mehr deine Chefin, du musst Geyer folgen ...“

„Natters. Der Hof im großen Feld, nach dem Krankenhaus. *Schmatzerhof* steht auf der Hausmauer drauf. Die Tür ist offen. Niemand dort, alles *safe*. Wir treffen uns da!“ Er hatte es schneller ausgesprochen, als sie ihn hätte unterbrechen können.

Schmatzerhof. Sie schüttelte den Kopf und wählte die nächste Nummer. Stolwerk ging sofort dran.

„Veilchen, dieser Geyer steht mit einer Frau vorm Eingang!“

„Schon klar, Stolwerk. Frau Prammer gehört auch zu meinem ... zum Team. Sperr ihnen bloß nicht die Tür auf!“

„Die kommen garantiert auch so rein. Du musst Luna verstecken, Veilchen!“

„Bleib unten und pass auf, Stolwerk.“ Sie legte auf.

Stolwerk stand mit Jackpot unter den Lauben der gegenüberliegenden Straßenseite. Bei seiner Körperfülle war es gar nicht so einfach, sich zu verbergen und gleichzeitig den Überblick über das Geschehen zu behalten. Und obwohl der Hund ein Musterbeispiel für Folgsamkeit war, trug er auch nicht gerade zur Tarnung bei. Sollte Stolwerk versuchen, die beiden LKA-Beamten abzulenken? Am Eindringen zu hindern? Aber wie? Geyer kannte ihn, das Spiel wäre leicht zu durchschauen gewesen. *Lieber bleiben und beobachten,* gab er Veilchen Recht. Die beiden Polizisten standen noch einige Minuten im Eingangsbogen, dann verließ einer der Bewohner das Haus und Geyer und Prammer nutzten ihre Gelegenheit, ganz wie er befürchtet hatte. Kurz überlegte Stolwerk, ob er Valerie Bescheid geben sollte. Aber sie konnte die beiden wohl längst im Treppenhaus hören. Sie und Luna waren auf sich allein gestellt.

Beim Gedanken an Veilchens Kind musste er unwillkürlich grinsen. *Rabenbratl,* dachte er. Das war zwar ein hartes Wort, passte aber wie die Faust aufs Auge. Wie sie am Telefon gefordert hatte, war er gegen viertel nach drei Uhr früh zum Innufer gegangen, war hinter der Markthalle entlanggeschlendert, alles war mucksmäuschenstill gewesen, nur hin und wieder Plätschern vom Fluss, Wind in den Bäumen, ein einzelnes Auto, Laute der Nacht eben.

Dann Abrollgeräusche und Krallen auf Asphalt, er hatte sich langsam umgedreht und die Silhouetten zweier Gestalten entdeckt. Die eine war ihm ohne jede Bewegung entgegengeschwebt, das fahle Licht der Straßenlaterne in ihrem Rücken trug zum gespenstischen Eindruck bei. Ein Hund kam daneben her getrottet.

„Geht's eigentlich noch auffälliger?", hatte die junge Frau mit Rastalocken ihm zur Begrüßung gegeben, noch während sie ihr Longboard mit dem linken Fuß abbremste.

„Luna", hatte er geantwortet.

Sie war wenige Zentimeter vor ihm stehen geblieben, hatte ihren Kopf in den Nacken gelegt, ihm den Nasenring gezeigt und nach oben geantwortet: „Stolwerk. Der Auf-meiner-Seite-Stolwerk."

„Ja."

Sie hatte ihn von oben bis unten und wieder zurück gemustert. „Na ja, viel hilft viel ... ha!" Dann hatte sie laut hochgezogen.

„Und das ist also der Boxer, mit dem du am Bahnhof durchgebrannt bist", hatte Stolwerk mit Blick auf die andere Gestalt kombiniert.

„Jackpot!"

„Und wie heißt der?"

„Na Jack-pot!"

„Ach so, *Jackpot*." Er hatte den Rüden an seiner Hand schnuppern lassen, dieser hatte sie dann auch postwendend abgeschleckt. „Kommt mit", hatte Stolwerk gesagt und war losspaziert. Jackpot hatte seiner Aufforderung sofort folgen wollen. Hunde vertrauten ihm ähnlich bedingungslos wie Menschen. Woran es lag, konnte sich Stolwerk selbst nicht erklären. Es war einfach so, eine Gabe, schon als Kind hatte er Zugänge gefunden, die anderen verschlossen blieben. Zu Tieren wie zu Menschen. Was ihm später in seiner Zeit als Cobra-Einsatzbeamter und noch später am LKA Wien sehr zugute gekommen war.

Trotzdem hatte ihn erstaunt, dass Luna ihr Longboard nach kurzem Zögern in die neue Richtung ausgerichtet und sich abgestoßen hatte, ohne mehr wissen zu wollen. So hammerhart, wie sie sich gab. Aber stundenlanges Verstecken vor der Polizei hatte wohl Spuren hinterlassen. Dazu der nicht gerade kleine Hund – ein auffälliges Paar. Vielleicht hatte ihr auch Jackpots Schleckerei einen Hinweis auf seine Vertrauenswürdigkeit gegeben. Also waren sie losgegangen (Luna gerollt, bis das Kopfsteinpflaster anfing), der Hund war erstaunlich leise hinterher, schien verstanden zu haben, dass sie in ihrer Situation weder Kläffen noch ausgedehnte Schnuppereien noch andere Hundesachen gebrauchen konnten. Die drei hatten wenig beleuchtete Altstadtgassen genommen und sich schließlich zum Hauseingang gestohlen.

Zu genau jener Tür, die jetzt wieder aufging. Die beiden Polizisten in Zivil verließen das Gebäude, unterhielten sich aufgeregt und trennten sich. Während Geyer in Richtung Maria-Theresien-Straße schlich, kam Valeries Teammitarbeiterin direkt auf Stolwerk zugestöckelt.

Dieser drehte sich schnell weg und interessierte sich plötzlich sehr für eine Auslage mit Exotischem für jeden Anlass: Traumfänger, Regenmacher, Buddha-Statuen ... nur gut, dass diese *Frau Prammer* ihn nicht kannte, denn sie tat es ihm jetzt gleich, bestaunte demonstrativ das Sortiment des Geschäfts, stellte sich direkt neben ihn und den Hund, drehte sich mehrmals verstohlen zu Valeries Wohnhaus um und zückte dann ihr Telefon.

„Ja, Frau Hundsbichler, Prammer spricht, verbinden Sie mich bitte sofort mit Doktor Berger, danke ... nein, sagen Sie ihm, es geht um Mauser ... ja, ich warte ...“

Stolwerk konnte mühelos lauschen. Immer wieder warf er einen Seitenblick in ihren Rücken ... an ihr herab ... verweilte einen Moment an den Pumps und der auffällig gemusterten Strumpfhose ... wieder hoch ... und eilig weg, als sie sich umdrehte. Jackpot verlor langsam die Geduld, er wollte endlich weiter und zog an der Leine.

Valeries Kollegin nahm keine Notiz davon und holte Luft. „Herr Oberst, Prammer spricht. Frau Mauser war anwesend. Es roch deutlich nach Cannabis ... ja, eindeutig ... Can-na-bis! Wie? ... schwer zu sagen, vielleicht ist sie jetzt völlig durchgekn... ich meine, das heißt, auf die schiefe Bahn geraten ... vielleicht hat der Unfall ja ihre Persönlichkeit verändert, man hört das immer wieder, ich habe erst kürzlich im TV gesehen, dass gerade, wenn bei einem Schädel-Hirn-Trauma bestimmte Regio... ja, verzeihen Sie bitte? ... Medizin? Ich? Nein ... nur die Polizeischule ... ich verstehe, jawohl Herr Oberst, Entschuldigung. Also sie sagte, sie kenne den Aufenthaltsort von Frau Brennsteiner nicht, aber wenn Sie mich fragen, die lügt wie gedruckt. Wer Marihuana raucht, der ... oh, entschul... ja, ich bleibe hier. Geyer meint, wir sollten nochmal mit Durchsuchungsbefehl rein, sobald wir ihn haben. Aber nur mit Verstärkung!

Wer so sehr auf die schiefe Bahn gerät, der ... nein, bin ich nicht ... nur ein Glaserl gestern ... verstanden, Herr Oberst. Danke, ja ... nein, Frau Brennsteiner wird uns sicher nicht entwischen. Jawohl, Herr Oberst! Danke, Herr Oberst!“

Jetzt ließ sich Stolwerk von Jackpot ein paar Meter wegziehen und lachte in sich hinein. Dieser Oberst Doktor Berger, Valeries Vorgesetzter und Leiter des LKA Tirol, musste eine besondere Nummer sein. Valerie bezeichnete ihn gelegentlich als Adler in seinem Horst. Wer bei ihm vorsprach, musste am Ende das dringende Bedürfnis verspüren, seine Hacken zusammenzuschlagen. So wie Prammer gerade. Stolwerk hatte sich von Zwängen dieser Art befreit, als er vor wenigen Jahren aus dem Polizeidienst ausgeschieden war und seine eigene Firma gegründet hatte. Er dankte Gott dafür und zog sein Mobiltelefon aus der Tasche.

Sie klopfte leise an die Tür der unteren Wohnung, die sofort geöffnet wurde.

„Sind sie weg?“, fragte Luna, noch während Valerie eintrat.

„Ja, aber laut Stolwerk überwachen sie die ganze Gegend und werden wohl bald wiederkommen.“

„Mist, verdammter!“ Wieder diese Augen, die Valerie an ein alarmiertes Tier erinnerten. Und an sie selbst. „Dann kannst du aber so was von Gift drauf nehmen, dass die anderen auch bald hier sein werden. Die haben ihre mistverdammten Ohren überall!“

„Hier bei mir schaut garantiert niemand“, sagte Sandro Weiler. „Bleibt einfach so lang hier, wie ihr wollt!“

„Fuck, du hast keine Ahnung! Die finden uns ... mich ... immer ... hast du nicht zugehört? Die haben

Sophia getötet! Und die wollen nicht nur mich – die wollen auch Jackpot!"

Den Hund? Bevor Valerie die neue Information verdauen konnte, hörte sie Geräusche im Hauseingang. Stolwerk konnte es nicht sein, er wollte ja unten bleiben. Sie spürte, wie ihr Puls nach oben ging, schlüpfte in Sandros Wohnung, schloss die Tür und legte ein Ohr daran, jemand sperrte eine Wohnungstür auf und machte sie wieder zu. „Irgendwer von unten", kommentierte sie.

Luna blies die Luft aus.

„Danke", sagte Valerie an Sandro gewandt, der mit den Schultern zuckte, als sei es nicht der Rede wert. Dann lächelte er sie wieder an, ihr musikalischer Nachbar, der sie so oft im Rehabilitationszentrum Hochzirl besucht hatte. Dessen Gesicht und dessen Lieder ihr schon lange nicht mehr aus dem Kopf gingen ...

Dann drehte sie sich zu Luna um. „Ach ja, und danke vielmals auch dir!"

„Was? Wofür denn?", wollte diese wissen.

„Dass mich das LKA jetzt für eine durchgeknallte Kifferin hält. Das wird mir im Disziplinarverfahren sicher enorm weiterhelfen."

Die Angesprochene hustete und schniefte lautstark. „Disziplinarverfahren. Na oje, oje. Nicht, dass du zum Schluss noch eine Strafarbeit schreiben musst!" Dazu schauspielerte sie, welch große Angst sie vor solchen Folgen zu haben dachte. Ihre ausladenden Bewegungen erinnerten an Johnny Depp als Piratenkapitän.

Valerie schluckte ihren Ärger hinunter. Natürlich konnte man dienstliche Konsequenzen nicht damit vergleichen, dass einem nach der Freiheit oder gar dem Leben getrachtet wurde wie bei Luna. Sie musste ihr helfen, um jeden Preis, ihren Job, ihre Freiheit, ihr … aber dazu musste sie mehr von ihr wissen.

Schmatz und sein Bauernhof waren zur denkbaren Option geworden. Der *Schmatzerhof* in Natters … Valerie wandte sich an Sandro. „Wir müssen hier raus, und zwar schnell. Hast du irgendeine Idee?“

Er kniff die Augen zusammen, spitzte die Lippen, sah zu Luna, dann wieder zu ihr und fing plötzlich an zu grinsen. „Gib mir zehn Minuten“, sagte er und griff nach seinem Handy.

Zehn Minuten. Wer würde schneller sein, Geyer mit Durchsuchungsbefehl oder Sandro mit … womit auch immer?

Valerie drängte Luna: „So, junges Fräulein. Dann hast du jetzt zehn Minuten, mir zu erzählen, wer warum hinter dir her ist und was es mit dieser Sophia auf sich hat. Ich höre?“

Otvali!, hat er geschrien, und obwohl sie dieses Wort nicht kannte, konnte es nur so was wie *Verpiss dich!* bedeuten.

Also läuft sie, denn laufen, das kann sie, schnell wie der Wind. Auf den ersten Metern schiebt sie die Augenbinde nach oben. Es ist noch kühl und dämmert, muss früh am Morgen sein. Sie sieht sich nicht um, biegt ums Eck der Baracke und dann weiter wie der Blitz. Zu ihrem Glück hat sie die Richtung erwischt, direkt dorthin, wo das Loch im Zaun ist, dahinter ihr Versteck. Ihr Kopf ist die Hölle, aber die Befehle, die er den Beinen sendet, kommen noch an. *Lauft, sonst ist es aus!*

Die Hunde sind ihr auf den Fersen, aus purem Jagdinstinkt, sie kläffen nicht, aber sie hört Pfoten und spritzenden Kies, spürt die Kraft, mit der sie sich nähern. Vor Menschen kann sie davonlaufen, vor Hunden kaum. Noch hat sie einen Vorsprung, aber es sind immer noch gute dreißig Meter bis zum Zaun ...

„Jackpot! Nicht du! Komm zurück, du verdammter ... JACKPOT!!!“

Sie glaubt zuerst, sich verhört zu haben, was für ein Jackpot, dreht sich um und sieht, dass die beiden Schäferhunde, die sie beim Einbruch ruhiggestellt hat, längst nicht so schnell sind wie der dritte Hund, ein lupenreiner Boxer, nur noch fünf Meter hinter ihr. *Die Benzos*, denkt sie und schöpft neue Hoffnung. War die Dosis wohl doch etwas hoch für die Schäferhunde. Hinter ihnen Knarr und zwei Männer, einer von ihnen humpelt und kann nicht Schritt halten.

Wieder Knarrs Stimme: „Jackpot, stopp! Stopp, stopp, stopp! JACKPOT!“

Jackpot heißt der Boxer, versteht sie endlich. Der Kopf schmerzt mehr, als dass er funktioniert, ein Stechen jedes Mal, wenn einer ihrer Füße den Boden berührt. Jetzt hat Jackpot sie eingeholt, es läuft ihr kalt über den Rücken, als er an ihrer Seite hochspringt. Aber er beißt nicht zu, schlägt stattdessen einen Haken und streift sie an den Beinen. *Der will nur spielen!* Und aus irgendeinem Grund ruft Knarr ihn aufgeregt zurück.

Der Hund ist ihm wichtig. *Also kommt er mit*, beschließt sie.

Das Loch im Zaun direkt vor ihr – gerade groß genug, dass *sie*, nicht aber die Männer durchpassen –, sie stürzt darauf zu und schlüpft hindurch, der Boxer namens Jackpot folgt, sie tätschelt ihn, er wedelt eifrig mit der Rute. Die anderen haben noch gut zehn Meter bis zum Zaun, Knarr und einer seiner Männer schneller als der humpelnde und die beiden Schäferhunde, die unmotiviert hinter dem Geschehen hertrotten. Ihre Chance. Das kleine Loch würde sie zusätzlich aufhalten. Sie wird es schaffen!

„Knarr, du verdammte Schweinesau, du wirst für deine Morde büßen, das schwör ich! Und dein Jackpot gehört jetzt mir!“, schreit sie aus vollen Lungen. Der Ausdruck in Knarrs Gesicht ist unbezahlbar. Weniger lustig findet sie, dass er eine halbe Sekunde später seine Pistole gezogen, in Anschlag gebracht und abgedrückt hat. Ein lauter Knall, gleich darauf zischt etwas dicht an ihr vorbei und schlägt in einen Baumstamm ein. Gleich noch ein Schuss und noch einer, dann ist sie im Dickicht verschwunden.

„Los, holt sie euch, ihr Schwachköpfe!“, schreit Knarr seinen Männern zu, sie hört, wie die sich wütend am Zaun zu schaffen machen, der Maschendraht scheppert, hält sie auf. „Na was ist, drüberklettern! ... Alles muss man selber machen! ... aua!“ Ein dumpfes Geräusch. „Lasst mich, holt sie!“

Sie rast zu ihrem Unterschlupf, schnappt Rucksack und Longboard und eilt Richtung Landstraße, wo sie sich einem LKW entgegenstellt, ihn zum Anhalten bringt und einsteigt – mit ihrem neuen Gefährten, der sichtlich erfreut ist, endlich eine gute Spielkameradin gefunden zu haben.

Der Lastwagen hat sie dann nach Budweis gebracht, wo sie der Fahrer, der bei ihrem Einsteigen noch recht hoffnungsvoll dreingeschaut hatte, mit wenig dezentem Hinweis auf ihren Gestank hinauswarf. Dort ist sie jetzt seit zwei Tagen, hat eine alte Bekannte gefunden, bei der sie mit Jackpot unterkommen und sich um Hygiene sowie ihre Platzwunde am Hinterkopf kümmern konnte. Zu ihrem Glück war Milena Arztgehilfin und gut darin, Dinge aufzutreiben. Bei ihrem Arbeitgeber und auch anderswo. Der zweite Tag war noch schlimmer als der erste, aber mit frischen Medikamenten und einer gepflegten Tüte ließ es sich aushalten.

***

Plötzlich wurde es laut in der Innsbrucker Altstadt. Drei dunkel gekleidete Personen, die scheinbar aus dem Nichts gekommen waren, gerieten in einen Streit und warfen sich wüste Unfreundlichkeiten an den Kopf. Alle waren sie kontrastreich geschminkt, hauptsächlich schwarzweiß, ein paar Akzente in grellrot. Viel Metall, das in der Sonne blitzte, Stäbe, Kettchen, Ringe in Ohren, Nasen und sonst wo im Gesicht. Auf Höhe von Valeries Wohnhaus begannen sie sich zu schubsen, die Frau in der Gruppe fiel auf die Knie und schrie hysterisch, die beiden Männer gingen sich an die Gurgel. Alles ging durcheinander, einer von ihnen riss einen Müllkübel aus seiner Halterung und warf ihn nach dem anderen. Passanten wichen zurück und suchten Deckung. Nicht so die beiden Polizisten, die zufällig in der Nähe waren: erst Geyer, der plötzlich wieder aufgetaucht war, dann auch Prammer. Gemeinsam versuchten sie, die beiden Streithähne auseinanderzubringen, aber erfolglos, denn geschickt wichen sie ihnen aus, liefen zehn Meter davon und machten weiter, so als stünde nicht ihre Auseinandersetzung im Vordergrund, sondern ...

Stolwerk, der zuerst vom Geschehen erschrocken war, ging ein Licht auf, als er das Mädchen erkannte: Kassandra Weiler – Sandros nicht auf den Mund gefallene Gothic-Schwester, die Frau, mit der sich Veilchen beim Bergisel-Konzert unterhalten hatte. Und damit war ihm klar, was hier gespielt wurde: großes Ablenkungsmanöver!

Eine hastig geschriebene SMS von Valerie traf ein: *kommen raus! fahr mit pkw vor M-T-Str danke!!!*

Während Stolwerk mit dem Hund in Richtung Abstellplatz loslief, sah er noch, wie Prammer telefonierte – sicher, um auf raschere Verstärkung zu drängen – und Geyer sich mit rudernden Armen zwischen die beiden Gothic-Kämpfer zu zwängen versuchte, erfolglos.

Keine fünf Minuten später kamen zwei Personen auf Stolwerks Wagen zugerannt und rissen die hinteren Türen auf.

„Und los!“, rief Luna, nachdem sie – und zu seinem Erstaunen auch Sandro Weiler, Valeries Nachbar – auf die Rückbank von Stolwerks altem Volvo gesprungen war, den er wie gefordert (und entgegen dem Fahrverbot für Privatfahrzeuge) zum südlichen Ende der Maria-Theresien-Straße gebracht hatte. Jackpot saß am Beifahrersitz, drehte seinen Kopf und musterte die beiden schief.

„Wo ist Veilch… ich meine Valerie?“, fragte Stolwerk.

„Keine Zeit für Prosa, sie kommt nicht mit, los, gib endlich Gas, verdammt!“

Sie kommt nicht mit? Er schüttelte aufgeregt den Kopf, legte den ersten Gang ein und beschleunigte. Sandro übernahm die Beantwortung seiner Frage: „Valerie will zu diesem Staatsanwalt. Krot… Kröt… irgendwie so. Dinge richtigstellen. Wir sollen zum Schmatzerhof in Natters, in einem Feld hinterm Krankenhaus … und dort auf sie warten.“

„Sie will … zu Krotlackner?“ Links, dann rechts und wieder links ging es am Hotel Penz vorbei und die Fallmerayerstraße hinauf.

„Ja, richtig, genau so heißt der … schau, da ist sie ja!“

Zugleich hatte auch Stolwerk sie entdeckt, ließ sein Fenster per Handkurbel herunter und verlangsamte das Tempo. „Komm, spring rein, Veilchen!“

Diese schüttelte nur den Kopf, zischte: „Ihr fahrt’s zum Schmatzerhof, los!“, überquerte knapp vor ihnen die Fahrbahn und rannte am gegenüberliegenden Gehsteig weiter Richtung Eingang des Landesgerichts.

Er konnte sich nur wundern. Veilchen auf direktem Weg zu Krotlackner, jenem Kerl, der seit dem Bergisel-Einsatz hinter Valerie her war, als hätte *sie* das alles verbrochen – und nicht der Täter. Dass sie mit ihrem heldenhaften, wenn auch leider lebensmüden Einsatz Schlimmeres verhindert hatte, interessierte ihn nicht, im Gegenteil: Er tat alles, um Valerie vor Gericht zu zerren. In der Folge war sie suspendiert worden und musste froh sein, wenn sie überhaupt wieder als Polizistin arbeiten durfte. Und jetzt wollte sie ausgerechnet zu diesem Kretin, um *Dinge richtigzustellen*? In ihrem körperlichen Zustand ... na gute Nacht. Typisch Veilchen. Er sollte sie eigentlich davon abhalten ... aber er hatte heiße Fracht, vielmehr ein heißes Früchtchen an Bord. Und hier ums Landesgericht herum war die Polizeidichte besonders hoch. Er musste weiter ... schnell ... Stolwerk bog links und gleich wieder rechts in die Lieberstraße. Dann dachte er an das Ziel der Fahrt. „Schmatzerhof ... hat der was mit Schmatz zu tun?", fragte er nach hinten.

„Irgendwas mit ihrem Assistenten, hat sie gemeint", sagte Luna.

„Also Sven Schmatz, ja." Stolwerk musste grinsen. Der junge Mann kümmerte sich keinen Dreck um mögliche Konsequenzen, wenn es um Valerie ging. Seit ihrer ersten Begegnung konnte ihn nichts davon abbringen, auf ihrer Seite zu stehen, egal, wie schlecht die Optik sein mochte. Sie hatte ihn aus guten Gründen aus der EDV-Abteilung losgeeist und in ihr Team geholt. Man musste ihn einfach mögen. Und Schmatzerhof, das klang nach einem Bauernhof am Land, wo man sich verstecken konnte – keine schlechte Idee ... er gab Gas.

„Kannst du dir kein richtiges Auto leisten?", gab Luna nach vorne.

„Richtiges Auto? Was meinst?" Stolwerk beobachtete im Innenspiegel, wie sie sich statt einer Antwort an der zerrissenen Polsterung des Beifahrersitzes zu schaffen machte, daran zog, einen langen Streifen Schaumstoff hervorzauberte und ihm zeigte. Ein Verhalten, das er eher von Jackpot erwartet hätte, der sich das Stückchen prompt schnappte und darauf herumkaute, es sah aus, als ob er eine Bandnudel verschlänge.

„Siehst, weil mir das völlig egal sein kann. Tob dich ruhig aus, Luna. Fackel uns nur nicht ab, wenn's leicht geht. Außerdem ... nichts schlägt einen alten Volvo. Die Dinger laufen sogar ohne Öl, nicht umzubringen!"

Er hoffte, die Antwort würde sie zufriedenstellen. Dass es nach Wochen der Sorge um Valerie und Instandsetzung ihrer Wohnung nicht gut um seine Firma in Linz bestellt war, musste niemand wissen. Es gab Wichtigeres im Leben als Geld. Luna breitete ihre Arme aus, Jackpot sprang nach hinten, knutschte mit ihr und sabberte sie voll.

Eine Minute später blickte Luna gedankenverloren zum Seitenfenster hinaus. Grellbunte, provisorisch an Zäunen und Laternenmasten angebrachte Plakattafeln. *Safari-Streichelzoo, jetzt neu in Innsbruck,* stand darauf zu lesen, dazu ein Zirkusdirektor wie aus dem Bilderbuch, umringt von Zebras. Diese Tierquäler hatte sie schon gefressen. War die Zirkushaltung von Wildtieren seit 2005 verboten, machte man eben stationäre Zoos draus. Streichelzoos, damit mehr Leute mit ihren Kindern kamen. Doch Käfige und Wildtiere, das durfte nicht sein, nirgendwo auf der Welt. Zebras gehörten in die Steppe und nicht eingesperrt oder gestreichelt ... und schon gar nicht Kindern vorgeführt, verdammt, total verantwortungslos ... nächste Straße, dasselbe Plakat mit einem Zusatz: *Echte Straußvögel.* Sie hätte ausspucken können vor Empörung und ballte ihre Fäuste. Wäre Sophia jetzt an ihrer Seite gewesen, die beiden hätten nicht nachzudenken brauchen, was sie als Nächstes getan hätten. Sophia. *Ach Sophia.* Der Seufzer entkam ihr ungewollt. Sie hoffte, dass ihn niemand mitbekommen hatte, und schniefte zur Sicherheit ganz hoch rauf.

Sie zwang sich zu anderen Gedanken. Zwischen Häuserzeilen erkannte sie das Bergiselstadion, das Valerie Mauser weltbekannt gemacht hatte. Dann fuhren sie darauf zu und schließlich direkt unterhalb vorbei. Eine Polizistin, die sich kein Stück um Vorschriften scherte – das kannte sie bisher nur von Beamten, die nach unten traten, von Goliaths, die Davids verprügelten. Nicht umgekehrt. Sie musste zugeben, dass sie das ziemlich beeindruckt hatte. Deshalb war sie hergekommen.

Denn das mit der Rückkehr nach Hosin und weiterer Suche nach Sophia hatte sie sich abschminken müssen, als eine große tschechische Zeitung ihr Fahndungsfoto auf der Titelseite gebracht hatte. Plötzlich wurde sie wegen Straftaten gesucht, die sie „vor wenigen Tagen begangen" haben soll und derer sie sich beim besten Willen nicht erinnern konnte: Körperverletzung, Einbruchdiebstahl, Freiheitsentziehung ... gut, mochte sein, dass sie sich all dieser Delikte im Lauf ihrer Karriere als militante Tierschützerin schuldig gemacht hatte, sicher sogar, aber sie hatte sich nie erwischen lassen. Vieles war vermutlich schon verjährt. Und aktuell? Einbruch, o.k., sie war in Knarrs Gelände eingedrungen, aber Körperverletzung? Diebstahl? Freiheitsentziehung? Sie hatte doch nur den Hund, und streng genommen war der ja freiwillig mitgekommen ... im Gesetz waren Tiere nur *Sachen*, die konnte man nicht entführen, nur stehlen ... und wie war er auf ihre Identität gekommen? Hatte er Fotos gemacht, als sie bewusstlos bei ihm in der Baracke saß? Aber das Foto in der Zeitung war ein offizielles, von früher ... da ging einiges nicht mit rechten Dingen zu. Jetzt wusste

Knarr, wer sie war – er würde sie finden –, denn er hat sogar Sophia gefunden, und die war im Zeugenschutzprogramm!

Sie sah Jackpot an, der es sich zwischen ihr und Sandro gemütlich gemacht hatte und gerade besonders treuherzig zurückschaute. Sie wunderte sich einmal mehr, was Knarr alles in Bewegung gesetzt hatte, um ihn wiederzubekommen. Ein Mann, der Tiere nur als Mittel zum Zweck betrachtete, der es fertigbrachte, seltene Vögel in präparierten Ersatzautoreifen zu schmuggeln und Raubtierwelpen stundenlang in kleinstmögliche Behälter zu zwängen, alles im großen Stil, der hatte doch nichts für Tiere übrig. Der Zustand seiner beiden Schäferhunde und die verdreckten Käfige am Gelände in Hosin sagten alles. Irgendetwas musste es mit Jackpot auf sich haben ... etwas, das Knarr dazu gebracht hatte, die Polizei einzuschalten. In seiner Lage wäre sie besser ganz still geblieben. Nicht nur wegen dem, was er Sophia angetan hatte. Der Gedanke an sie kam mit einem Stich. *Sophia, was hat er bloß mit dir gemacht?*

Als Milena Lunas Foto in den Medien entdeckt hatte, war es ihr zu heiß geworden und sie hatte sie in Budweis auf die Straße gesetzt. Sie habe schon genügend eigene Probleme, hatte sie gemeint. Also hatte Luna die allerletzte, bis dahin undenkbare Option gezogen: nach Innsbruck – zur Frau, deren Geheimnis sie kannte.

Valerie empfand die paar hundert Meter bis zum Gerichtsgebäude als unglaublich anstrengend. Wie lange mochte es her sein, dass sie eine solche Strecke gelaufen war? Zusätzlich begann ihr Kopf zu schmerzen. In der ganzen Aufregung hatte sie vergessen, ihre Medikamente zu nehmen, zu denen immer noch Schmerzmittel gehörten ... egal. Ihr Handy klingelte, es war Geyer, schon klar, was er wollte, aber er würde es nicht bekommen, nicht von ihr.

Nach einer Minute, in der sie ihren Herzschlag auf ein akzeptables Niveau sinken ließ, betrat sie das Gerichtsgebäude und bemühte sich, die Sicherheitsschleuse des Landesgerichts Innsbruck so unauffällig wie möglich zu passieren. Möglicherweise stand sie schon bald selbst auf der Fahndungsliste, weil sie Luna zur Flucht verholfen hatte. Zwar war ihr Verschwinden im Tumult vor dem Wohnhaus wohl unentdeckt geblieben, aber Geyer und Prammer mussten nur eins und eins zusammenzählen. Mehr als einen kleinen Vorsprung kann diese Aktion kaum gebracht haben. Dazu noch die laufenden Verfahren wegen der Bergisel-Sache ... Grund genug, den Kopf tief unten zu halten. Aber der private Sicherheitsdienst interessierte sich nicht weiter für sie, auch nicht für den spärlichen Inhalt ihrer Tasche, und so stand sie zwei Minuten später in Oberstaatsanwalt Krotlackners Vorzimmer im zweiten Stock des alten Nebengebäudes.

„Mauser, LKA. Ich muss Doktor Krotlackner sprechen. Sofort“, gab sie dessen Sekretärin hin.

Dieser entgleisten sämtliche Gesichtszüge. *Das ist ein Überfall. Geben Sie mir alles Geld, oder ich schieße,* hätte eine ähnliche Wirkung entfalten können. Die Dame fortgeschrittenen Alters saß da, machte keinen Mucks. Valerie hoffte, nicht gleich zur Ersthelferin zu werden. „Hallo? Geht's Ihnen gut?“

„Frau ... Mau...ser“, sprach diese leise und langgezogen, „jaaa. Aber der Herr Oberstaatsanwalt ist leider nicht zugegen. Er ...“

„Ja? Er ...?“ Unvermittelt rumpelte es in Krotlackners Zimmer, dazu klirrte zerbrechendes Glas. „Dann durchwühlt wohl gerade jemand seine Sachen? Ein Eindringling womöglich? Ich schau mir das gleich an, zu Ihrer Sicherheit! Bleiben Sie in Deckung!" Entschlossen überhörte Valerie, was die Bürokraft ihr nachwarf, schritt der Tür entgegen, öffnete sie und trat ein. Inmitten des Raums kniete ein Herr mittleren Alters vor den Resten eines Sechserkartons Wein. Mindestens zwei Flaschen hatten es nicht überlebt. Als er erschrocken hochfuhr, geriet seine Frisur außer Rand und Band, das Haar, das sonst von rechts kommend eine makellose Billardkugel bedecken sollte, hing an der Seite herab, und so sah er zur einen Hälfte aus wie ein zerzauster Uhu und zur anderen wie Kojak. Valerie verabscheute es, Menschen nach ihrem Aussehen zu beurteilen, erst recht nach den Haaren, aber das Bild, das sich bot, hätte bestimmt hohes virales Potential in sozialen Medien gehabt. Doch sie beherrschte sich.

„Ja, was fällt Ihnen denn ein?", gab er ihr zur Begrüßung.

Sie hatte diesen Herrn Oberstaatsanwalt noch nie zu Gesicht bekommen, war sich aber ziemlich sicher, dem richtigen Vogel gegenüberzustehen. „Ich habe Geräusche gehört und wollte nachsehen, ob alles in Ordnung ist. Weil mir Ihre Sekretärin sagte, Sie seien nicht da!"

Er machte ein nicht näher definierbares Geräusch, vielleicht schnalzte er mit der Zunge, vielleicht knackste seine Hüfte. „Wer sind Sie überhaupt? ... warten Sie ... Mauser, richtig?"

Hatte er sie also erkannt. „Ja. Ich muss mit Ihnen reden."

„Aber ich nicht mit Ihnen! Glauben Sie vielleicht, ich verschwende meine Zeit mit Wildwestpolizistinnen? Sie werden schon noch Gelegenheit haben, sich zu verteidigen. Und jetzt scheren Sie sich raus!“

Nun hätte ein Hitlerbärtchen nicht schlecht in sein Gesicht gepasst.

„Es geht nicht um mich, es geht um ... eine andere, Herr Kröt...“

Die böse Souffleuse, die im Trubel der letzten Stunden völlig untergegangen war, geriet in höchste Verzückung.

Valerie hätte sich ohrfeigen können. Immer, aber auch immer, wenn sie aufgeregt war, passierten ihr solche Versprecher. Sofort ging ihr Puls nach oben, womit die pochenden Kopfschmerzen in den Vordergrund rückten. Wieder ruckelte alles um sie herum, als erlebte sie ein Erdbeben, das allen anderen verborgen blieb.

Krotlackners Augen weiteten sich. Langsam kam er näher und blieb knapp vor ihr stehen. „Kröt...? Ach, Sie finden meinen Namen lustig, ja? Krötlackner wollten Sie sagen? Nennen Sie mich sonst auch so, ja? Sie scherzen gerne, hm, Frau Mauser? Krötlackner? Wollen wir eine Runde lachen, ja?“, sagte er mit Sterbenskälte.

Sie wusste nicht, wohin sie schauen sollte. Er versuchte, ihren ausweichenden Blick einzufangen, indem er sich überall dorthin bewegte, wohin ihre Augen fliehen wollten. Sie verfluchte die höhere Macht, die sie immer wieder in solche Situationen stecken musste, biss sich in die Unterlippe ... fest ... fester ...

„Kröööötlackner?“, legte er nach. Dazu diese Haare ... trotz ihres körperlichen Zustands fand sie die Situation unerträglich komisch. Hätte sie dem Impuls nachgegeben, wäre sie erledigt gewesen. Also zwang sie sich schnell, an etwas ganz anderes zu denken, an etwas völlig Unlustiges, Ekelerregendes ... Perverses, und das Erste, das ihr einfiel, war Sex, mit ihm. Das half.

„Bitte verzeihen Sie, Herr Krotlackner“, sagte sie gefasst.

„DOKTOR Krotlackner!“

Auch das noch.

Für den ersten Eindruck gibt es keine zweite Chance!, wusste die Souffleuse.

Egal. Sie holte tief Luft und sagte in einem Atemzug, den er nicht unterbrechen konnte: „Herr Doktor Krotlackner, es geht um eine junge Frau, die in höchster Gefahr schwebt, und ich fürchte, ihr Naheverhältnis zu mir wirkt sich negativ auf ihre Situation aus. Die Strafverfolgungsbehörden machen den Fehler, ihr nicht zu glauben. Sie schwebt in unmittelbarer Lebensgefahr. Milan Knarr, Boss einer Tierschmuggel-Bande, ist hinter ihr her, Sie können sich vorstellen, was das bedeutet. Aus diesem Grund komme ich direkt zu Ihnen und niemandem anderen, da ich die größtmögliche Kompetenz brauche.“ Dann musste sie doch Luft holen und warf „Gefahr im Verzug!“ hinterher.

Krotlackner, der kaum mit mehreren aneinandergereihten Sätzen aus ihrem Mund gerechnet haben dürfte, brauchte ein paar Sekunden, um die Informationen zu verarbeiten.

„Ach ja, Luna Brennsteiner“, sagte er süffisant, „der Durchsuchungsbefehl für Ihre Wohnung, den ich vorhin unterschrieben habe.“

Und dabei ist dir sicher einer abgegangen, mutmaßte das kleine Teufelchen.

„Es geht um Luna Brennsteiner, ja.“ Ob er bereits erfahren hatte, dass sie ihre Tochter war, wusste Valerie nicht, deshalb hielt sie diesbezüglich den Mund.

„Na, ich wüsste nicht, welchen *Fehler* wir da machen sollen. Es gibt einen internationalen Haftbefehl. Sie ist eine Straftäterin auf der Flucht …“

„Für die die Unschuldsvermutung gilt!", gab Valerie reflexartig zurück.

Krotlackner schnaubte. „Der Sie Unterschlupf gewähren! Und das macht Sie ebenso straffällig, Frau Mauser! Ich habe vollstes Vertrauen in meine ermittelnden Beamten. Im Gegensatz zu dem, was ich von Ihnen so erfahren habe ... ach, wissen Sie was? Am besten, ich ...", damit machte er kehrt und ging zu seinem Schreibtisch.

Ja, sie wusste, *was*. Gleich würde er sie hier, an Ort und Stelle, festnehmen lassen. Jetzt stand es Spitz auf Knopf. Notfallknopf.

„Warten Sie bitte. Sie hat mir gesagt, dass Knarr eine Frau umgebracht hat. Ihre ... Schwester ... Sophia Brennsteiner!"

Krotlackner, der sich schon zur Tischkante gebückt hatte, richtete sich wieder auf und stemmte die Fäuste in seine Hüften.

Valerie fuhr fort: „Laut Auskünften und ersten Recherchen ist Sophia Brennsteiner alias Stefanie Wend tatsächlich verschwunden, aus dem Zeugenschutzprogramm, die letzte Spur führt zu Gebäuden in Tschechien, eine von Knarrs Liegenschaften. Luna ... Frau Luna Brennsteiner war vor wenigen Tagen dort. Die haben sie erwischt, als sie auf Spuren von Sophia gestoßen ist. Und nachdem sie mit Glück entkommen konnte, haben sie ihr Straftaten untergeschoben, für die unsere Polizei sie jetzt sucht. Damit sie Knarr nicht mehr in die Quere kommen kann! Er wollte auch sie umbringen! Diese Leute sind sehr mächtig ... haben ihre Finger überall, und wir wissen nicht, wem wir glauben können ..." Jetzt rasten die Schmerzen in ihrem Kopf. Ihr war schwindlig. „Das ist ... eine ... Verschwörung!" Noch während sie es aussprach, merkte sie selbst, wie abenteuerlich sich das alles für ihr Gegenüber anhören musste. *Ich hätte nicht herkommen sollen*, dachte sie. *Bei dem bin ich sowieso unten durch. Der wird mir niemals helfen.*

Aber wenigstens hatte er innegehalten. Dann wandelte sich sein Ausdruck. Zuerst sah Krotlackner undefinierbar drein, verdutzt vielleicht, blies die Luft aus, holte neue und fing an zu lachen, würgte zuerst ein einzelnes „Ha!" heraus, so mühsam, als wecke man einen alten Motor aus dem Winterschlaf, reihte dann mehrere aneinander und schließlich kringelte er sich fast. „Frau Mauser", prustete er, „also ... hahaha ... Also, Sie sind schon die größte Flasche, die mir je untergekommen ist ... Hahaha! Tierschmuggler! Untergeschoben! Sie lassen sich ja wirklich jeden Bären aufbinden! Also, wissen Sie was, da ist mir sogar die Zeit meiner Wachebeamten zu schade ... wir finden Frau Brennsteiner auch ohne Ihre Hilfe. Ihre HILFE, hahaha ... die fährt doch Schlitten mit Ihnen, wie sie's braucht! Jetzt hauen Sie ab und stehlen Sie uns nicht weiter die Zeit! RAUS!"

Valerie musste sich sehr zwingen, Krotlackner nicht eine der heil gebliebenen Weinflaschen über den Kopf zu ziehen. Sie hatte sich bereits umgedreht, die Klinke in der Hand.

„Ach ... Frau Mauser? Hahaha ... ich werde dafür sorgen, dass Sie in Zukunft nicht mal mehr den Verkehr regeln! Den Verkehr! Pfff ... Oberstleutnant! O-berst-leut-nant! Wer hat Sie nur dazu gemacht? Vitamin B? Ihr Vater, ja? Ich bin so stark, ich bin so toll, ich bin der Hartmut aus Tirol, und das ist meine Kleine, die ist zwar ein bisserl ... aber braucht halt auch einen Job, ja? Haha ..."

Das ging zu weit. Viel zu weit. Sie presste den Türgriff so fest, dass es schmerzte. Ihr Vitamin B vorzuwerfen, das war eine Sache, etwas, mit dem sie zwar schwer, aber doch fertig werden konnte. Ihretwegen sollte er sie beleidigen wie im Kindergarten. Doch ihr viel zu früh verstorbener Vater Hartmut Mauser, gebürtiger Tiroler und gefürchteter Staatsanwalt in Wien, war ihr heilig. Unantastbar. Krotlackner hatte jede Grenze überschritten, indem er seinen Namen ins Lächerliche zog. Woher auch immer er ihren Papa gekannt haben mochte, er hatte kein Recht, so über ihn zu reden.

Aber jetzt wusste sie wenigstens, wo der Stachel saß, der den Oberstaatsanwalt derart gegen sie aufbrachte. In diesem Moment schwor sich Valerie, dass Krotlackner bezahlen würde. Später. Nicht jetzt. Sie zog die Tür auf.

Demütigung und Wut hielten sich die Waage, als sie die Treppen hinunterstolperte und ins Freie lief. Sie setzte sich auf die Bank einer Bushaltestelle, legte ihren Oberkörper auf die Beine, zwang sich, an anderes als ihr Versagen zu denken. Luna hatte ihr Beweise gezeigt, vor allem die beiden Zeitungsartikel von Sophia alias Stefanie und deren Verschwinden, aber auch viele Mutmaßungen umgehängt, für die es weder Beweise noch Indizien gab. Sie kam ihr ehrlich besorgt vor, doch nachprüfen ließ sich fast nichts ohne Zugriff auf die Ressourcen der Polizei. Es stand in den Sternen, ob Valerie jemals wieder an einen Polizeicomputer herankommen würde. Nach ihrem Auftritt bei der Kröte, die diesen Namen aber so was von verdiente – eigentlich war das noch eine Beleidigung aller Froschlurche –, standen die Chancen schlechter denn je.

Was jetzt?, überlegte sie. *Computer ... Schmatz ... Schmatzerhof*!

Sie hatte keinen Wagen – ihr Dienstwagen war eingezogen worden –, also nahm sie ein Taxi, ließ es an der ersten Apotheke halten, um sich Aspirin zu besorgen, von denen sie gleich drei auf einmal nahm. Sie fuhren zu einer Tankstelle nahe Natters, auf dem Weg vergewisserte sie sich, dass sie nicht verfolgt wurde. Von dort ging sie zu Fuß über Feldwege weiter. Man konnte nie wissen.

„Erst kochen, dann denken“, sagte Stolwerk zu Luna und Sandro, nachdem sie die Orientierungsrunde über den Hof absolviert hatten. Nachdem sie das Ortsschild von Natters passiert hatten, vermieden sie es, Leute nach dem Weg zu fragen, hatten das Anwesen aber auch so gefunden, alleine stehend in einem riesigen, von Wäldern umgebenen Feld. *Schmatzerhof* war auf einer großen Tafel am Eingang des Wohngebäudes zu lesen. *Erbhof seit 1904*. Aber Landwirtschaft wurde hier keine mehr betrieben. Die Ställe waren leer und sauber, dem Geruch nach zu urteilen, war hier schon seit geraumer Zeit kein Vieh mehr eingestellt. Auch Maschinen und Fahrzeuge suchte man vergeblich, mit Ausnahme eines sorgfältig restaurierten Uralt-Traktors. *Steyr 80*. Dunkelgrün. Das rief Kindheitserinnerungen wach – Stolwerks Onkel, Landwirt aus der Nähe von Linz, hatte genau so einen besessen. Als kleiner Bub war er in den Ferien oft mitgefahren, mit dem *Goffgoff*, wie er das Fahrzeug getauft hatte, der beste Platz am Blech über dem Hinterreifen, aufgeheizt von der Sonne, dass es nur so brannte in den nackten Kniekehlen und an der Rückseite der Oberschenkel, wenn ihn der Onkel draufsetzte. Ein minimalistischer Sitz, von dem man bei jeder Erschütterung abgestoßen wurde, um gleich darauf auf seinen Allerwertesten zurückzuplumpsen, an den Außenseiten einfache Metallbügel, an denen man sich festhielt. Besser gesagt so sehr festkrallte, dass deren Abdrücke an den Fingern noch lange nach dem Absteigen zu sehen waren. Heiße Rodeo-Ritte waren das gewesen.

Der Heuboden war nur zu einem Viertel gefüllt, also stellten sie dort den Volvo unter, weil Luna es so wollte. *Die finden jede Spur,* hatte sie gemeint. Wer auch immer *die* waren. Freiwillig erzählte sie ihm ja nichts, und zwingen wollte er sie nicht. Aber sie hatte vermutlich Recht. Hatte die Polizei vor, Valerie und damit auch Luna aufzutreiben, war Stolwerk einer von den üblichen Verdächtigen. Geyer kannte ihn, wusste um ihr enges Verhältnis. Eine einfache Halterabfrage genügte, um herauszufinden, nach welchem Wagen sie suchen mussten. Im Garten vor dem Haus ein paar Apfelbäume, die offensichtlich nur teilweise abgeerntet wurden, faulige Früchte lagen darunter.

Am Haus eine offen stehende Pferdekuppel, in der Jackpot einige Runden drehte, herumschnüffelte und sein Revier markierte, bevor er wieder Lunas Gesellschaft suchte. *Die Kleine hat eine außergewöhnliche Wirkung auf ihn,* fand er. Umgekehrt genauso, denn Jackpot verstand es ausgezeichnet, ihre spröde Schale zu durchdringen.

Die Gebäude waren unversperrt und menschenleer. Aber beheizt. Weder Luna noch Sandro noch er selbst wollten tiefer in die fremde Privatsphäre eindringen als nötig, also sahen sie sich nicht weiter im Haus um und hielten sich in der typisch bäuerlichen Küche auf.

Sein Magen knurrte, und ein leerer Magen, der konnte ihn ordentlich runterziehen. Schmatz hatte bestimmt nichts dagegen, wenn er ein Mittagessen zubereitete. Bald würde Veilchen zu ihnen stoßen und sie könnten besprechen, wie es weitergehen sollte. Während Luna und Sandro sich anschwiegen, befeuerte er den Dauerbrandherd – auch den kannte er von seinen Urlauben am Bauernhof – und durchsuchte die Schränke. Viel war nicht da, manches abgelaufen. Zwei Konserven Brathering. Nudeln, Kartoffeln, Zwiebeln. Im Kühlschrank Butter, Eier, Marmelade.

„Gekochte Erdäpfel?“, schlug er den beiden vor.

Luna verzog das Gesicht.

„Schelferler“, korrigierte Sandro, dessen Züge sich deutlich aufhellten.

„Schelferler“, nahm Stolwerk den Ausdruck auf, „mit Butter und Zwiebeln. Und Brathering!“

„Brathering?“

„Brathering. Sauer macht lustig.“

Sandro grinste. Luna war immer noch nicht begeistert, aber vielleicht hatte sie auch einfach keinen Hunger. Bis das Wasser kochte, würde es eine Weile dauern, also gesellte er sich zu ihnen an den Tisch. Aber was sollte er sagen? Sandro und Luna sahen in verschiedene Richtungen ... mochten sie sich nicht? Vielleicht lag Sandros Abneigung an Lunas Geruch, der schon ziemlich abstoßend wirkte ... vielleicht, vielleicht.

Jackpot setzte sich vor Stolwerks Füße und legte den Kopf auf seine Oberschenkel. Was Luna nicht entging und sie eine Augenbraue hochziehen ließ.

„Komisch“, sagte sie.

„Was?“

„Dass er dich mag! Der ist ziemlich schlau, weißt du? Und scheu eigentlich. Knarr hat ihn voll schlecht be... ach, whatever.“

„Schlecht behandelt, hm? Was, Jackpot?“ Stolwerk rieb Backen und Ohren des Hundes, der ein vergnügtes Jaulen von sich gab und spielerisch nach seiner Hand schnappte. „Schlech-ter behandel-ter Jack-er Pot-ter?“, blödelte er. Ganz peripher registrierte Stolwerk, wie

Lunas Mundwinkel nach oben gingen, vermied es aber, sie anzusehen.

„Weißt, Luna, ich glaub ja, Tiere haben so einen sechsten Sinn. Wen sie mögen und wen nicht."

„Hm", machte sie. Dasselbe *Hm* kannte er von Veilchen.

„Dich mögen sie auch, Luna." Womit er den Kopf drehte und ihr direkt in die Augen sah. Sie hielt seinem Blick stand und nickte. Dann setzte er nach: „Was hat dieser Knarr angestellt, hm?"

Valeries Beschwerden hatten sich dank der drei Aspirin etwas gebessert. Auch die frische Luft mochte ihren Anteil daran haben, sicher aber die räumliche Entfernung zu Krotlackner, der Kröte. Sie war jetzt schon eine ganze Weile unterwegs, schlich eilig über Straßen und dann am Waldrand entlang, so unauffällig wie möglich, näherte sich nach und nach dem Gebiet, in dem das Krankenhaus lag, hinter dem dann das Feld mit diesem *Schmatzerhof* auftauchen sollte.

Es war kälter als die Tage davor, ein unangenehmer Wind blies, was einem am Land eher auffiel als in der Stadt, wie ihr vorkam. Der Föhn würde das heranrückende Tief nicht mehr lange zurückhalten können. Dezente Noten von Landluft. Rauschen in den Baumkronen. Sie schloss ihre Jacke ganz und ging weiter, bis sie das Krankenhaus entdeckte. Valerie hatte die Entfernungen unterschätzt – mit einer Wandertour hatte sie nicht gerechnet.

Ihr Handy klingelte. *Mutter. Ausgerechnet Mutter.* Aber es war besser, dranzugehen, als Pauline Mauser vor den Kopf zu stoßen.

„Hallo, Mama."

„Grüß dich, meine Tulpe! Wie geht's dir denn?"

„Geht so“, antwortete sie gedankenlos, aber wahrheitsgemäß, und bereute es sogleich. Wieso konnte sie nicht einfach lügen? *Alles super*! Nein, *geht so,* musste sie sagen …

„Du Ärmste! Hab ich's doch geahnt. Eine Mutter spürt so etwas. Ich packe sofort und komm. Bist du noch in Hochzirl? Sag, und kümmert sich der Herr Landeshauptmann gut um dich?“

„Nein, nein … nein! Äh … ich meine, nein, du musst nicht extra herkommen. Es geht mir schon VIEL besser!“

„Dann hast du wohl Kummer? Liebeskummer? Jaja, diese Schürzenjäger, ich hab doch gleich gewusst, dass der Herr Freudenschuss an mehreren Rockzipfeln gleichzeitig hängt. Hab ich's dir nicht gesagt, dass du dich vor dem in Acht nehmen musst?“

Nein, hatte sie nicht, im Gegenteil. Landeshauptmann Hubertus Freudenschuss war der Schwiegersohn aus Pauline Mausers heißen Träumen. Garantiert flog er mit wallendem Haar und knappem Lederschurz durch ihre Fantasie, hoch zu weißem Schimmel. Sie nervte, ganz wie gewöhnlich.

„Mutter, was willst du?“

„Pff … also darf eine besorgte Mutter nicht erfahren, wie es um ihr Kind steht? Ist das vielleicht zu viel verlangt?“, erklomm ihre Stimme schwindelnde Höhen.

„Es geht schon. Wie gesagt, viel besser … all… alles bestens!“ Na bitte, ging doch mit dem Lügen.

„Dann sag mir mal, warum du dich nicht mehr bei deiner Schwester meldest. Schwanger ist sie, hooochschwanger, Valerie, mit DEINEM Patenkind! Und hört nichts von dir!“

Ach, aus dieser Richtung weht der Wind. Wäre ja auch ein Wunder gewesen. „Lilian hätte sich auch mal melden können, als ich im Krankenhaus lag. Zwei Wochen künstlicher Tiefschlaf, schon vergessen?“

„Kein Grund, patzig zu werden! Lilian hat für dich gebetet, jeden Tag, hooochschwanger, wie sie war! Du hättest schon Zeit gehabt, sie anzurufen, in deinem Reha-Urlaub, weißt du? Sie ist ganz aufgelöst wegen dir. Dabei hätte sie gehofft, dass sich euer Verhältnis ...“ Ihre Mutter brach ab und schniefte ein paarmal in den Hörer.

Reha-Urlaub. Faszinierend, wie es Pauline Mauser stets schaffte, Valerie zum Kochen zu bringen. Klar, jetzt war *sie* wieder die Böse. Kümmerte sich zu wenig um die arme höchstschwangere Schwester. Im fünften Monat, mindestens! Da war ein Schädel-Hirn-Trauma natürlich ein Dreck dagegen. Dass die arme Lilian sich erbarmt hat, ihr fünftes Kind zu Valeries erstem Patenkind zu machen, damit sich ihr Verhältnis vielleicht doch noch bessert ... sie hatte sich so über die angebotene Patenschaft gefreut. Dabei hätte sie es besser wissen müssen.

„Valerie? Bist du noch dran?“, heulte Pauline Mauser.

Man konnte sich seine Verwandten nicht aussuchen. „Ja, Mama.“

„Muss ich kommen, meine Tulpe? Brauchst du mich?“

Nein Mama, lag ihr auf der Zunge. *Bloß nicht*, hätte die böse Souffleuse ergänzt. „Danke für dein liebes Angebot, ich komm zurecht“, sagte sie.

„Dann ruf doch mal die Lilian an, und frag sie, wie's ihr geht, gell?“

„Ja, Mutter.“

In Gedanken heftete sie sich einen Orden an die Brust und legte auf.

Eine Mutter spürt so etwas, hallte aus ihrem Gespräch nach. *Was* spürte eine Mutter? Pauline Mauser spürte sich selber kaum, wie wollte sie da spüren, wie es Valerie ging? Aber konnte man die Emotionen seines Kindes wirklich fühlen? Hatten Mütter einen extra Sinn, der ihnen verriet, wenn ihr Spross in Schwierigkeiten steckte? Wenn, dann hatte er bei ihr kläglich versagt.

Das Telefonat hatte aber auch sein Gutes gehabt: Es hatte sie den Marsch vergessen lassen, der noch vor ihr lag. Jetzt war sie schon am Krankenhaus vorbei, ein letztes Stück durch den Wald, und da war er, dieser Schmatzerhof, auf einer riesigen Freifläche. Sie ging direkt darauf zu. Rauch drang aus dem Kamin des Hauptgebäudes und wurde schnell fortgetragen. Wenn Schmatz noch nicht zu Hause war – und der Uhrzeit nach hatte er noch ein paar Stunden zu arbeiten –, musste Stolwerk dafür verantwortlich sein. Oder sie hatte den falschen Bauernhof erwischt. Als sie dann die letzten hundert Meter über einen Feldweg ging, erkannte sie Bewegung hinter einem der Fenster, Personen, die teils saßen und teils standen, bei einer handelte es sich unzweifelhaft um ihren übergewichtigen Freund. Gleich darauf wurde sie entdeckt, Stolwerk hielt ihr die Haustüre auf.

„Mein Veilchen, ahoi!"

„Grüß dich, Stolwerk. Danke."

„Aber du bist ja ganz zittrig! Unterzucker?"

Seine Standardfrage auf ihren Standardgrund, zu zittern. „Nein, ich glaub, diesmal war's die Kälte ... und Aufregung ... immer noch ... und dann bin ich von der Tankstelle unten heraufgekommen, echt, meine Kondition ist im Eimer."

Er nahm ihr die Jacke ab und begleitete sie in die warme Küche. „Aufregung ... wegen diesem Staatsanwalt?"

„Die Kröte, ja ... der macht seinem Namen alle Ehre ... ach, da seid ihr ja, hallo“, begrüßte sie die zwei anderen. Der Musiker, zehn Jahre jünger als sie, war erfreuter als Luna, die ihr nicht mehr als ein unmotiviertes Kopfnicken schenkte.

„Valerie!“, rief Sandro, stand auf und drückte sie, überraschte sie mit der herzlichen Geste, die vorhin keinen Platz gehabt hätte. Sie wunderte sich, wie gut das tat, wünschte sich fast, er hätte nicht so schnell wieder losgelassen. Der Hund schlich einmal um sie herum, trottete ins Eck und schlabberte Wasser.

„Danke, Sandro“, sagte Valerie.

„Was, dafür? Aber nein!“, wehrte er sich verlegen. *Süß.*

„Nein, ich mein, danke für die Befreiungsaktion. Ist bei Kassandra alles gut gegangen?“

„Sicher. Sie hat mich gerade angerufen. Alles bestens. Die machen öfter solche Aktionen, sie und ihre Kommilitonen.“ Der unfreiwillige Reim machte ihn grinsen.

„Sie studiert?“, fragte Valerie, als hätte das gerade irgendeine Relevanz, aber diese neue Information verdutzte sie doch sehr. Kassandra Weiler passte so überhaupt nicht ins Bild einer Studentin.

„Ja, Medizin, viertes Semester.“

Erstaunt blies sie die Luft aus. Sein und Schein ... die Gothic-Prinzessin war eine angehende Frau Doktor? Egal.

„Sag ihr bitte, sie hat was gut bei mir. Bleibst du noch?“

„Ja, gerne, wenn ich darf?“ Er lächelte, sie auch.

„Und du, wie geht’s dir?“

Da Valerie kaum den Hund gemeint haben konnte, blieb Luna nichts übrig, als sie anzusehen. Freundliches Gesicht kam ihr weiterhin keines aus. „Wie soll's mir schon gehen, wenn meine Schwester tot ist, hä?", spuckte sie ihr hin. „Na, wie war's bei diesem Staatsanwalt?" Der Spott in ihrem Tonfall war eindeutig.

Ein Stich. Luna wusste genau, wie man Nerven zog. Andererseits verständlich, dass sie Druck ablassen musste, wenn ihre Behauptungen wahr waren. Valerie entschied, ihr nichts vorzuspielen. „Nicht gut. Keine Chance, dass sie dem nachgehen."

„Ich hab dir doch gesagt, das ist für die Katz, oder? Die sehen den Haftbefehl und das war's dann. Verdammt, der wird uns ... mich schnappen, aber ich sag dir, das nächste Mal tret ich der Sau so was von in die Eier ..." Dazu schlug sie die rechte Faust in die linke Handfläche.

Welcher Sau jetzt, fragte sich Valerie still. „So schnell finden die uns hier nicht."

„Was weißt DU schon. Die finden uns überall! ... Fuck, ey!"

Ja, was wusste sie schon. Zu wenig jedenfalls.

Luna aus diesem Schlamassel zu befreien, würde schwierig werden. Hier war sie erst mal sicher, Schmatz würde eher kündigen, als irgendetwas zu verraten. Sie hoffte nur, dass er sich nicht versehentlich verplapperte, die Chancen dafür standen deutlich besser.

„So, erst essen, dann reden", sagte Stolwerk und stellte eine Schüssel ungeschälter, gekochter Kartoffeln auf den Tisch, dann Butter, geröstete Zwiebeln und zwei Konserven.

„Schelferler?", fragte Valerie, die das Gericht aus der Kindheit kannte.

„Schelferler, mhm", machte Sandro.

Bevor sie sich auf den freien Platz neben ihn setzte, sandte sie Schmatz per SMS noch ein einfaches *thx* und griff zu, als Sandro ihr die Erdäpfel reichte. Dabei sah sie der junge Maler und Musiker ganz seltsam an, kein Grinsen, mehr ein Wissen. *Was?*, lag ihr auf der Zunge. Beim Schälen genoss sie die Hitze, die ihre klammen Finger zum Auftauen brachte, zerteilte die Kartoffeln, Stolwerk gab ungefragt die perfekte Portion dunkelbrauner Zwiebelringe drauf. Immer wieder riskierte sie einen kurzen Blick zu Luna, konnte nicht fassen, dass sie einfach so mit ihr in einem Raum saß – nach all den Jahren der Ungewissheit. Sie wollte sie endlich in den Arm nehmen, sich für alles entschuldigen können, wusste aber, dass das noch Zeit brauchen würde. Als Stolwerk die Dose Bratheringe öffnete, kam Jackpot wie auf Kommando angeschossen, zwängte seinen Kopf zwischen linkem Arm und Flanke hindurch und wedelte heftig mit seinem Schwanz. Ebenso wie auf Kommando lief ihm das Wasser im Mund zusammen, der Speichel triefte in Fäden von den herabhängenden Lefzen, ziemlich eklig sah das aus.

„Hey", rief Stolwerk und drängte ihn weg. „Das ist unser Fisch! ... Aber egal, sollst auch nicht leben wie ein Hund ... hier!" Jackpot schluckte das Stück hastig hinunter und bettelte sofort wieder.

„Mir wird schlecht", war Lunas Kommentar zum säuerlich-fischigen Geruch, der sich aus der Konserve verbreitete, sie hielt sich die Nase zu, sprang auf und nahm den Hund mit nach draußen. *Das* roch sie also, *sich selbst* aber nicht? Na ja. Vorm Hof entfachte sie ihre selbstgewuzelte Zigarette neu.

Ihren Joint, verbesserte die Souffleuse.

Die Sonne war gerade hinter den Bergen verschwunden, als sie ihn hörten. Und dann auch sehen konnten: Sven Schmatz kam nach Hause. Valerie staunte, und wie ein schneller Seitenblick verriet, auch die anderen, sogar Luna. Die Art seiner Fortbewegung durfte man als Gesamtkunstwerk betrachten, das optisch-akustische Bild, das sich bot, hätte eins zu eins auch ins New Yorker *Museum of Modern Art* gepasst. Oder in eine Stuntshow. Schmatz flog auf seiner winzigen Witzmaschine über den Feldweg, der wie mit der Schnur gespannt kerzengerade aufs Küchenfenster zulief. Hinter ihm eine Rauchspur, wie man sie aus Flugshows kannte. Die Asterixflügel an seinem Helm flatterten im Wind, er hatte eine Fliegerbrille mit dicken schwarzen Rändern auf. Dazu einen blütenweißen Schal und eine gefütterte Lederjacke. Er wurde größer und größer, kam näher und näher ... doch statt langsam ans Bremsen zu denken, gab er noch mehr Gas und duckte sich! Das Puch Maxi jaulte und klapperte, wurde von einem Schlagloch zusammengestaucht, dazu ertönte ein ungesund metallisch klingendes Geräusch, ein Klong, das Hinterrad schlingerte, fast hätte das Gefährt den Piloten abgeworfen. Ein Vollbremsmanöver auf den letzten zehn Metern, aber zu spät, keine Chance, gleich würde er an der Hausmauer zerschellen wie eine Fliege am Kühlergrill! Er verschwand unterm Küchenfenster, Valerie erwartete nichts sicherer als einen dumpfen Aufprall zu hören, wollte schon nach draußen laufen, um Erste Hilfe zu leisten – aber nichts. Rauch stieg auf, dann kreischte der Motor noch zweimal und erstarb. Valerie trat nach vorne, ganz nah ans Fenster heran, und sah hinaus. Da schräg unterhalb im Nebel stand Schmatz, als könnte er kein Wässerchen trüben, winkte erfreut und lehnte sein Mofa gegen die Hausmauer beim Küchenfenster.

„Na bumm“, sagte Stolwerk.

„Pff“, machte Sandro.

Luna und Valerie blieben still. Gleich darauf kam Schmatz bei der Küchentür herein, den Helm noch auf.

„Griaß eich!“, gab er in die Runde. Stolwerk und Sandro kannte er bereits. Aber Luna war ihm neu. Sein Blick traf den ihren – und blieb kleben. „Ja hall...hallo! Luna?“

Die zwei sahen sich an, er reichte ihr die Hand und ließ sie nicht mehr los.

„Hal...lo“, kam auch aus Lunas Mund, und Valerie hätte schwören können, einen Hauch von Schüchternheit herauszuhören, was natürlich genauso unmöglich sein konnte wie das Lächeln, das eine Millionstel Sekunde über ihr Gesicht huschte.

„Coole Haare!“, kommentierte Schmatz Lunas Rastalocken.

„Feiner Helm!“, entgegnete diese und schniefte.

„Ja, Helm“, meinte er noch. Ob sie wussten, dass sie immer noch Händchen hielten?

„Ähäm“, machte Stolwerk. „Hunger, junger Mann?“

„Äh ... was? Hm, nein danke. So, also jetzt ... ich meine ... jetzt bin ich ja ... da. Ja.“ Verlegen gab er Lunas Hand wieder frei, fummelte am Kinngurt, nahm den Helm ab und wuschelte sich über den Kopf. Damit war seine Frisur wie immer: Viele blonde Haare, die in ebenso viele Richtungen standen. „Also, so“, sagte er noch mehr zu sich selbst, Luna nickte.

Valerie trat an ihn heran. „Schmatz, vielen Dank, dass du uns hier sein lässt. Es war die einzige Möglichkeit. Wir wollen dir aber bitte nicht zur Last fallen.“

Als ihm wieder eingefallen zu sein schien, wer er war und was er hier machte, schüttelte er den Kopf. „Ach was, Frau Mauser. Ihr könnt bleiben, so lange ihr wollt. Wir haben genug Zimmer.“ Als hätte er etwas Wichtiges verpassen können, warf Schmatz einen schnellen Seitenblick zu Luna – und seine Mundwinkel gingen nach oben. Jackpot drehte seinen Vollkreis um den Neuankömmling, das musste so ein Hunderitual sein.

„Wohnt sonst niemand hier?“, wollte Stolwerk wissen.

„Nur meine Eltern ... aber die sind seit einem Monat auf Weltreise. Nachdem sie eingesehen haben, dass aus mir kein Schmatzerbauer mehr wird.“

Schmatzerbauer.

„Deshalb auch kein Vieh“, mutmaßte Stolwerk.

„Genau. Alles verkauft und aufgelassen. Sie überlegen, den Hof loszuwerden und sich was Kleines in Südtirol zu suchen.“

Luna horchte auf. „Magst du keine Tiere?“, fragte sie.

„Doch, doch. Schon. Aber ich mag sie nicht *einsperren*. Verstehst du?“

Kurz weiteten sich Lunas Augen, dann nickte sie gelangweilt.

„Und was machst du dann? Wenn sie den Hof verkaufen?“, fragte Valerie, der eine andere Frage viel brennender auf der Zunge lag. Genau genommen, wenn sie den beiden zuhörte und zusah, gleich zwei.

„Ach, ich find schon was. Innsbruck ist groß.“

Keiner sagte etwas darauf. Wer die hiesigen Immobilienpreise und Mieten kannte, ging nicht leichtfertig mit dem Thema um, denn einfach so eine leistbare Wohnung zu finden, war de facto unmöglich. Egal.

„Schmatz, wie ist die Lage?“, fragte Stolwerk, und nahm Valerie damit die Last, ihn zum erneuten Bruch des Dienstgeheimnisses zu verleiten.

„Ja genau, die Lage. Also hört zu. Der Teufel ist los. Wir müssen echt aufpassen. Geyer hat die ganze Abteilung zusammengepfiffen. Luna fällt jetzt in unsere Zuständigkeit. Er versteht nicht, wie es passieren konnte, dass ihr einfach durchgebrannt seid. Der bekommt Druck von oben, ist völlig aus dem Häuschen."

„Krotlackner?", schlug Valerie vor.

„Die Kröte hat den Durchsuchungsbefehl ausgestellt und Geyer und Prammer waren bei dir in der Wohnung."

Damit war zu rechnen. Aber Schmatz redete sich gerade um Kopf und Kragen ... andererseits brauchten sie die Informationen. Sie fühlte sich in einem schrecklichen Zwiespalt gefangen, es kam ihr vor, als schaute sie Schmatz dabei zu, wie er bei vollem Tempo aus einem fahrenden Zug sprang. Es war ihre Verantwortung, das wieder in Ordnung zu bringen, sobald es ging.

„Und?", bohrte Stolwerk nach.

„Nichts, nur *Marihuanageruch* stand im Protokoll. Frau Mauser, kannst du dir das erklären?"

Sie starrte ein Loch in die Luft, egal wohin, Hauptsache weit weg von Luna.

„Es war meins", sagte diese.

„Echt?"

„Echt." Ihre Blicke blieben wieder aneinander haften. Hinter den Sommersprossen auf Schmatz' Wangen zeigte sich ein zartes Rosa, das ihr vorhin noch nicht aufgefallen war.

„Sonst nichts?", wollte Valerie wissen.

„Nein. Aber sie müssen Luna finden. Hat oberste Priorität. Dich haben sie auch auf der Liste, Frau Mauser. Habt ihr eure Handys deaktiviert?"

„Hab keins", antwortete Luna als Erste.

„Cool", kommentierte Schmatz. Die anderen kramten ihre Geräte heraus und schalteten sie aus.

„Müssen wir die Akkus auch rausnehmen?“, wollte Sandro wissen.

„Und einen Scheiß-Aluhut aufsetzen?“, schnatterte Luna.

„Nein, ausschalten reicht“, meinte Schmatz.

Stolwerk schien beunruhigt. „Läuft gerade eine Peilung?“

„Nein, aber das steht als Nächstes auf der Liste. Zuerst kommt die Fahndung heute Abend in die Medien. Hier“, murmelte der junge Mann, zog ein zusammengefaltetes Blatt aus seiner Hosentasche und reichte es Valerie, die vorlas.

„Presseaussendung ... Fahndung ... internationaler Haftbefehl ... wegen schwerer Straftaten dringend gesucht ... Luna Brennsteiner, 24 ... kein fester Wohnsitz ... Vorsicht, bewaffnet und gefährlich ...“

„Bewaffnet? Quatsch!“, wehrte sich diese. „Wer schreibt so einen Mist?“ Dann sprang sie auf und schnappte sich das Papier.

„In echt bist du viel schöner“, sagte Schmatz, als müsste er sich für das Fahndungsfoto entschuldigen, und hätte Valerie die Wiener Philharmoniker an Ort und Stelle beordern können, um einen einzigen, satten Dur-Akkord durchzuziehen, es wäre ihr ein Jahresgehalt wert gewesen.

Ach, wie schnell sie flügge werden, meinte die böse Souffleuse.

„Blödsinn, fuck!“, erwiderte Luna. Dazu ein kräftiges Schniefen. Aber so sehr sie sich auch bemühte, das Grinsen aus ihrem Gesicht zu bringen, es gelang ihr nicht. Valerie erging es genau gleich. Luna knüllte das Blatt zusammen, warf es in den Herd, setzte sich und rieb sich Schläfen und Hinterkopf. „Schmatz, hast du Medikamente im Haus? Ich brauch dringend was gegen die Schmerzen."

„Nicht viel. Mir tut normalerweise nichts weh."

Das wunderte Valerie kein bisschen, erklärte auch so manches. Sie hätte Luna ihre Aspirin anbieten können, die ihr gar nicht schlecht geholfen hatten, fürchtete aber, sich damit ähnlich lächerlich zu machen wie am Morgen mit ihrem rezeptpflichtigen Standard-Schmerzmittel, das das junge Fräulein mit M&M's verglichen hatte. „Wieso geht ihr nicht nachsehen?", schlug sie daher vor, was Luna und Schmatz sich nicht zweimal sagen ließen.

„Gut. Und du, für dich hab ich auch was ... Hund. Komm mit!", sagte ihr junger Assistent, oder Ex-Assistent, was auch immer. Ein lieber, bedingungsloser Freund war er allemal. Einer, auf den sie sich blind verlassen konnte.

„Jackpot!", verbesserte Luna.

„Jackpot."

Die Küchentür ging auf und zu. Valeries eigenes Hochschniefen kam so plötzlich wie unerwartet. Und als sie sich umdrehte, strahlten Stolwerk und Sandro sie an wie zwei neue Schillinge.

Drei Stunden später rieben sich Valerie, Sandro und Stolwerk die Bäuche. Luna und Schmatz waren nach der eilig hinuntergeschlungenen Hauptspeise mit dem Hund abgedampft. Der junge Mann hatte während des gemeinsamen Abendessens einen recht benebelten Eindruck auf Stolwerk gemacht, gerötetes Gesicht, verlangsamte Sprache, dazu belustigtes Glucksen an den falschen Stellen – das lag wohl nicht nur an seiner offensichtlichen Begeisterung für Luna, die dicht neben ihm saß. Eher schon hatte sie ihn auf einen kleinen Zwischendurch-Trip mitgenommen, nachdem sie zu zweit auf Medikamentensuche gegangen waren. Der Geruch, den Schmatz beim Betreten der Küche hinter sich hergezogen hatte, sprach Bände. Aber sollten sie machen, was sie wollten, sie waren schließlich erwachsen, jedenfalls im körperlichen Sinn.

Längst war Stolwerk klar gewesen, dass Luna und Schmatz sich mehr als nur sympathisch fanden, vielmehr hatte es nach Liebe auf den ersten Blick ausgesehen, nach Hals über Kopf, nach kein Morgen mehr, nach himmelhoch jauchzend und heftigstem Pfeilgewitter einer Armada von Liebesengeln. Und auch wenn er selbst noch nie von solch spontanen Gefühlen für einen Menschen übermannt worden war, war es doch großartig, es miterleben zu dürfen. Da hatten sich zwei gefunden, ohne jeden Zweifel. Schade andererseits für Veilchen, die sich geradezu danach verzehrte, Luna in ihr Leben zu lassen. Immer wieder sah sie zu ihr, immer wieder versuchte sie, sie in ein persönliches Gespräch zu verwickeln, doch keine Chance – Luna blockte ab.

Sie hatten gegessen, Kochschinken mit Sauerkraut und Knödeln, zwei Flaschen Wein dazu getrunken und behutsam versucht, neue Informationen aus Luna herauszubekommen. Zu Mittag hatte sie ihm und Sandro schon ein paar Sachen über Milan Knarr berichtet, begleitet von Kraftausdrücken, die eine ganze Kompanie Klosterschülerinnen erröten hätten lassen, dann auch von ihrer Schwester Sophia erzählt, die der Bandenchef auf dem Gewissen haben soll. Beim Abendessen hatte Stolwerk das Thema wieder aufgegriffen, Veilchen hatte den Sachverhalt um die Dinge ergänzt, die sie bereits wusste, und damit hatte sich ein recht eindeutiges, aber ebenso abenteuerliches Bild der Lage ergeben. In jedem Fall bedrohlich genug, um nicht nur vor Knarr, sondern auch vor offiziellen Behörden auf der Hut zu sein.

Untergeschobene Straftaten – der Gedanke daran fiel Stolwerk nicht schwer. Er hatte Korruption im Polizeiapparat erlebt, von nicht genehmigten Abfragen und Überwachungen aller Art über das Fälschen von Beweismitteln bis zu privaten Schusswaffen, die man für den Fall der Fälle mit sich führte. Hollywood war manchmal näher als gedacht. Man musste nur eine Weile dabei sein und durfte seine Augen nicht verschließen. Filz gab es überall auf der Welt, warum also ausgerechnet in der Exekutive nicht? Wer die Gelegenheit bekam, seine Macht zu missbrauchen, tat es auch irgendwann, das war so und würde immer so bleiben ... jedenfalls hielt er Lunas Geschichte für denkbar. Sie hatte nicht bis ins letzte Detail gehen wollen, was ihre Vergangenheit betraf, hatte alles mit ihrer typischen Gleichgültigkeit zu überspielen versucht.

Als Stolwerk dann die Kastanien zusammen mit der dritten Flasche Rotwein auf den Tisch gestellt hatte, hatten Luna und Schmatz eilig die Küche verlassen, um sich *die Beine auszuschütteln. Ja klar, die Beine*, hatte er gedacht. Veilchen hatte noch lange auf die zugeworfene Küchentür gestarrt.

Luna hatte viel von Veilchen. Sie war genauso impulsiv und mutig, ungeschliffen und schonungslos zu sich selbst. Auch sie hatte einen guten Kern, gab sich aber viel mehr Mühe, ihn vor der Welt zu verstecken. Aber er war da, der Diamant. Stolwerks Bauch sagte ihm, dass sie der jungen Dame helfen mussten, und er wusste, dass die anderen seine Einschätzung teilten.

Allmählich stellte sich Müdigkeit ein und der Gedanke an sein Zimmer im Schmatzerhof, früher auch

Ferienpension, gewann an Kraft. Sie waren in Sicherheit. In erster Linie natürlich Luna. Hier würde sie vorerst niemand vermuten. Sie mussten sich nur still verhalten und sehen, was sich herausfinden ließ, mit dem man ihr helfen und diesen Knarr überführen konnte. Nach dem zu urteilen, was Valerie von Krotlackner erzählte hatte, würde es schwer werden, die Behörden ins Spiel zu bringen, die sich voll auf Lunas Verhaftung eingeschossen hatten ... er grübelte, doch seine Gedanken verliefen zusehends im Nirgendwo. Bis auf weiteres war alles gut.

Er hatte nicht viel geschlafen vergangene Nacht, eigentlich gar nicht. Veilchens Geständnis, ihm ihre Tochter verheimlicht zu haben, hatte ihn dann doch länger beschäftigt, dann Luna am Innufer und später, als sie in der Wohnung waren, war an Schlaf auch nicht mehr zu denken gewesen. Er gähnte und steckte Sandro damit an. Draußen war der Wind stärker geworden, die Fenster waren nicht mehr die besten, aber der Dauerbrandherd hielt den Raum wohlig warm. Noch einmal gähnte er. Für ihn war es jetzt höchste Zeit.

Als er den beiden eine gute Nacht wünschte, seine Kaffeetasse zur Spüle trug und kurz noch über seine Schulter sah, hatte Veilchen ihren Kopf an Sandros Schulter gelehnt, nur einen Moment lang. Sie lachten, dazu eine Geste der Freundlichkeit und doch mehr: eine Grenzüberschreitung, die von Valerie ausging. Dass es auch zwischen ihr und Sandro funkte, wusste er schon länger, spätestens seit dem Konzert am Bergisel, als der junge Künstler ihr ein Lied gewidmet und sie ihm wie ein Schulmädchen zugehört hatte. Er hatte sie deswegen noch gehänselt ...

Stolwerk mochte das Gefühl nicht, das sich in ihm breitmachte, als er nach oben ging. Er hatte nie eine Beziehung mit Veilchen gewollt – da gab es eine Grenze, ziemlich sicher von ihren vielen gemeinsamen Diensten in Wien herrührend. Sollte es jemals ein körperliches Interesse gegeben haben, war dieses irgendwann eingeschlafen, weil es im professionellen Umgang miteinander einschlafen musste ... ohnehin machte er sich nicht viel aus diesen Dingen. Er mochte Sandro und wusste, dass er Valerie guttun würde. Er war in Ordnung. Ein Künstler, der die richtigen Prioritäten setzte, ein Freund.

Nein, er fühlte Angst. Angst vor der Einsamkeit, die ihn nach seinem Ausscheiden vom Polizeidienst und seiner Rückkehr nach Linz allmählich ergriffen hatte, eine Dunkelheit, die er seither mit Kalorien zu bekämpfen suchte. Aber was er an Volumen zulegte, höhlte das Alleinsein stets wieder aus. Jetzt wurde das Geld auch noch knapp und die Tage seiner Linzer Firma schienen gezählt. Wenn er ehrlich war, hielt ihn nichts mehr dort.

Die letzten Stunden waren schön gewesen, trotz der widrigen Umstände. Er war in eine Familie hineinkatapultiert worden, Hals über Kopf. In eine tolle Familie. Er wollte hier bleiben ... aber vielleicht war er auch nur müde ... hatte zu viel getrunken ... gehörte ins Bett.

Frau Mausers Tochter war ja so cool. Schmatz hatte sofort gewusst: Die ist es. Sie sah so natürlich aus und trotzdem spitze. Rasta, Nasenring und schön braun. Knusprig, aber absolut, die konnte Make-up höchstens hässlicher machen. Sie hatte so ein Muttermal an ihrem Hals, ganz groß, sah aus wie der Mond. Roch wie der Himmel. Und bämm!

Am Nachmittag hatte sie sich Tabletten aus dem Schrank seiner Eltern eingeworfen, sich dann einfach umgedreht und ihn an sich herangezogen – sie ihn geküsst und er nur noch Sterne gesehen, keine Schmetterlinge im Bauch, vielmehr Hinkelsteine, die durch seine Eingeweide flipperten, kling, klong, dingdingdong, sein Herz ein Punchingball. Ihr weicher Mund, ihre Zunge, ihr Geruch nach Erde und Holz, alles war richtig, sie war über ihn hergefallen und dann er über sie, sie hatten sich die Kleider heruntergerissen und sich geliebt wie die Tiere, auf der Waschmaschine und am kalten Fliesenboden und keine fünf Minuten später war es auch schon vorbei gewesen. Obwohl er sonst so kitzlig war, hat Luna ihn überall anfassen und er es genießen können. Und wie! Keuchend waren sie danach aufeinandergelegen, er hatte etwas sagen wollen, sie hätte so viel mehr verdient als das gerade – oder so, aber sie hatte ihm nur den Zeigefinger auf den Mund gelegt. Jackpot hatte eine Runde um sie gedreht. Dann waren sie mit ihm nach draußen gegangen und hatten gekifft. Es war sein erstes Mal gewesen. Genau.

Beim zweiten Mal hatten sie sich mehr Zeit gelassen, viel mehr, und es war noch tausendmal schöner gewesen. Sie hatten schon beim Abendessen unterm Tisch gefummelt. Zeitweise hatte er gar nicht mehr gewusst, wie er dreinschauen sollte. Aber keiner hatte es mitbekommen. Hoffentlich. Nur als ihre Schwester Sophia zur Sprache kam, war Luna plötzlich todernst geworden und hatte von ihm abgelassen. Klar, dass sie das Thema runterzog. Er hatte keine Geschwister, aber im Falle hätte er diese Verbrecher sicher grün und blau geschlagen, mindestens … so als wenn jemand seinen Eltern oder Frau Mauser etwas hätte antun wollen. Bis vor kurzem hatte er gedacht, die Chefin habe keine Kinder, und jetzt waren es schon zwei, davon soll eines umgebracht worden sein – das war alles sehr verwirrend für ihn. Er fragte sich, wie Frau Mauser das nur ertragen konnte.

Schwitzend lagen sie jetzt wieder beieinander. Schmatz fühlte ihren heißen Atem über seinen Oberkörper streichen. Sie sahen sich tief in die Augen. Immer noch wortlos. Wobei er schon überlegte, was er sagen könnte, aber ihm fielen nur Sachen ein, die sich um sein restliches Leben mit ihr drehten, und damit wollte er sie nicht erschrecken. Aber eines wusste er sicher: Die ist es. Die und sonst keine.

Vorher hatte Luna für sie beide einen neuen Joint gebaut und er hatte sich getraut, den Rauch richtig in die Lunge zu lassen, beim ersten Mal nur so halb. Jetzt spürte er es aber ordentlich. Abwechselnd zogen sie daran, sie hielt ihm den Stummel hin, er ihr die letzte Flasche Weißwein aus dem Keller, wobei einiges danebenging, auch absichtlich, als er aus ihrem Bauchnabel zu trinken versuchte, großartig.

Bald waren seine Sinne völlig benebelt, alles warm, alles neu, alles gut. Pure Magie. Schmatz fuhr mit der Oberseite seines Zeigefingers die Mondsichel an Lunas Hals entlang und berührte das Goldkettchen, das irgendwie nicht zu ihr passen wollte.

„Fuck!“ Sie griff danach, zog es ihm weg und setzte sich auf. Narben am Rücken, wie von Peitschenhieben.

„Was? Hab ich dich jetzt …“

„Ach shit, ich … ich wollt da noch was erledigen. Unten in der Stadt“, lallte sie.

„Und was?“

Sie stützte sich auf ihren Ellenbogen und sah zu ihm herunter. „Magst du Abenteuer, Svennie?“

Er fand den Spitznamen, den sie ihm gegeben hatte, ziemlich bescheuert, aber sie durfte ihn nennen, wie sie wollte. „Ist der Papst evangelisch?“

Sie sah ihn verwirrt an. „Also nicht?"

„Doch, und wie, was glaubst du denn?" Plötzlich musste er lachen. Alles war so schön und gleichzeitig so furchtbar lustig! Er zog Luna auf sich, beinahe hätte sie ihn mit der Glut erwischt, doch geschickt rollte sie sich über ihn hinweg aus dem Bett heraus. Stand da wie ein Denkmal, doch so schöne Denkmäler gab es überhaupt nicht.

„Dann komm mit." Schnell war sie mit dem Glimmstängel im Mund in Slip, Tarnhose und Top geschlüpft und warf ihm seine Unterwäsche zu.

Einen Moment lang zögerte er, dann kringelte er sich wieder vor Lachen, keine Ahnung wieso, vielleicht gerade deshalb. Lunas „Scht!" machte es noch viel schlimmer. *Scht!* Wie kam sie bloß auf solche Sachen? Sie war ja so komisch! Er zog sich die Unterhose über den Kopf und konnte nicht mehr. Sie fand das weniger amüsant, wollte unbedingt gehen, also riss er sich mehr schlecht als recht zusammen, kleidete sich an und folgte ihr.

Fünf Minuten darauf hatte Luna Stolwerks Volvo gestartet und rollte mit Schmatz hinterm Haus davon, quer übers Feld, damit keiner es mitbekam.

Samstag

Luna war das erste Wort, das Valerie nach dem Aufwachen einfiel, und es setzte direkt eine Frühstücksportion Adrenalin frei. Eine traumlose Nacht lag hinter ihr. Selten genug. Wie angekündigt war der Föhn zusammengebrochen und hatte einer Schlechtwetterfront Platz gemacht. Der Regen prasselte aufs Blechdach und gegen ihr Zimmerfenster, ungewohnte Geräusche, die ihr mit einem Mal klarmachten, wo sie war, was sie erwartete – und wer neben ihr lag.

Sandro.

Leise rollte sie sich auf die Seite und beobachtete, wie sich sein Brustkorb hob und senkte. Sie widerstand der Versuchung, eine seiner brünetten Locken langzuziehen oder ihn erneut zu küssen wie tags zuvor, als Stolwerk nach oben gegangen war. Als sie zu zweit in der warmen Stube gesessen waren. Die körperliche Nähe hatte schon viel zu lange warten müssen, ihr Verhältnis, wenn man es überhaupt so nennen konnte, war bisher kaum vom Fleck gekommen. Vielleicht, weil sie es diesmal nicht vermasseln wollte wie die vielen Male zuvor. Was zwischen Sandro und ihr war, erinnerte weniger an eine Achterbahnfahrt als an eine Eintrittskarte für eine Veranstaltung unbekannten Datums. Bereits in Hochzirl hatte sie daran gedacht, diese Karte einzulösen, wenn er an ihrem Bett saß oder sie gemeinsam im Garten spazierten, sie hatte ihm in die Augen gesehen und die Luft angehalten, um die Spannung nicht mit Worten zu ruinieren, um ihm zu signalisieren, sie wäre jetzt bereit für mehr, aber er war ganz Gentleman geblieben. Genau wie gestern, denn *sie* war es, die die Schwelle als Erste überschritten hatte. Dann waren sie hierhergekommen und hatten sich gehalten, nicht mehr und nicht weniger, waren still übereingekommen, dass alles Weitere warten musste, bis ihr Körper wieder ihren Befehlen gehorchte, bis sie wieder wusste, was richtig war und was falsch.

Ihr Kopf war erneut schlechter geworden, zog und pochte, sie hatte ihm in den beiden vergangenen Tagen viel zu viel zugemutet. Es hatte schon seine Gründe, warum Schädel-Hirn-Traumata eine ausgedehnte Schonphase nötig machten, die in ihrem Fall noch lange nicht vorbei war. Das Gehirn musste sich regenerieren, neu ordnen, neue Verbindungen schaffen, wo alte fehlten, und dafür brauchte es Ruhe und Zeit, wohingegen sich wilde Mopedfahrten, mühsame Gespräche mit komplexbehafteten Staatsanwälten und Familiendramen sehr nachteilig auswirkten ...

Ein lautes, rhythmisches Geräusch riss sie aus der Selbstanalyse. Es klang, als schlüge jemand mit ... genau! Mit einer Kelle gegen den Boden eines leeren Topfes ... der pochende Kopfschmerz übernahm den Rhythmus der Schläge ... aber wer lärmte hier bloß und warum? In aller Frühe! Es wurde lauter und schließlich ganz laut, Valerie hielt sich die Ohren zu.

Sandro schrak auf. „Wer? Wie? Was?"

Dann Stille.

Dann Stolwerk. „Aufstehen, meine Herrschaften! Frühstück ist fertig!", rief er draußen am Gang, ihm mussten ein paar Sicherungen durchgebrannt sein. Dann drosch er wieder auf seine Metalltrommel ein und klopfte an eine Zimmertür, nicht ihre.

„Was hat den denn gestochen?", raunte Sandro.

„Hm", machte Valerie. Dann lachten sie sich an, als wäre es das Natürlichste auf der Welt, gemeinsam aufzuwachen, und sie vergaß für einen Moment das Chaos draußen.

Eine Tür ging auf. Wieder nicht ihre.

„Ey, fuck, bist du völlig gaga, ey?“, rief – klar, wer das rief. Jedenfalls rief sie es verschlafen.

„Frrrüüüühstück“, säuselte Stolwerk, „los, los, los, junges Frrräulein, und der junge Mann kommt gleich mit, aber dalliii“, sang er und Valerie hätte nur zu gut verstanden, wenn Luna ihm jetzt sofort und auf der Stelle eine geschmiert hätte.

Moment ... Schmatz und Luna, gemeinsam in einem Zimmer? Da fehlte ihr was im Zwischenteil ... nun ja ... hoffentlich hatten sie ... wenn sie ... hatten? Valerie schüttelte den Kopf über so ungewohnte Gedankengänge, sah wieder zu Sandro und schlug diesem vor: „Dann schauen wir mal, was ihn *gestochen* hat, den lieben Herrn Stolwerk, hm?“

Sie ließen sich Zeit. Als sie die Küche betraten, war schon eingeheizt. Luna und Schmatz saßen da wie die armen Sünder und hielten ihre Köpfe gesenkt. Valerie kam vor, dass sie ungepflegter aussahen als gestern, was an sich schon eine Kunst war ... beide hatten dreckige Hände, Schmatz dazu noch einen Kratzer im Gesicht, zudem schienen sie große Schmerzen zu haben, so wie sie sich nach vorne beugten und sich selbst umarmten. Und wie sie erst rochen! Eine Truppe Bauarbeiter nach einem anstrengenden Arbeitstag konnte das kaum überbieten ... Schweiß, Alkohol, dazu Noten von Stall ... und nasser Hund, selbiger saß bei Luna, die ja bekanntermaßen einen satten Grundmief besaß – Essensgeruch obendrauf, mehr brauchte Valerie nicht, um jedes Hungergefühl zu verlieren. Was hatten die zwei ... die drei, zählte man Jackpot mit, in der Nacht nur getrieben?

Am Herd brutzelte etwas in einer großen Pfanne, Valerie erkannte es nicht richtig. Alle hatten ihren

Platz von gestern eingenommen, nur Stolwerk stand da, schwang eine Kelle und war viel zu gut gelaunt für diese Uhrzeit. Sein Pullover mit dem Sockenkaromuster war dreckig, und wenn man genau hinsah, tropfte er, nicht nur der Pulli, vielmehr Stolwerk im Gesamten, seine Haare waren nass und die hochgekrempelte Hose schmutzig, er hatte keine Schuhe an, nasse Abdrücke verteilten sich stempelartig am Boden. War er draußen gewesen? In *dem* Sauwetter? Das ergab doch keinen Sinn!

Das Radio lief und spielte einen x-beliebigen Retorten-Popsong. Sandro versuchte, einen anderen Sender zu erwischen.

„Lass den mal bitte laufen“, forderte Stolwerk.

Sandro sah ratlos zu Valerie und schüttelte seinen Kopf. Sie vermutete, der Einheitsbrei, der sich *Die besten Hits von heute* schimpfte, gehörte zu Stolwerks seltsamen Foltermethoden an diesem Morgen.

„Ihr fragt euch sicher, was das soll, nicht wahr? Aber später. Zuerst wollen wir ein herzhaftes Frühstück zu uns nehmen, meine Lieben. Hier bitte.“ Stolwerk schleppte die riesige Pfanne zum Tisch und ließ sie mit Schwung daraufkrachen. Alle zuckten instinktiv zurück und näherten sich dann synchron, um den Inhalt zu begutachten, denn der war überaus bemerkenswert: ein Spiegelei.

Nein, kein gewöhnliches Spiegelei, eines aus einer Paralleldimension, wo es Hühner gab so groß wie Dinosaurier.

„Mahlzeit!“, rief Stolwerk, fuhr mit seinem Löffel hinein und schob sich eine glibberige Portion in den Mund, die in etwa zwei normalen Hühnereiern entsprechen musste, dabei hatte er nur ein kleines Randstück erwischt. Dann legte er beide Fäuste auf den

Tisch, in einer stand der Löffel senkrecht nach oben, kaute genussvoll und sah in die verdutzte Runde. „Wasch ischt, habt ihr denn gar keinen Hunger, hm?" Sein Blick blieb an Luna haften, er senkte seinen Kopf, um ihre abschweifenden Augen einzufangen, sie wich erneut aus. „Köschtlich, muscht probieren, Luna, da schau her! Mmh!" Er holte eine neue Portion Eiklar heraus und hielt sie ihr dicht vors Gesicht.

„Wäh ... hey, lass das, verdammt! ... Kack ...shit!" Sie wischte seine Hand weg und schniefte zur Sicherheit gleich zweimal nach.

Luna und Schmatz hatten sichtlich Mühe, im Sitzen Balance zu halten und nicht nach vorne in die überdimensionale Eierspeise zu kippen. Was ihnen zu schaffen machte, sah nach einem gigantischen Kater aus.

„Nun, meine Lieben", deutete Stolwerk in die Pfanne, aus deren Mitte ein Eidotter lachte, mit genug Cholesterin, um einen ausgewachsenen Holzfäller niederzustrecken, „welches Hendl hat's da wohl zerrissen? ... Luna? Du als *große Tierschützerin* hast doch sicher eine Ahnung, wie es ausschaut, dieses arme Hendl, gell?"

Die Angesprochene fasste mit den Händen an ihre Dreadlocks und hielt sie hinter dem Kopf zusammen, womit sich ihre Gesichtshaut spannte. „Scheiße!", kommentierte sie.

„Wie gewöhnlich sehr gewöhnlich, aber zutreffend." Dann setzte er zum finalen Dolchstoß an. „Kennt ihr den? Also hört zu. Ein Zebra, ein Kamel und ein Vogel Strauß stehen im Garten. Legt der Strauß ein Ei ... und, wie geht's weiter? Wer weiß, wie's weitergeht? Wer möchte den Witz zu Ende erzählen? Hm? ... Nein? Niemand?"

Valerie verstand nur noch Bahnhof.

„Zählen die Bösen eins und eins zusammen und schnappen sich die holde Maid. ... Das passiert. Na? Na? Wer lacht? Niemand? Na, dann scheint es wohl KEIN WITZ ZU SEIN!“, polterte er. Er hatte vorhin Theater gespielt, von wegen gute Laune, denn so lange sie ihn kannte, hatte Valerie ihn noch nie so wütend erlebt wie in diesem Augenblick.

Schmatz sah besonders verdattert drein, er schien deutlich mehr an den Nachwirkungen der Nacht zu knabbern zu haben als Luna, hatte noch keinen Ton herausgebracht, nicht mal ein leises Räuspern.

Der Radiosprecher zog die Aufmerksamkeit auf sich: *„Ja hahaha, und hier sind wir wieder mit den besten Hits von heute und dem Thema des Tages, den Bremer Stadtmusikanten in Innsbruck, oder sagen wir besser den safarischen Stadtmusikanten?“*

Diese übergute Laune mancher Radiosprecher konnte einen richtig runterziehen.

„Haha, na, da muss es sich ja abgespielt haben heute Nacht, mein Tonmeister hat sich weggeschmissen und liegt unterm Mischpult, hahaha. Also, wer es noch nicht gehört hat: Aus noch unbekannter Ursache sind alle Tiere aus dem neuen Safari-Streichelzoo an der Wiesengasse ausgebrochen und haben die Stadt unsicher gemacht – da können wir bloß froh sein, dass die keine Löwen hatten, was? Haha! Laut Polizeibericht hat es ein Watussi ... Watussi! Hahaha ... bis in die Altstadt geschafft und dort Leute mit seinem gewaltigen Horn erschreckt ... grmmpf ... und auch das Gnuu ... kam nicht zur Ruuh, es ging viel lieber zum Bahnhof, vielleicht wollt’s ja zu Frau Känguruuh? Hahaha ...“

Konnte man diesem Kerl ... nicht mal so richtig ...?

„Ha! Und jetzt das Beste: Ein Kamel, ein Strauß, ein Hund und ein Zebra sind den Bergiselweg hinaufgerannt

und von dort weiter Richtung Brennerstraße ... ja, ihr habt richtig gehört, und mehrere Zeugen wollen gesehen haben, dass zwei Personen auf dem Zebra gesessen sind ... dazu passt vielleicht folgender Tweet, ganz frisch aufgetaucht: Der Alpenbär99 schreibt auf Twitter, jetzt hört zu: Gerade bin ich mit dem Auto in den größten – Verzeihung, liebe Hörerinnen und Hörer, aber das steht genau so da, wie ich es lese, also schreiben Sie bitte keine Beschwerdebriefe an den Sender: mit dem Auto in den größten Scheiß-hau-fen gedonnert, den die Welt je gesehen hat! Dazu die Hashtags #ibktwit und #brennerstraße – wenn das mal keine heiße Spur ist, was? Dampft sicher noch, die heiße Sch...pur, oder wie? Haha! Aber Sch...paß beiseite, grmmpfff, wir haben jetzt den Zoodirektor in der Leitung, Markus Conrad. Herr Conrad, guten Morgen. Wie ist der aktuelle Stand? Alle Tiere wieder zu Hause?"

„Guten Morgen. Zuerst möchte ich mich in aller Form für den Vorfall entschuldigen. Glauben Sie mir, wir sind alle geschockt, wir ergreifen sämtliche Maßnahmen zur sicheren Unterbringung unserer Tiere, und dann passiert so etwas. Gott sei Dank ist niemand zu Schaden gekommen, weder Mensch noch Tier, soweit bekannt."

„Wie konnte das überhaupt passieren?"

„Das wissen wir noch nicht, aber wir gehen von einem Einbruch aus."

„Wird das Gelände denn nicht bewacht?"

„Natürlich, aber weder der anwesende Pfleger noch der private Sicherheitsdienst, der dreimal die Nacht vorbeikommt, haben etwas gemerkt."

„Na vielleicht haben die zu laut Radio gehört, was? Haha! Sicherlich die besten Hits von heute. Und, alles wiedergefunden?"

„Wir konnten alle Tiere zurückbringen, bis auf die von Ihnen erwähnte Gruppe, nach der wir noch intensiv

suchen, ein Kamel, ein Afrikanischer Strauß und ein ... Zebra, hm.“

„Was ist mit dem Zebra?“

„Nichts, nein, ein ... äh ... Zebra eben.“

„A-ha. Es hat nur so geklungen, als könnte es Fahrrad fahren oder Trompete spielen, das Zebra, haha. Na egal. Dann würde es sich vielleicht lohnen, auf der Brennerstraße zu suchen, oder? Wie wir eben auf Twitter erfahren haben, liegt dort ein Mega-Dunghaufen herum, um es vornehm zu sagen. Also, liebe Natterer, passt heute gut auf, wo ihr hinsteigt, denn das könnte knietief werden, was? Hahaha. Spaß beiseite: Herr Conrad, könnte der Sch... also könnte die Hinterlassenschaft vielleicht zum gesuchten Kamel gehören?“

„Das ist schwer zu sagen, aber wir gehen dem Hinweis natürlich sofort nach.“

„Jaaa danke, Herr Conrad, ihr habt's gehört, meine Lieben, es spielt sich ab an diesem verregneten Samstagmorgen, wenn ihr Hinweise habt, einfach den Zoo oder den Polizeinotruf anrufen ... oder noch besser twittern, damit wir euch in dieser Story am Laufenden halten können! Und weiter geht's mit den besten Hits von heute ...“

Man musste jetzt kein Hercule Poirot sein, um draufzukommen, dass es sich bei der Quelle des Spiegeleis vor ihnen nur um den ausgebüxten Strauß handeln konnte. *Die Sträußin,* korrigierte Valerie ihren Gedanken.

Alle warteten darauf, dass Luna etwas zur Aufklärung der Situation beitrug, von Schmatz erwartete niemand etwas, so wie er in seinen imaginären Seilen hing.

„Ach was, Zebra“, muckte Luna auf, „ein stinknormales Pferd ist das, angemalt haben sie's, diese Tierquäler!“ Dann wieder ihr Schniefen. Verstohlen, aber nicht verstohlen genug sah sie durchs Fenster zur Pferdekuppel, die leer war.

„Ja, wo ist es wohl hin, das liebe Pferdchen, hm?“, fragte Stolwerk, und: „Was meinst du: Ist es jetzt ein schwarzes Pferd mit weißen Streifen oder ein weißes Pferd mit schwarzen Streifen?“

Klar, dass er an diesem abgedroschenen Gag nicht vorbeikam. Luna zuckte mit den Schultern und versank wieder in ihrem Kater.

„Na was, hat denn niemand Lust auf Spiegelei?“ Stolwerk nahm wieder etwas vom glibberigen Eiklar auf den Löffel und ließ es demonstrativ vor den Gesichtern der beiden wabbeln.

Schmatz hielt sich plötzlich die Hand vor den Mund, schoss auf, rannte zuerst gegen den Türstock und dann hinaus.

Für Stolwerk war es dringend an der Zeit für eine heiße Dusche, wenn er sich nicht den Tod holen wollte. Er war früh wach geworden, und statt im Bett zu liegen und Trübsal zu blasen, hatte er es für besser gehalten, gleich die Küche aufzuräumen und Frühstück vorzubereiten. Die dunklen Gedanken des Vorabends hatten sich im Schlaf erledigt, er musste nur dafür sorgen, dass sie nicht wiederkamen, und das ging eben am besten mit Arbeit.

Also wollte er sich und den anderen Frühstück machen, hatte sein Zimmer verlassen und sich über die dreckigen Fußspuren gewundert, die über Stiege und Gang direkt in Schmatz’ Zimmer führten. Dann war er in der Küche gestanden und hatte sich feine Sachen für seine Lieben überlegt, draußen war es langsam hell geworden, und siehe da: hatten sich ein Kamel, ein Zebra und ein Strauß über Nacht auf der Pferdekoppel eingefunden.

Da brat mir doch einer einen Storch, hatte er gedacht.

Zuerst hatte er an einen Traum geglaubt und sich fest in den Unterarm gezwickt, war dann ans Fenster getreten und hatte sich die Augen gerieben, aber das Bild war dasselbe geblieben: Kamel, Zebra und Strauß, im Matsch vorm Haus.

Mit den drei exotischen Tieren in der Auslage wäre ihr Versteck nicht lange unentdeckt geblieben, je heller es wurde, umso eher wären sie geliefert gewesen. Also war er hinausgestürzt und hatte zunächst eine Minute gebraucht, um klare Gedanken zu fassen, wobei ihm der kalte Regen auf die Sprünge half: Der Stall des Hofs war groß und hoch genug für die drei. Aber wie sollte er sie von der Pferdekoppel schnell dort hineinbekommen?

Zuerst hatte er die anderen zu Hilfe holen wollen, dann aber erkannt, dass das viel zu lange gedauert hätte. Wer wusste schon, wie viele Jogger hier jeden Morgen vorbeikamen, die sie melden hätten können ... also war er durch Stall und Heuboden gelaufen, hatte bei der Gelegenheit bemerkt, dass sein Auto fehlte, damit auch ihre Fluchtmöglichkeit, aber immerhin hatte er bald ein langes Seil gefunden. Das Kamel war als Erstes dran gewesen, es hatte praktischerweise einen dieser großen Nasenringe, eine XXL-Version von Lunas Schmuckstück, womit es ganz leicht zu dirigieren war. Das Zebra, dem im Regen schon die weiße Farbe abging, war problemlos mitgekommen. Aber der Strauß. Teufel, der Strauß. Der war zunächst still und leise in der Koppel gesessen wie das Unschuldslamm. Als Stolwerk ihm dann den Strick hatte umbinden wollen, war er aufgestanden, und plötzlich war er eine Sie gewesen, weil: Ei.

Und dieses Ei wollte verteidigt werden.

Und wie Stolwerk dann so die dritte Runde durch den Morast der Koppel getrampelt war, einmal er dem

Vogel nach, das nächste Mal umgekehrt, hatte er sich geschworen, diesem Rabenbraten von Tochter – und es konnte nur Veilchens Tochter sein, der solche Sachen einfielen, jeder Zweifel hatte sich hiermit erübrigt – aber so was von die Leviten zu lesen, dass kein Auge trocken blieb. Und genau das hat er dann gemacht.

Als er die Küchentür hinter sich schloss, grinste er über beide Ohren. Er war optimistisch, dass sie sein schnelles Handeln vor Schlimmerem bewahrt hatte, dass sie vorerst weiter in Sicherheit waren – und er den beiden Genies ausreichend klargemacht hatte, was er von ihrer Aktion hielt, an der wohl Alkohol und andere Rauschmittel nicht unbeteiligt gewesen waren, die nichtsdestotrotz aber ein ordentliches Maß an eigener Dummheit erforderte.

Er hatte die Karre aus dem sprichwörtlichen Dreck geholt, jetzt lag es an den beiden kopflos Verliebten, sie wieder flottzumachen. Auf ihren Lösungsvorschlag war er schon gespannt. Und noch etwas Spannendes galt es zu klären: Was hatte er jetzt statt seiner triefenden Sachen anzuziehen?

Luna und Schmatz waren oben und schliefen ihren Rausch aus. Valerie und Sandro hatten nach den Tieren gesehen, weil sie die Geschichte kaum glauben konnten, und kamen mit Jackpot in die Küche zurück. Stolwerk war sonst wo, zuletzt hatte er sich im Schmatz'schen Badezimmer eingesperrt und irgendwelche Arien geträllert.

„Na bravo", kommentierte Sandro seine Eindrücke aus dem Stall.

„Ja ... wilde Viecher. Vor allem der Strauß!"

„Hoffentlich finden wir für den auch noch was zu fressen ..."

Das Heu, das sich Pferd und Kamel schmecken ließen, hatte er verschmäht. Valerie hatte keine Ahnung, was diese Vögel mochten. Vielleicht ... Vogelfutter? Körner? Sie kramte in den Kästen herum. „Eine Dose Mais?“, schlug sie vor und zeigte Sandro die Konserve.

„Ausprobieren. Oder die Äpfel von draußen!“

„Die schauen nicht mehr astrein aus, nicht, dass uns der Strauß auch noch umkippt!“ Sie deutete nach oben in Richtung Schmatz’ Zimmer, beide mussten lachen. Der junge Mann war völlig hinüber.

Lachen tat gut, denn sie hatte keine Ahnung, wie es weitergehen sollte. Sie saßen hier fest, mitten im Nirgendwo – und, wie sie mit Schrecken feststellen hatten müssen, auch ohne Fluchtwagen – verfolgt von Polizei und weiß Gott wem. Sie konnten zwar kaum etwas zur Aufklärung der Situation beitragen, solange Schmatz ihnen keinen Zugang zur Außenwelt verschaffte. Aber trotzdem benötigten sie Informationen darüber, was passierte. Ein Internetanschluss hätte schon geholfen, doch nirgends war ein Computer zu finden, ihre Handys mussten ausgeschaltet bleiben ... Valerie behagte es nicht, sich einfach nur zu verstecken, sie wollte etwas tun, Luna helfen, es musste doch etwas geben, womit man ...

„Hörst du?“, unterbrach Sandro ihre Gedanken. Unruhe lag in seiner Stimme.

„Was? ... Ja ... ich hör’s auch!“ Das Knattern eines Hubschraubers, langsam lauter werdend. Beide rannten zum Fenster und spähten hinaus. Zuerst entdeckten sie nichts, hörten aber, wie sich das Geräusch verstärkte, dann bogen sich einzelne Äste, plötzlich tauchten Rotorblätter über den Bäumen auf, verwirbelten dazwischen hängende Nebelfetzen, Polizeischriftzug auf der silbrig-blauen Maschine, sie flog seitwärts über das offene Feld, kam näher und näher, das hohe Gras darunter wurde zu Boden gedrückt ...

„Die suchen die Tiere!", rief Sandro.

Valerie hatte keine bessere Erklärung, hielt die Maßnahme aber für ziemlich übertrieben. Doch falls sie die Exoten wirklich entdeckten, fanden sie damit vielleicht auch ... Luna!

Stolwerk polterte im blumengemusterten XXL-Bademantel herein, ihr blieb keine Zeit, den Anblick zu verarbeiten.

„Die Polizei!", hatte auch er erkannt.

„Ruhig bleiben", rief Valerie, „komm, weg vom Fenster!"

Sandro und sie kauerten sich ins Eck, Stolwerk blieb unter dem Türstock stehen. Knattern, laut, lauter, ganz laut. Das Fluggerät musste jetzt direkt über dem Wohngebäude schweben. Keiner sagte mehr ein Wort, sie saßen in der Falle, waren erledigt! Etwas am Dach klapperte wild, hoffentlich nur vom Verwirbeln des Rotors. Valerie schauderte, fühlte sich an den Film *Das Boot* erinnert. Gleich würde die Bombe explodieren ... was in ihrem Fall hieß, gleich würden sich Spezialkräfte aus dem Hubschrauber abseilen, die Scheiben einschlagen und Blendgranaten ins Innere werfen, bevor sie das Gebäude stürmten ... die hatten doch einen Vollschuss, wegen ein paar Tieren so ein Tamtam zu machen ... *ruhig bleiben*, das sagte sich einfach, in ihrem Inneren war es alles andere als ruhig, mit einem Pulsschlag bis zum Hals, bald würden sie im Gefängnis sitzen, sie würde Luna nie wiedersehen, nie richtig kennenlernen dürfen, Krotlackner würde sie alle erledigen, den unschuldig zum Handkuss gekommenen Sandro gleich mit, man würde ihre Tochter an die tschechischen Kollegen ausliefern und die würden sonst was mit ihr anstellen und überhaupt ... sie hielt die Luft an, erwartete jetzt nichts sicherer als das gewaltsame Ende ihrer Flucht ... zählte die Sekunden wie zwischen Blitz und Donner, hörte aber nur konstantes Dröhnen und Klackern ...

Hatte sie Luna in ihren Gedanken gerade bedingungslos als *Tochter* bezeichnet?

Hatte sie.

Niemand darf mir meine Tochter nehmen! Völlig egal, was sie angestellt hat und wie dumm das Kind sein mag! Luna ist meine Tochter! ... Verfl...ixt und zugenäht!

Bevor sie blau anlief, holte sie doch Luft, tat es so geräuschlos wie möglich, als würde man es dort oben hören können ...

„Es wird leiser", sagte Stolwerk.

„Ich glaube, sie fliegen weiter", meinte Sandro.

Valerie war sich da noch nicht so sicher, glaubte es erst, nachdem sie ins gegenüberliegende Zimmer gerannt war und durchs Fenster beobachten konnte, wie sich der Polizeihelikopter langsam entfernte, zum Waldrand auf der anderen Seite des Feldes und darüber hinweg entschwand, immer noch im Krebsgang, quer zur Flugrichtung. Sie suchten weiter, was hieß, sie hatten sie nicht entdeckt! Der Showdown, zu dem sie bereits wild entschlossen ihre Fäuste geballt hatte – auf später verschoben.

Einmal blies Valerie kräftig durch, dann beschloss sie: Spätestens morgen mussten sie weg von hier. Und sie hatte bereits eine Idee, wohin. Auch wenn ihr diese nicht besonders schmeckte.

Das Radio.

... und zum Schluss unserer Nachrichten noch eine Meldung aus Tschechien: Wie gerade bekannt wurde, haben die Behörden unseres Nachbarlandes gestern

Früh eine grausige Entdeckung gemacht: In einem Wald nahe Budweis wurden verkohlte menschliche Überreste gefunden. In einer gemeinsamen Pressekonferenz mit österreichischen Kollegen gehen die Ermittler mit großer Wahrscheinlichkeit davon aus, dass es sich bei der Leiche um die seit Monaten abgängige österreichische Staatsbürgerin Stefanie W. handelt, die zuletzt unweit des Fundorts gesucht worden war. Darauf deuten persönliche Gegenstände hin, die ihr zugeordnet werden konnten. Ob es sich um einen Unfall oder ein Gewaltverbrechen handelt, kann zum derzeitigen Zeitpunkt noch nicht gesagt werden.

„Sophia", sprach Stolwerk.

Valerie blieb still, denn dem gab es nichts hinzuzufügen. Stefanie W. alias Stefanie Wend alias Sophia Brennsteiner, Lunas Schwester, tot in Tschechien gefunden. Wenn das tatsächlich stimmte, war Luna in größter Gefahr.

Niemand durfte ihrer Tochter wehtun!

„Und was machen wir jetzt, Veilchen?"

„Hm", machte Valerie und dachte nach. So tragisch ihr Tod war, für Sophia kam jede Hilfe zu spät. Sie mussten es Luna sagen, aber zum richtigen Zeitpunkt, durften jetzt keine Kurzschlussreaktion provozieren. „Wir müssen Luna beschützen, Stolwerk."

Er nickte, rollte die Augäpfel nach oben, schloss die Augen und gab den Kopf zur Seite, was wohl bedeuten sollte, Luna schlief, was weiterhin bedeuten sollte, schlafend konnte sie keinen Blödsinn machen, was letztlich bedeutete, im Moment gab es beschützertechnisch nicht viel zu tun.

„Komm, kümmern wir uns um die Tiere, Veilchen."

Sie ging mit den beiden Männern in den Stall, auch wenn ihr der Sinn gerade gar nicht danach stand.

Ja, der Strauß mochte Mais aus der Dose, aber selbst zwei Portionen davon reichten kaum aus, er – also sie – wollte mehr davon. Kamel und Pferd begnügten sich weiterhin mit Heu und Wasser. Alle Tiere waren in passabler Verfassung, jedenfalls soweit Valerie das beurteilen konnte. Ans Zurückbringen war vorerst nicht zu denken, freilassen und vom Hof treiben konnten sie sie jetzt auch nicht mehr, ohne unnötige Aufmerksamkeit zu erregen, aber sie würde der Polizei einen Tipp geben. Wenn sie erst von hier verschwunden waren. Aber wohin, und was dann? Sollte sie vielleicht Geyer kontaktieren, der als Kollege und Stellvertreter immer loyal zu ihr gestanden war? Würde er Lunas Informationen verantwortungsvoller behandeln als dieser Krotlackner, oder würde er einfach dessen Befehle ausführen und sie verhaften?

War die Unterbringung in einer Haftanstalt letztlich nicht ein besserer Schutz für Luna, als sie ihn ihr hier bieten konnten? Würde sich nicht alles aufklären, wenn die Behörden ihr Vorbringen gründlich untersuchen konnten?

Nein, beschloss sie still. Wenn nur ein Funken von dem stimmte, was Luna ihnen über ihre Erfahrungen mit den Behörden erzählt hatte, wenn es zutraf, dass man ihr in Tschechien Straftaten angedichtet hatte, und wenn man dazu nun davon ausgehen konnte, dass Sophia Brennsteiner ermordet worden war, von denselben Leuten, die jetzt hinter Luna her waren, dann wäre es schlicht fahrlässig gewesen, sich zu stellen. Ihr Bauchgefühl stimmte zu, wobei es eher ein Knurren war, denn es war bereits nach Mittag und sie hatte Stolwerks Spiegelei nicht angerührt.

Dass Valerie noch immer nicht niesend und mit juckenden Augen durch die Gegend lief, wunderte sie sehr, denn bei ihrer Tierhaarallergie musste sie eine Katze nur anschauen und fing schon an zu niesen. Aber in den letzten beiden Tagen hatte sie mehr Kontakt zu Tieren gehabt als im vergangenen Jahrzehnt zusammengenommen, und nichts. Hieß es nicht *Hunde- und Katzenallergie*, und wenn man gegen das eine allergisch war, war man es auch gegen das andere? Aber sie konnte Jackpot streicheln und wuscheln und trotzdem ging es ihr weiterhin gut, sie fand sogar richtig Gefallen daran, mit ihm zu spielen, es lenkte sie von anderen Gedanken ab.

Sie warf dem Hund eine leere Papprolle hin, doch statt sie zu apportieren, zerriss Jackpot sie in tausend Fetzen, und als sie versuchte, ihm die Reste zu nehmen, hatte er größte Freude daran, so lange Tauziehen zu spielen, bis erneut etwas nachgab und er nach dem größeren Rest schnappen konnte. Sie kraulte ihm den Nacken, strich ihm über den Kopf, tätschelte ihn liebevoll. Als sie ihn zum wiederholten Mal am Halsband zu fassen bekam, um sein allzu ungestümes Herumtollen einzubremsen, fiel ihr plötzlich eine Verdickung unter dem hellbraunen Lederband auf. Sie löste die Schnalle und sah sich das Ding genauer an; man konnte ja nie wissen, wozu es eines Tages gut sein mochte, über Hundehalsbänder Bescheid zu wissen.

Eine Marke suchte sie vergebens – vielleicht war im Band eine Art Mikrochip, von dem man Daten über den Hund und dessen Besitzer auslesen konnte? Aber verpflanzte man solche Chips nicht normalerweise direkt unter die Haut des Tiers? Über der Verdickung lag ein kurzer Reißverschluss, sie öffnete ihn und fuhr mit dem Finger in die Tasche. Im schmalen Ende steckte etwas Kleines, Metallisches, das sich nicht herausholen ließ … also nahm sie ein schmales Messer zu Hilfe, Stück für Stück kam sie weiter, rutschte ab, schaffte es aber schließlich, das Ding an die Oberfläche zu befördern, nahm es zwischen Zeigefinger und Daumen und beäugte es aus allen Blickwinkeln.

„Hast was?", fragte Stolwerk, der schon die ganze Zeit laut darüber nachdachte, was sie sich zu essen machen könnten, die Vorräte ließen nicht mehr viel zu. Immerhin waren Dreiviertel vom Spiegelei noch da, und in der Not ... tja.

„Das da war im Halsband, schau. Was meinst du?"

Stolwerk trat zum Fenster und hielt das Ding ins Licht, mit Gestik und Mimik eines Uhrmachers, fehlte nur noch das Augenglas. Dann glitt ihm das Kleinteil durch die Finger und fiel zu Boden, er bückte sich, womit Valerie wieder einmal feststellte, dass ihm Schamgefühle völlig fremd sein mussten. Seine Sockenkaro-Pullover waren ja schon eine optische Zumutung, weil zwei Nummern zu klein und überhaupt, aber dieser geblümte Frotteemantel, dessen Stoffgürtel sich beim Bücken löste, war die Krönung. Eilig verhüllte er sich wieder und gab ihr das Metalldings zurück.

„Sieht aus wie ein USB-Stick, Veilchen."

Das war auch ihre erste Vermutung gewesen. „Ja, aber zu kurz, oder?"

„Hm ... fehlt vielleicht was? Steckt noch was drin?"

Sie hoffte nicht, denn sonst wäre das Teil wohl kaputt, und fuhr erneut mit dem Finger in die kleine Tasche. „Nein, nichts."

„Dann wär's gut, wenn wir jetzt einen Computer hätten. Und einen Experten dazu."

Klar, wen er damit meinte. Und klar, was sie als Nächstes taten.

***

Er kam und kam nicht drauf, was die von ihm wollten. Eben noch neben Luna ... neben L-U-N-A! ... im Bett gelegen und von riesigen Spiegeleiern und Hubschraubern geträumt, saß er jetzt in der Küche und die sechs ... die ... hm ... Leute ihm gegenüber sahen ihn erwartungsvoll an. Er hatte schon Großaufnahmen von Spinnen gesehen, die mehr als zwei Augen hatten, und auch Fliegen besaßen eine Unzahl davon, aber Menschen, das war ihm neu. Alles drehte sich, horizontal und dazu noch wie in einem Kaleidoskop, und es war überhaupt nicht lustig. Der einzige Fixpunkt des Universums schien ein riesiges Glas mit etwas Rotem darin zu sein, das vor ihm stand.

„Trink das", hörte er einen der Vieläugigen sagen.

„Das wird dir guttun", meinte der Weberknecht daneben.

Na ja, schlimmer kann's nicht werden, dachte er, fasste mit beiden Händen nach dem Behältnis, führte es an die Lippen heran und schluckte. Es schmeckte grässlich und brannte in Mund und Kehle, aber er konnte nicht aufhören, irgendetwas oder irgendjemand hielt das Glas oben, er wollte absetzen, musste aber schlucken und schlucken und sich fast verschlucken und Luft holen und ins Glas ausatmen und weiterschlucken, bis nichts mehr drin war.

„Aaah", machte er, weil sich das so gehörte.

„Gut so", meinte Thekla, die mit Frau Mausers Stimme sprach, total komisch.

Er rülpste zur Antwort, plötzlich hatte er ein Pfeifgeräusch im linken Ohr, es machte „Niiuuiiuuii!", wurde immer höher, mit einem Plopp war es wieder weg. Dann passierte fünf Minuten lang nichts, vielleicht auch eine Stunde oder zwei Sekunden, jedenfalls war er plötzlich wieder da. Hochgefahren wie ein Windows-

PC nach dem Mega-Systemcrash, wenn man glaubt, da hilft nur noch der Vorschlaghammer, aber ausschalten und wieder einschalten tut's dann auch ... und tadaa! Sitzen Frau Mauser, Sandro und Stolwerk vor ihm wie in der Muppet Show.

„Und?", fragte Frau Mauser.

Was und, überlegte er, bevor seine Aufmerksamkeit auf einen optischen Supergau gelenkt wurde. „Was machst du in Mamas Bademantel?", fragte er Stolwerk. Die Ausmaße seiner Mutter waren schon ein wenig ... *jurassic* ... das konnte man ja zugeben ... aber dass Stolwerk hineinpasste, S-T-O-L-W-E-R-K!, war eine Beleidigung.

„Meine Wäsche trocknet noch. Weißt, die war schmutzig wegen der Straußenjagd, Schmatz."

Wegen der Straußenjagd ... er redete wirres Zeug ... vielleicht war das hier alles nicht real, sondern er war in einer Traumschleife gefangen ... oder Teil eines wilden psychologischen Experiments ... Schmatz führte seinen Zeigefinger zum Mund und biss fest hinein. Stolwerk ging aber nicht weg, sondern schob ihm seinen Laptop hin.

„Ist doch deiner, oder?"

„Jaja." Jetzt tat ihm der Finger weh.

Frau Mauser übernahm. „Schau, Schmatz, wir haben das da gefunden und es passt in die Dose da, schau." Sie steckte einen Mini-USB-Stick in den LAN-Port und rüttelte daran herum. „Komisch, vorhin hat's noch genau gepasst."

Frau Mauser war ja so lustig, steckte sie doch glatt einen USB ins LAN, und als er ihr so zusah, musste er sofort an Luna denken, L-U-N-A!, keine Ahnung wieso. Immer noch brannte ihm der Mund von dem roten Zeug.

„Vielleicht, weil du's vorhin da hineingesteckt hast?", antwortete er und schob den Stick in die richtige Buchse.

„Ah ja, genau, schau!"

Ah ja, genau, schau ... zu komisch, echt.

Er zog das Speichermedium wieder heraus, um den Stick nicht zum *Booten* zu bringen – man wusste ja nie, was man sich mit den Dingern einfangen konnte –, klappte den Laptop auf und ließ ihn hochfahren, fixierte die Windows-Fensterkacheln, die eine gefühlte Ewigkeit aus dem Bildschirm strahlten. Er tauchte durch sie hindurch in unendliche Weiten ... plötzlich war es dunkel und kalt, das Geräusch von Metall auf Metall, Käfige und afrikanische Tiere um ihn herum, wilde Schreie wie aus dem Urwald, Luna in der Mitte, tanzend wie eine Irre, er lachte lauthals, dann voll tilt und Zeitsprung, er am Rücken eines Pferdes auf der Bundesstraße, hielt Luna (L-U-N-A!) von hinten umklammert, Gott, war sie wild. Neben ihnen trottete ein Kamel dahin, es schaute ihn an und fletschte die Zähne, und so ein Riesenvogel begleitete sie auf der anderen Seite ... total grotesker Tagtraum ... Vögel fliegen doch und laufen nicht!

Der Startbildschirm riss ihn aus den Bruchstücken, die beängstigend real durch seine Vorstellung gegeistert waren. Mit zitternden Fingern schob er den USB-Stick wieder in den Port und öffnete den Inhalt.

„Hm ...", machte er, weil er das so aus Fernsehkrimis kannte, wenn die Kommissare ihrem EDV-Schani über die Schulter schauten. Wobei ihm die drei eigentlich gegenübersaßen, aber egal. Der Virenscanner schlug nicht an. „Passwort?", fragte er.

„Der ist passwortgeschützt?", kam von Frau Mauser.

Selten dämliches Passwort, dachte er und tippte die drei Wörter ein, einmal mit, einmal ohne Fragezeichen. „Nö."

„Leider kennen wir das Passwort nicht, Schmatz. Kannst du es knacken?"

Klar konnte er so was, unten am LKA, aber nicht hier. „Wo habt ihr den Stick denn her?"

„Von Jackpot."

Ihm war neu, dass Hunde mit USB-Sticks ausgestattet wurden, aber weil auch sonst genug Verwirrendes im Raum stand und weil er wusste, wie sorglos neunundneunzig Prozent aller Computerbenutzer mit ihren Kennwörtern umgingen, tippte er auf Verdacht drauflos und traf sofort ins Schwarze. „Bingo."

„Ja, was? Hast du's?", fragte Frau Mauser.

Klar hatte er's. *Jackpot* war das Passwort, was sonst. Die Leute meinten ja auch, „Passwort" sei ein schlaues Passwort. Also warum nicht der Name des Hundes.

Was man so als *Hacken* bezeichnete, war in Wahrheit das Ausnutzen fremder Dummheit ... noch ein Doppelklick und nochmals eine Passwortabfrage, völlig klar, dass es erneut *Jackpot* war ... aber als er sah, was sich auf dem Stick befand, musste er zweimal blinzeln, er konnte es kaum glauben. Wenn das wirklich stimmte, dann ...

„Und, was ist drauf, Schmatz?"

„Eine *Bitcoin Wallet*."

„Eine was?"

„Na eine *Bitcoin Wallet*. Eine elektronische Geldbörse. Und ziemlich ... warte mal ..." Er rief eine Internetseite auf, die den aktuellen Kurs von *Bitcoins* anzeigte, und multiplizierte den Wert mit der Anzahl der Münzen in der virtuellen Brieftasche am USB-Stick. „Oh, wow ... das ist ja ... aber das kann doch nicht ... *boah ey!*"

„Schmatz!“, rief seine Chefin.

„Jaja, ’tschuldigung. Also, wenn das gültige *Bitcoins* sind, befinden sich auf diesem Stick in etwa ... nach aktuellem Kurswert ... fünf Millionen Euro!“

Es war echt super, die Gesichter der drei zu sehen, voll belämmert. Aber wer bitte schön versteckte fünf Millionen in *Bitcoins* bei seinem Hund? *Dieselben, die ihm dann den ganzen Tag das Passwort hinterherschrien,* schlussfolgerte er. *Passwort, hierher! Braaaver Passwort. Fünf-Millionen-Euro-Passwort, du böser Hund ... PASSWORT!!!* Er gluckste, und mit ihm die rote Flüssigkeit in seinem Magen, womit er das Glucksen wieder bleiben ließ.

„Ist das denn richtiges Geld?“, fragte Sandro.

Schon erstaunlich, wie wenig die meisten Leute über virtuelle Dinge wussten. *Bitcoins, Bitcoin-Mining, Bitcoin-Börsen,* und die vielen Skandale rundherum ... die offiziellen Beteuerungen der Nationalbanken, nichts gegen *Bitcoins* zu haben, und ihre inoffiziellen Bemühungen, die Parallelwährung zu torpedieren ... fast unmöglich, dem Thema auszuweichen, wenn man es nicht bewusst ignorierte. Andererseits war diese Gleichgültigkeit ja so was wie seine Existenzberechtigung und ließ ihn regelmäßig mit Wissen glänzen: „Ja klar, da wechseln täglich Millionen den Besitzer. Der Wert aller *Bitcoins* beträgt mehr als fünf Milliarden. Du kannst alles Mögliche damit kaufen, es gibt sogar schon Geldautomaten, wo du sie in Euro umtauschen kannst.“

„Deshalb wollen sie den Hund unbedingt wiederhaben“, warf Stolwerk ein, „wegen dem Geld!“

Ein Fünf-Millionen-Euro-Hund, dachte Schmatz und sah zu Jackpot, der ihm einen schiefen Blick zurückgab. Dem Boxer schien das alles herzlich egal zu sein.

„Haben die keine Sicherungskopie?“, fragte Frau Mauser.

„Na ja, anscheinend nicht, oder?“, nahm Stolwerk ihm die Antwort aus dem Mund.

„Pff“, machte Sandro, „fünf Millionen!“

Fünf Millionen, die Zahl geisterte auch Schmatz im Kopf herum. Damit konnte man eine Menge anstellen. Er würde ... ja, er würde sich ein Auto kaufen, genau. Ein rotes. Musste kein Ferrari sein, aber jedenfalls rot. Und seinen Eltern ein schickes Haus in Südtirol. Den Hof aber trotzdem behalten. Schließlich gehörte er schon so lange seiner Familie! Und er würde ... genau! Er würde aus dem Schmatzerhof eine Tierpension machen. Wie *Gut Aiderbichl.* Zusammen mit Luna. L-U-N-A! Glücklich bis ans Ende seiner Tage, mit der wilden Traumfrau, die so unerwartet in sein Leben gekommen war. L-U-N-A!

Als hätte er einen Dschinn beschworen, platzte sie in die Küche, streckte sich, zeigte ihren Bauchnabel, ihren süßen, kleinen Bauchnabel, aus dem er vor Stunden noch Weißwein geschlürft hatte, und sprach: „Habt ihr einen verfluchten Geist gesehen oder warum schaut ihr so bekifft? ... Gibt's was zu futtern?“

Drei Stunden später

Luna hatte ordentlich gestaunt, als sie ihr von den Millionen erzählten, bevor sie direkt wieder in ihrer Gleichgültigkeit versank, von der Valerie zunehmend vermutete, dass sie nur aufgesetzt war. Dann war eine Diskussion darüber ausgebrochen, wer zum Hüter des USB-Sticks werden sollte, und weil eigentlich keiner so recht wollte (was Valerie erstaunte, aber irgendwie auch freute), hatte man sich auf Stolwerk geeinigt, weil er der Größte war, längen-, breiten- und gewichtstechnisch – der, den so schnell nichts umwarf. Außerdem wusste er aus seiner Zeit in der Spezialeinheit Cobra und in seiner Sicherheitsfirma, wie man auf Sachen aufpasste. „Meinetwegen“, hatte er gemeint und das Teil in seine Hosentasche gleiten lassen, was Valerie wiederum nur geringfügig besser vorkam als Jackpots Halsband.

Mit Schmatz’ Laptop rief sie zum wiederholten Mal die Internetseite des Tiroler Tagblatts auf, um zu prüfen, ob es Neues rund um die abgängigen Tiere gab, bisher galten sie als spurlos verschwunden, und das war gut. Doch als sich die Seite jetzt aufbaute, war es, als blickte Valerie in einen Spiegel, denn ganz oben lachte sie selbst aus dem Bildschirm, besser gesagt das Foto von ihrem Dienstausweis, auf dem sie noch ihre voluminöse Frisur hatte. Vor dem *großen Bums.*

EILMELDUNG: Geiselnahme hält Tirol in Atem, stand über dem erst wenige Minuten alten Artikel. Sofort ging ihr Puls nach oben, eilig folgte sie dem Link. „Mach schon!“, schrie sie den Rechner an, der ausgerechnet jetzt hängen musste, ihr seine weiße Zunge entgegenstreckte, bis sie die Geduld verlor und auf *Neu laden* klickte, endlich erschien der Bericht.

Wie soeben bekannt wurde, sucht die Polizei seit gestern die suspendierte LKA-Polizistin Valerie Mauser, die zusammen mit der europaweit gesuchten Straftäterin Luna Brennsteiner mehrere Menschen in ihre Gewalt gebracht haben soll. Der Aufenthaltsort ist unbekannt, zuletzt wurde sie in Innsbruck gesehen. Die Polizei sucht den Großraum seit den frühen Morgenstunden ab, unter anderem mit zwei Hubschraubern, bisher ergebnislos. Zu den Motiven und möglichen Forderungen der Geiselnehmer wie auch der Identität der Geiseln ist noch nichts bekannt.

Jetzt sind sie total übergeschnappt, dachte Valerie als Erstes, und als sie *Hubschrauber* las: *Wusste ich es doch*. Die Kollegen von der Flugpolizei gaben sich üblicherweise nicht damit ab, entlaufene Tiere zu suchen, selbst wenn es sich um Zebras und Kamele handelte. Die waren auf der Suche nach Verbrechern, und die Verbrecher waren – sie? Dass sie vorhin beinahe gefunden worden wären, ließ ihren Puls noch schneller werden.

Dann kamen Lunas und Valeries Fotos, auf kontrastreich und schwarzweiß gemacht, sodass sie richtig verbrecherisch aussahen.

Unter den Bildern standen kurze Beschreibungen: *Valerie Mauser, 41, 1.70 groß, trägt jetzt kurze Haare ... Luna Brennsteiner, 24, 1.65 groß, Rastalocken, markanter Nasenring.*

Und weiter: *Major Nikolaus Geyer vom LKA Tirol berichtete in der eben zu Ende gegangenen Pressekonferenz, dass Frau Brennsteiner neuesten Informationen zufolge auch mit dem Fund einer verkohlten Leiche in Tschechien in Verbindung gebracht wird. Hier verdichten sich Hinweise, dass es sich bei der Toten um die seit Monaten verschwundene Stefanie W. handeln könnte. Über weitere Einzelheiten und Zusammenhänge hält sich das LKA bedeckt. Die Polizei ersucht die Tiroler Bevölkerung dringend um Hinweise. Vorsicht: Beide Täterinnen sind schwer bewaffnet. Wenn Sie sie sehen oder gesehen haben, wählen Sie unverzüglich den Notruf und bringen sich in Sicherheit.*

Schwer bewaffnet. Geiselnahme. Täterinnen. Schönen Gruß von der Unschuldsvermutung, dachte Valerie. Sie saß, doch ihr war, als fiele sie in ein tiefes Loch. Wieder ruckelte alles vor ihren Augen hin und her.

„Was hast du?", fragte Sandro, der sich am Fenster postiert und gemerkt hatte, dass etwas nicht stimmte.

Unfähig, es zu formulieren, schob sie ihm den Laptop hin und beobachtete, wie auch ihm alle Gesichtszüge entgleisten. Dann kam Stolwerk hinzu. Er runzelte die Stirn, schüttelte den Kopf, sagte aber ebenso nichts.

„Was? Was glotzt ihr so, verdammt?", entfuhr es Luna, die mit dem Hund spielte und plötzlich von allen angestarrt wurde. Keine Antwort. Also sprang sie vom Boden auf, ging zum Tisch und begann zu lesen.

Valerie warf dazwischen: „Luna, vielleicht solltest du das lieber nicht ...", und wollte den Laptop wieder an sich ziehen.

„Sch!", gab diese zurück, fuchtelte mit den Händen und las weiter. *„Geiselnehmer* ... so ein verkiffter Dre..." Mit einem Mal war sie ganz still, dann begann ihr Kinn zu beben. „Nein! Das ... kann nicht ... Sophia!" Eine Träne kullerte über ihre linke Wange. „Das darf nicht ...", drückte sie heraus und schniefte lautstark.

Valerie stand auf und legte ihre Arme um Luna, diese riss sich aber sofort los. „Lass mich, verdammt!", schrie sie, nahm den Laptop, holte aus und warf ihn mit aller Kraft in die Ecke beim Herd, ein Riesenkrach, und noch während die Einzelteile um sie herumflogen, stürmte Luna hinaus, Valerie ihr nach. Ihre Tochter durfte jetzt alles, nur nicht abhauen.

Schmatz, der in der Garage an seinem Mofa schraubte, erschrak, als Luna die Tür aufriss, hereinsprang, sie wieder zuschlug, sich am Türblatt hinunterrutschen ließ und hinkauerte. Frau Mauser, die ihr nachkommen wollte, hatte gerade noch ihren Arm aus dem Spalt ziehen können.

„Was hast du?“, fragte Schmatz und stand auf.

„Ich hab deinen Scheißlaptop zertrümmert, Svennie!“, drückte sie heraus, völlig aufgelöst.

Ein paar Sekunden blieb er still. Dann sagte er „o.k.“, setzte sich neben sie und schwieg.

Und das tat er dann eine ganze Weile.

Valerie lauschte noch kurz, wusste aber, dass Schmatz sich gut um Luna kümmern würde. Was doch eigentlich ihre Aufgabe sein sollte. Als sie in die Wohnküche zurückkam, versuchte Sandro gerade, die Trümmer des Computers zu einem sinnvollen Ganzen zusammenzufügen. Stolwerk brachte ihm ein weiteres Mini-Teil, das er am Boden gefunden hatte, aber wie es aussah, ließ sich nichts mehr retten. Womit sie wieder vom Internet abgeschnitten waren. Unglaublich, wie abhängig man heute von ständig verfügbaren Medien war.

Aufgrund der Informationen aus dem Online-Artikel stand fest: Sie saßen in der Falle, konnten nicht weg, durften sich nicht mehr öffentlich sehen lassen. Noch schlimmer: Die Zeit, in der Valerie sich auf der *guten Seite*, der Seite der Gerechtigkeit, wähnte, und das mit dem Dienst in der Polizei gleichsetzte, war vorbei. Sie blies die Luft aus. Jetzt war sie eine gesuchte Geiselnehmerin ... wer dachte sich nur so einen hanebüchenen Unsinn aus? Sie sollten zusammen Menschen in ihrer Gewalt haben? Geyer musste völlig durchgedreht sein. Wie konnte er eine Pressekonferenz abhalten, wenn ihm und den anderen im Team doch klar sein musste, dass die Geschichte *völlig gaga* war, das fiel doch alles auf sie zurück, wenn man es nicht beweisen konnte! Beweise ... oder wenigstens Indizien ... Geyer war schon lange genug im Geschäft. Und er war ihr gegenüber immer loyal gewesen, trotz ihres miserablen Einstands in Tirol ... er musste etwas haben, Zeugenaussagen oder Ähnliches, jedenfalls Stichhaltiges, sonst hätte er nicht solche Sachen behauptet. Nicht in einer öffentlichen Pressekonferenz. Nein – Geyer war vieles, aber er war nicht dumm.

„Du fragst dich gerade, wie sie das beweisen wollen, stimmt's?", sagte Stolwerk, der sie die ganze Zeit über beobachtet haben musste.

„Das ist so widersinnig. Geyer würde das nie tun. Das müsste ... das muss schon eine sehr vertrauenswürdige Quelle sein. Aber wer oder was soll das sein? Ich versteh das nicht."

Stolwerk sagte nichts darauf. Valerie kramte in der rechten Vordertasche ihrer Jeans und holte ein Aspirin hervor, schluckte es trocken, um die aufkommenden Kopfschmerzen im Griff zu halten. Zwang sich zum Nachdenken. Selbst wenn sich ihre lieben Kollegen irgendwie überzeugen hatten lassen, auch die Staatsanwaltschaft müsste solche Maßnahmen mittragen. Einfach ins Blaue zu fahnden und Haftbefehle auf gut Glück auszustellen, das ging nicht. Für einen Einsatz dieser Größenordnung brauchte es verifizierte Anhaltspunkte. Aber die konnte es doch nicht geben! Sie waren unschuldig! Justizopfer! Und gerade, als ihr diese Gedanken durchs Bewusstsein strichen, fühlte sie sich an die zahllosen Vernehmungen erinnert, in denen sie Wörter wie „Polizeigewalt“ oder „Justizirrtum“ bestenfalls ignoriert hatte. Auch Lunas Erzählungen, speziell die Polizei betreffend, hatten für Valerie bisher sehr abenteuerlich geklungen. Jetzt nicht mehr. Was hier ablief, war völlig verrückt und brachte ihr Weltbild ins Wanken.

Na, wenigstens haben wir ein gutes Versteck, dachte sie noch.

„Da sind Leute!“, rief Sandro im selben Moment, und ihr war, als hätte er ihr gerade den Stuhl unterm Hintern weggezogen.

Draußen dämmerte es schon, regnete aber kaum mehr. Eine trostlose, herbstkalte Stimmung lag über dem Feld. Alles verschwommen, grau in grau – doch die beiden Typen und ihr BMW drüben am Waldrand waren unübersehbar.

„Fuck!“, schrie Luna.

„Hm?“ „Was?“ „Wer?“, machten die anderen hinter ihr.

„Der Rechte ist Knarr! Scheiße, verdammte!“ Sie ließ das Fernglas fallen und zog sich zurück, in die Mitte des Raums. Ihr Hinterkopf kribbelte. Knarr. Eindeutig er, mit einem seiner Männer. Wie konnte er sie gefunden haben? Nicht einmal die Polizei war ihnen bisher auf die Spur gekommen, aber Knarr schon! Das war doch unmöglich ... *die Tiere, verdammt*. Knarr musste den Zusammenhang erkannt haben ... er wusste, wie man Spuren las, klar ... der Kamelhaufen ... sie zitterte am ganzen Körper und ihr war, als wollten alle Gliedmaßen zugleich in verschiedene Richtungen und doch wieder nicht. Knarr würde sie töten! Hinrichten wie Sophia und den Kerl am See! Sie biss sich in die

Faust, dann sah sie Valerie an. „Ich muss ... wir müssen ... sofort weg ... bitte!“, kam noch aus ihr, dann rannte sie Richtung Tür, drehte aber wieder um und wollte zum Fenster zurück, da wurde sie plötzlich gepackt und fixiert, blickte in Augen wie aus dem Spiegel ...

„Wir hauen ab“, sagte Valerie mit fester Stimme zu allen im Raum, „ich werde nicht zulassen, dass meinem Kind etwas passiert!“

Phase 1

Der Fluchtplan war eigentlich keiner, aber egal. Auf die Schnelle hatten sie gebrainstormt und Schmatz war mit dem verrücktesten, aber eindeutig besten Vorschlag gekommen. Was sonst noch alles im Kopf des jungen Mannes vorgehen musste, wollte man lieber nicht wissen.

Da Luna und Schmatz den alten Volvo nach Innsbruck entführt und dort stehen gelassen hatten, brauchten sie andere Fluchtmittel. Auf einem davon saß Stolwerk gerade selbst und fühlte sich in vergangene Zeiten zurückversetzt. Nicht nur als Kind, auch später war er mit diesem Modell gefahren, in Oberösterreich, so oft ihn der Onkel ließ. Den Traktor zu starten, war ihm in Fleisch und Blut übergegangen, weshalb er Schmatz’ bedauernde Aussage, keine Ahnung von dem Ding zu haben, mit einem Lächeln übergehen konnte. Kupplung, Dekompressor auf, dann den Standgashebel voll nach hinten, anschließend vorglühen. Ein Geduldsspiel wie eh und je, da brauchte man Muße, die sie nicht hatten. Durch das Guckloch links der Lenksäule sah man die Glühspirale, die sich langsam, ganz langsam zu verfärben begann, von mausgrau über dunkelrot, bis sie immer heller strahlte – und an der man sich zum Zeitvertreib eine Zigarette anzünden konnte, wenn man seinen Kopf durchs Lenkrad oder daran vorbeifädeln konnte. Zwanzig Sekunden mussten reichen, dann drehte er den Zündhebel durch.

Kreischend lief das Schwungrad an, behäbig, die Batterie war nicht mehr die jüngste, zuerst tiefe Töne, dann immer höher, einer Feuerwehrsirene ähnlich. Doch kein „Goff!", auf das er wartete, nur Schwung und noch mehr Schwung, kein durchzünden ... ob ein Gebet half? *Bitte, lieber Gott, für Veilchen und Vaterland und Luna und überhaupt, gib mir ein Goff!,* fiel ihm auf die Schnelle ein, da presste der Einzylinder-Dieselmotor sein erstes, lautes „Goff!" heraus, dazu eine stinkende Rauchwolke. *Halleluja! Gib mir noch ein Goff!* Und es ward Goff. Das mit ihm und Gott konnte doch noch was werden. Der darauf folgende Zündvorgang brauchte schon nicht mehr so lange. Stolwerk ließ den Vorglüh- und Anlasshebel los. Bald goffte der Einzylinder so fröhlich vor sich hin, als hätte er nie etwas anderes getan, und stieß dabei ähnliche Mengen Rauch aus wie Schmatz' Mofa. Die Luft hier drin wurde allmählich bedenklich.

Aber das war gut, weil es bedeutete: Phase 1 lief.

„Fertig?", bellte er Sandro am Blech links neben sich an, um sich gegen die Lautstärke des Motors durchzusetzen, dieser nickte und krallte sich am Metallbügel fest. Aus dem Augenwinkel hatte er gesehen, wie sich Veilchen vorher zu dem Musiker hochgestreckt und ihm einen Kuss aufgedrückt hatte. Jetzt lächelte sie ihn an, in ihren Augen blitzte die alte Verwegenheit auf, wie so oft, wenn gefährliche Einsätze bevorstanden. Stolwerk grinste und legte gleich den zweiten Gang ein. „O.k.!", schrie er zu Schmatz nach vorne, der das Scheunentor öffnete. Dann ließ er die Kupplung vorsichtig kommen und hängte sich nach den ersten

Metern ins Lenkrad, um die Kurve zu schaffen – Servolenkungen suchte man in den Fünfzigern nämlich so vergeblich wie klimatisierte Fahrerkabinen oder GPS-gesteuerte Ernte-Autopiloten. Brauchten sie auch nicht. Wenn man sich die voll eingeschlagenen, filigran aufgehängten Räder so ansah, hatte man Angst, sie würden in der Kurve abbrechen. Taten sie nicht. Uralte, aber solide Technik. Dritter Gang, womit das Fünfzehn-PS-Monster bald *zehn* Kilometer pro Stunde hatte, und so ging es um die Scheune herum auf den Feldweg, direkt auf Knarr zu. Der vierte Gang brachte sie ruckartig auf Höchstgeschwindigkeit. Ein Blick zurück verriet Stolwerk, dass das, was an ihren Traktor gebunden war, locker Schritt halten konnte, fast meinte er Spott im Gesichtsausdruck des Verfolgers zu erkennen. Sandro neben ihm sah zum Schießen aus, alleine was er trug, dazu seine offensichtliche Angst, abgeworfen zu werden ... „Ganz locker", rief Stolwerk hinüber, „da fällst sicher nicht runter!" Gerade als sich Sandro etwas entspannen wollte, rumpelten sie direkt durch ein Schlagloch, womit der Passagier gute zwanzig Zentimeter vom Blech abhob und heftig wieder draufplumpste. „Uuups, 'tschuldigung!", gab Stolwerk von sich und sein Grinsen wurde noch breiter.

Luna hatte Knarr als *fiese Hackfresse* beschrieben, und damit konnte man ihn schon aus der Ferne von seinem Begleiter unterscheiden. Stolwerk schaltete zurück, grüßte ihn mit links und brachte sein Gefährt quer vor dem BMW zum Stehen. Dann stellte er das Standgas auf Minimum.

„Griaß eich!", drückte er so bodenständig-tirolerisch heraus, wie es ihm möglich war.

„Guten Tag!", rief Knarr ihm zu und bedeutete ihm, den Motor ganz auszumachen. Der Kerl war recht vornehm gekleidet, ohne die hässlichen Narben im Gesicht und den viel zu breiten Unterkiefer wäre er als David-Beckham-Double durchgegangen.

„Ha?“, brachte Stolwerk zum Ausdruck.

Knarr fuhr sich einmal quer über die Gurgel und deutete auf den Vorderteil des Traktors.

„Ahso!“ Stolwerk stellte ab. „Griaß eich!“, wiederholte er. „Sucht's-es-was-da-ha?“, bellte er.

Knarr blickte zuerst zum anderen Mann, der ziemlich verdattert dreinschaute, dann hinter ihr historisches Gefährt.

Stolwerk drehte sich herum und lachte. „Ja, a groaßes Viech, gell?“

„Wo haben Sie das Tier her?“, wollte Knarr wissen und klang dabei seltsam sanft, wie der Moderator einer Bibelsendung.

„Gefunden, gell, Sepp?“, antwortete der Traktorfahrer und drehte sich zu Sandro, der mit Latzhose, Strohhut, leicht blassem Gesicht und Halm zwischen den Zähnen auf dem Beifahrerblech saß.

„Yiiihaa!“, machte dieser auf John Wayne. Nicht besonders authentisch, wie Stolwerk fand.

„Äh ... gefunden?“

„Zugelaufen ist sie uns heut in der Früh! A große Kuh ist das, aber die lasst sich überhaupt nicht melken! Gell, mir haben's probiert den ganzen Tag, melken, ha, Sepp?“

„Heiiidihooo!“, gab Sandro lachend dazu.

Knarr duckte sich und sah unters Kamel. Dabei musste er den fehlenden Euter bemerken und sich mit etwas Hausverstand zusammenreimen können, dass es sich um ein Männlein handelte.

„Die Kuah hat die Milchbeutl verkehrt herum aufigschnallt!“, gab Seppsandro zu bedenken, deutete auf die Höcker und klopfte sich gleichzeitig mit der flachen Hand auf den Kopf.

„Äh, ja. Sagen Sie, haben Sie noch mehr Tiere gefunden? Einen Hund vielleicht?“

„An Huund?“, wiederholte Stolwerk und sah Sandro an. „Naaa ... Sepp, du?“

„Naaa.“

„Naaa!“, blökten sie im Duett. „Koan Huuund“, schloss Stolwerk ab.

„Boss, da!“, rief der andere.

Phase 2 hatte begonnen.

Phase 2

Es hörte sich genauso schwer an, wie es war, ohne Steigbügel auf ein Pferd zu kommen, ohne Sattel draufzubleiben und es ohne Zaumzeug zu dirigieren. Kurz gesagt: Gut, dass es in der Schmatz'schen Scheune Holzleitern gab. Nicht besonders stilecht, aber egal. Ihre Jeans machten auf dem Rücken des Tiers einen halbwegs rutschfesten Eindruck. Valerie hatte als Kind einige Reitstunden gehabt, bevor sich ihre Allergie manifestiert hatte, leider auch gegen Pferde und Rinder. Aber es half nichts, Augen zu und durch, Allergie hin oder her.

„Bereit?“, fragte Schmatz, der schon seinen Asterixhelm trug.

Wie auf Kommando schlug ihr Herz schneller. Valerie nickte – obwohl man kaum *bereit* für das sein konnte, was ihnen bevorstand –, womit er das Tor zum zweiten Mal aufschob.

Los geht's!, dachte sie. Aber wie sollte sie das diesem falschen Zebra beibringen? „Heya“, fiel ihr ein, doch der Gaul zuckte nicht einmal. „Los, vorwärts, lauf!“, schrie sie ihn an, verlagerte ihr Gewicht nach vorne und gab dem Tier einen sanften Stoß gegen die Rippen. Dann zog sie an der pechschwarzen Mähne, die die einzige Gelegenheit bot, sich festzuhalten. Nichts. Sie wünschte sich auch so eine Vorglühfunktion, wie Stolwerk sie am Traktor hatte, direkt am Hintern dieses sturen Gauls ...

Erst als Luna auf dem Strauß daherkam, dem Pferd einen heftigen Klatscher aufs Hinterteil gab und dann an ihr vorbeibretterte, „Jetzt mach schon!" schreiend, kam das Ex-Zebra in die Gänge. Und wie.

Fast wäre Valerie nach hinten gekippt, doch mit dem Sit-up aller Sit-ups – einem Chuck-Norris-Sit-up – und zum Zerreißen gespannten Bauch- und Schenkelmuskeln gelang es ihr, oben zu bleiben. Mit Vollgas aus dem Stand ging es hinaus und auf gerader Strecke weg vom Hof, im Galopp Richtung gegenüberliegendem Waldrand, vorne die Sträußin mit Luna, deren Haare nur so flatterten. Die mächtigen Beine des Vogels stampften tief in die weiche Felderde, trugen ihre federleichte Tochter scheinbar mühelos, dabei blieb der Körper des Tiers ruhig, als flögen sie zusammen über den Acker ... unwirklich sah das aus, monsterhaft ... andererseits imponierend ... als wären sie und das Tier zu einem Ganzen verschmolzen, eine Mensch-Strauß-Einheit – jedenfalls schien Luna den Vogel intuitiv zu beherrschen, was Valerie von sich und ihrem Pferd kaum behaupten konnte. Sie krallte sich an der Mähne fest, von steuern keine Spur, wild wurde sie durchgeschüttelt und hörte noch, wie das Puch Maxi hinter ihnen lautstark zum Leben erwachte. Schmatz kam. Und mit ihm Jackpot, der Boxer, der eifrig bellend auf sich aufmerksam machte. Sie wagte nicht, zurückzuschauen.

Dort vorne sollte es weitergehen, laut Schmatz gab es einen Waldweg hinunter Richtung Innsbruck, sie mussten ihn nur finden – Knarr konnte mit dem Auto nicht folgen und zu Fuß wären die Verfolger zu langsam. Was für ein genialer Plan! *Wie dumm von den Männern, sich nicht aufzuteilen,* dachte Valerie noch, als der vor ihr dahinstampfende Strauß einen 180-Grad-Haken schlug, auf sie zukam und Luna ihr beim Vorbeischießen mit Entsetzen entgegenschrie: „Umdrehen! Schnell! Fuck, ey!"

Valerie verstand zuerst überhaupt nichts und dann plötzlich alles, als sie mit Schrecken feststellte, dass direkt vor ihnen ein weiterer Geländewagen im Wald stand, dessen aufblitzende Lichter sie anstarrten wie die Augen eines Riesen, der heimlich auf der Lauer gelegen hatte. Das war eine Falle, schlimmer noch: Die Falle kam aus dem Wald herausgeschossen, direkt auf sie zu!

Fieberhaft überlegte sie, wie sie dieses galoppierende Ding unter sich zum Umkehren bewegen konnte – war aber nicht nötig, denn das Pferd tat, was der Strauß tat (die beiden waren sicher Freunde), es streckte seine Beine dem Acker entgegen, eine animalische Vollbremsung, und mit mehr Glück als Verstand gelang es Valerie ein weiteres Mal, sich auf dem Rücken des Tiers zu halten, als dieses scharf wendete und seine Vogelfreundin im Sprint einzuholen versuchte. Luna hatte sich zu ihr umgedreht und gestikulierte aufgeregt. Schmatz fuhr auf seinem qualmenden Untersatz ziellos auf dem Feld herum, der Hund bei ihm, sie würden sich gleich alle in der Mitte treffen, sie, die Guten, durften sich aber keinesfalls von den Bösen umzingeln lassen! Von der anderen Seite liefen Knarr und sein Begleiter direkt auf sie zu. Sie versuchte, zu Traktor und Kamel zu sehen, hoffte, dass Sandro und Stolwerk mitbekamen, was hier passierte, aber der Galopp wirbelte ihre Perspektive durcheinander, sie hatte keinen Schimmer, was die beiden taten oder wo sie waren, und das war gar nicht gut. Der Luna-Strauß schlug erneut einen Haken rechts weg, ein Schuss, dann noch einer, jemand schrie, egal, sie durften nicht stehen bleiben, vor allem aber durften sie kein gemeinsames Ziel abgeben! Wenn das Pferd nicht endlich damit aufhörte, dem Vogel nachzulaufen, würde auch der blindeste Schütze irgendwann irgendwen treffen! Sie musste den Gaul jetzt unbedingt nach links steuern, verlagerte ihr Gewicht voll in diese Richtung, zog gleichzeitig die Mähne dorthin, während sie mit rechts versuchte, den mächtigen Hals nach links zu schieben, und endlich hatte er kapiert, was sie von ihm wollte. Sie bogen links ab, Valerie sah, wie Schmatz jetzt Kreise in der Mitte des Felds drehte ... hinter ihm spritzte Erde weg ... völlig sinnlos! Manchmal war ihr dieser junge Mann ein Rätsel ... da meldete ihr Gleichgewichtssinn, dass sie gleich vom Rücken des Pferds rutschen würde, sie musste alle Kraft aufwenden, um sich wieder zu zentrieren. Erneut Schüsse, auf wen, war unklar, aber Valerie sah, wie Schmatz verwegen geduckt auf seinem Höllengefährt zum Hof zurückraste. Der zweite BMW aus dem Wald war jetzt hinter Luna her ... gleich hatten sie sie!

„LUNA!", schrie Valerie halb warnend, halb verzweifelt, wissend, dass sie zu weit entfernt war, um eingreifen zu können. Gleich würden diese Monster ihre Tochter über den Haufen fahren! *Wagt es bloß nicht*, stieß sie ihre telepathische Warnung aus, und als hätten sie sie empfangen, ließen die Verfolger von Luna ab und lenkten in die Mitte des Felds.

Wo Jackpot lag.

Phase 3

Phase 3 hielt sich an keinen Plan. Zuerst wegen des Kamels. Sie hatten Knarrs BMW so geschickt mit Steyr 80 und dem Wüstenschiff blockiert, dass nicht nur Knarr davon abließ, mit seinem Fahrzeug an den begriffsstutzigen Hinterwäldlern und ihrer überdimensionalen Kuh vorbeikommen zu wollen, sondern es auch ihnen selbst schwerfiel, den SUV zu befreien. Dabei lief dessen Motor noch – alles wäre perfekt gewesen! Aber das Kamel. Dieses störrische, dämliche Kamel, das sie die ganze Zeit schon verspottete, ihnen seine Breitseite entgegenstreckte und dann auch noch auf die Windschutzscheibe spucken musste.

Und was sollten sie jetzt machen, hupen vielleicht? Nein, es gab nur eine Lösung: Stolwerk musste nochmal auf den Traktor, vorglühen und den ganzen Singsang, in seiner Aufregung brachte er die Handgriffe durcheinander, von wegen Fleisch und Blut und Fahrradfahren, es dauerte viel länger als nötig, diesen Schrotthaufen aus der Vorsintflut wieder zum Leben zu erwecken und die vier Meter nach vorne rollen zu lassen, die sie brauchten, um diesen Esel von Kamel umschiffen zu können ... aber jetzt hatten sie ein Fluchtauto. Noch dazu ein viel besseres als den altersmüden Volvo! Er und Sandro klatschten ab, Hochstimmung, aber nur kurz, denn als sie freie Sicht aufs Feld hatten, stellten sie mit Schrecken fest, dass Valerie und Luna nicht wie geplant hinten über den Waldweg verschwunden waren – weil der Weg nicht frei war! Scheinwerfer leuchteten heraus, gleich darauf rollte das Auto aus dem Wald, beschleunigte und verfolgte die beiden.

„Schau, ob was zum Ballern findest!“, gab Stolwerk zum Beifahrersitz hinüber. Sandro öffnete das Handschuhfach und siehe da: eine Knarre. Manchmal ging es eben einfach.

„Und jetzt?“, wollte der Musiker wissen. Draußen waren zwei Schüsse zu hören.

„Das ist eine Glock 17 ... gib mal her“, sagte er nach einem kurzen Seitenblick. Noch während er losbrauste, nahm er die Pistole entgegen. „Lenk du!“, wies er Sandro an, checkte das Magazin und lud durch. Als ehemaliger Cobra-Polizist kannte er diese Waffe in- und auswendig, konnte sie im Schlaf zerlegen und wieder zusammenbauen. Dann legte er die Glock in seinen Schoß und übernahm wieder.

Das zweite Fahrzeug machte ihr Vorhaben erheblich komplizierter. Jetzt galt es zuerst, Verwirrung zu stiften, dabei war das Geschehen vor ihnen eigentlich verwirrend genug. Schüsse!

Knarr und der andere hatten die Hälfte der Strecke zur Mitte des Felds zurückgelegt, wohin jetzt auch das Auto fuhr und wo irgendetwas am Boden liegen musste, das die Aufmerksamkeit der Männer auf sich zog. Stolwerk befürchtete schon das Schlimmste ... er sah sich schnell um, aber sowohl Veilchen als auch Luna und Schmatz saßen noch auf ihren Fortbewegungsmitteln und flogen übers Feld, ihnen war nichts passiert. Ihr Wagen rumpelte heftig, als sie an Tempo zulegten, sie näherten sich Knarrs Begleiter, der sich nicht umsah. „Wenn ich sag, Tür auf, dann ziehst am Griff und drückst sie fest nach außen!“, befahl er Sandro. „Tür auf!“, schrie er. Ein dumpfer Schlag, dann war die Beifahrertür wieder zu. „Gut gemacht!“, rief Stolwerk, der durch die Rückspiegel beobachten konnte, wie der Mann sich im Feld überschlug. Vor ihnen lief Knarr, gleich würde auch er seine Tür zu spüren bekommen, Stolwerk hatte den BMW schon auf Kurs haarscharf an ihm vorbei ausgerichtet ... den Türgriff in der Hand ... gleich ... gleich ... da drehte sich der Verfolgte unvermittelt um und begann zu schießen! Einmal daneben, mit dem zweiten Schuss zerbarst die Frontscheibe in tausend Stücke, blieb jedoch im Rahmen, ein Projektil zischte zwischen Stolwerk und Sandro durch den Wagen, die Heckscheibe blieb ganz. Nach vorne sahen sie überhaupt nichts mehr, doch er bremste nicht, sondern gab Gas und lenkte heftig nach rechts, in einen engen Bogen weg von Knarr, der Gestalt, die er aus den Augenwinkeln durch die Seitenscheibe sehen konnte und deren nächster Schuss aus unmittelbarer Nähe zu hören war, aber nicht traf. Das war knapp. In einer weiten Kurve, die ihnen Zeit verschaffen sollte, ging es zurück, eng am Kamel vorbei (das auch einen Klaps mit der Tür verdient gehabt hätte) und dann zurück, am Waldrand entlang. Um etwas sehen zu können, hatten sie die Seitenscheiben versenkt und hielten jetzt die Köpfe hinaus – gerade rechtzeitig, denn da war Luna, sie kam direkt auf die beiden zu – erkannte sie und ließ sich einfach seitlich vom Strauß fallen, wie diese Stuntmen in Westernshows, überschlug sich einmal, zweimal, gefolgt von einem unfreiwilligen Purzelbaum, lag da, stemmte sich auf die Knie, schüttelte ihren Kopf und stand auf. Inzwischen hatte Stolwerk direkt neben ihr angehalten und hinterrücks den Öffnungshebel der Fahrzeugtüre betätigt, sodass Luna auf die Rückbank hechten konnte. Jetzt kam der zweite BMW von der Seite, gleich würde er sie rammen! Stolwerk drückte das Gaspedal durch.

„Festhalten!“, schrie er nach hinten.

„Die haben Jackpot angeschossen!“, kreischte Luna und mühte sich, ihren Hintern auf die Bank zu bringen. „Die verdammten Schweine! Den eigenen Hund abknallen, ich schwör, ich bring die um, die Scheiß-Kackmonster!“ Sie war völlig außer sich, ihre Augen zusammengekniffen vor Verzweiflung. „Schnell, Stolwerk, fahr zu Jackpot!“

„Sandro, siehst du Valerie?“, bellte der Fahrer, statt auf Lunas Forderung einzugehen.

„Ja, drüben, da!“, zeigte er durch sein Seitenfenster, und schon waren sie unterwegs, das zweite Auto dicht hinter ihnen. Immer wieder knallte es, da zerplatzte auch die Heckscheibe ... sie mussten diesen Verfolger unbedingt loswerden, sonst kämen sie nicht weg von hier. Also stieg er voll in die Bremse, die Verzögerung hielt sich auf dem nassen Feld in Grenzen, trotzdem konnte der andere nicht mehr rechtzeitig bremsen, sie wurden gerammt, ihre Köpfe flogen nach hinten und dann nach vorne. Die Pistole plumpste vor Stolwerk in den Fußraum, er schnappte sie sich, schlug den Lenker links ein, gab Gas und schrie erneut „Ducken!“, dann beugte er sich hinaus und schoss mit der Waffe in der linken Hand dreimal auf jeden Reifen des anderen, während er um den Verfolger, der erschrocken seinen Kopf einzog, einen Vollkreis drehte. Nein, er konnte und wollte nicht auf einen Menschen schießen, was ihm das Ende seines Polizeidiensts eingebracht hatte. Aber Gegenstände zu zerschießen, damit hatte er nicht das geringste Problem, mit links oder rechts, in jeder gewünschten Lage. Er wusste, er hatte mindestens drei der vier Räder erwischt, und raste zu Valerie, die ihnen bereits winkte und dabei war, vom Pferd zu kommen, was deutlich durchdachter wirkte als Lunas Sprung vom Strauß. Hinter ihnen stieg der Verfolger aus seinem lahm geschossenen Fahrzeug und feuerte.

Gleich darauf kam Veilchen mit einem „Danke, Stolwerk!“ in den Fahrgastraum gesprungen und knallte die Türe zu, Luna war auf die andere Seite hinübergerutscht. „Und los, weg!“, machte sie noch.

„Nicht ohne Jackpot! Wir hauen nicht ab ohne den Hund!“, rief Luna mit sich überschlagender Stimme und deutete nach rechts. „Jackpot muss mit, sonst spring ich raus!“ Schon hatte sie den Türgriff in der Hand.

Durch Sandros Seitenscheibe erkannte Stolwerk, dass Knarr von Jackpot abgelassen hatte und in ihre Richtung lief. „Runter!“, rief er. Statt vor Knarr davonzufahren, merkte er sich die Entfernungen, bog im rechten Winkel auf ihn zu, vertraute auf sein räumliches Orientierungsvermögen und duckte sich ebenfalls, auf jeden Fall besser, als seinen Kopf als Zielscheibe nach draußen zu halten. Er hörte, wie Knarr schrie, als sie an ihm vorbeifuhren, ihn aber nicht auf die Hörner nahmen – gerade jetzt wäre ihm ein dumpfes „Wumm!“ herzlich egal gewesen. Knarr schoss ihnen einmal, zweimal hinterher ... jetzt sollten sie ungefähr bei Jackpot sein. Wenn sie eine Chance hatten, dann diese. Stolwerk hielt an und sah zur Seite hinaus, wo der Hund tatsächlich lag! Noch bevor er eine Sekunde überlegen konnte, ob die Zeit reichte, ihn zu bergen, war Luna schon hinausgesprungen und lief durch den Kugelhagel. Als Valerie ihr nachkommen wollte – Himmelfahrtskommandos wie dieses waren ja sonst ihre Spezialität –, fuhr Stolwerk los und brachte das Auto zwischen sie und die Verfolger. Projektile schlugen in die Seite des BMW, während Luna schon wieder mit Jackpot hereinstürzte.

„Er lebt!“, jubelte sie. „Aber wir brauchen sofort einen Arzt für ihn! Los, Stolwerk, losloslos! ... Verdammt, schnell!“

Mit durchgedrücktem Gaspedal machten sie sich auf und davon. „Alle o.k.?“, fragte er durch. Sandro nickte. „Veilchen, bist du in Ordnung?“

„Jaja, Stolwerk“, krächzte sie leise.

Er sah nach hinten – Valerie hielt sich das rechte Becken und hing mehr im Gurt, als dass sie saß. „Mein Veilchen!“, stieß er aus.

Phase 4

Phase 4 war eigentlich gar keine richtige Phase, sollte bloß verwirren, und darin war er Spezialist. Dann ab zum vereinbarten Ort. Einfache Sache, mochte man meinen.

Das Dumm-Dumm-Geschoss aus Stolwerk, Sandro und dem Kamel war ja schon zum Schießen, aber Luna und Frau Mauser übertrafen alles, richtig wild sah das aus, wie sie aufs Feld hinausritten. Luna war ja so tapfer! Und so verwegen ... jetzt war er an der Reihe, ließ die Maschine an und gab Gummi, Jackpot dicht neben ihm. Hinaus aufs Feld, rechts sah er Pferd und Strauß auf den Wald zurasen, links liefen Männer los, also fuhr er zunächst ziemlich sinnbefreit im Kreis herum. Zum Einnebeln der ganzen Gegend kam einfach zu wenig Rauch aus dem Puch Maxi heraus, das konnte er vergessen.

Plötzlich gingen drüben neue Lichter an, dort, wo der Waldweg hinunterging, Luna und Frau Mauser kamen jetzt auf ihn zu – ihr Plan war Müll! Was sollte er machen?

Vertraue der Macht, Luke. Gib dich der Macht hin!

Obi-Wan Kenobis Worte hatten ihm schon oft geholfen, zuletzt bei der Fahrt von Hochzirl nach Innsbruck mit Frau Mauser hintendrauf, ziemlich wahnsinnig, wie sie den Berg hinuntergeschossen sind, aber sie hatte erstens *Gummi* gesagt und zweitens musste er jetzt noch viel tapferer sein. Sein Verstand bot ihm keine Lösung ... lose Gedankenfetzen ... zwei Schüsse machten Konfetti draus.

Luke. Vertraue mir.

Einmal holte er Luft und blies sie wieder aus, fast wie *Darth Vader*, dann duckte er sich, schrie „Gummi!", war bereit, für Luna zu sterben, wenn es sich nicht vermeiden ließ, was er grundsätzlich schon vorhatte. Der Hund folgte ihm – er wusste ja nicht, was er tat.

Jedenfalls raste er in die Mitte des Felds und hielt dort an. Von überall her kamen sie auf ihn zu und bogen wieder ab, spätestens jetzt wäre ein Einfall gut gewesen ... aber was konnte er nur tun?

Vertraue der Macht, Luke!

Wie fremdgesteuert gab er Vollgas, ließ die Kupplung schnalzen und brachte damit das Hinterrad zum Durchdrehen, kein Burnout, ein Schlamm-Out, dass es nur so spritzte. *Genau!* Mit dem Gasgriff auf Anschlag drehte er die Maschine im Stand herum, der Dreck flog auf die Angreifer zu, aber nicht weit genug ... und nicht genug davon! Wieder zwei Schüsse – auf ihn! Waren die denn völlig wahnsinnig? Was bitte schön hatte ER ihnen denn getan?

Abhauen!, schrie der Verstand. „Komm, Jackpot!", brüllte Schmatz, donnerte übers Feld und war schon wieder beim Hof, als er merkte, dass der Hund nicht mitgekommen war. Er drehte sich um. Das zweite Auto stand dort, wo er eben mit Schlamm herumgespritzt hatte, ein weiterer Mann lief hin und sah zu Boden. Da ging es ihm auf: Sie mussten Jackpot erwischt haben! *Aber warum den Hund?* ... und was konnte er jetzt noch machen, von Kamikaze abgesehen? Das mit der Macht war eine blöde Idee gewesen. Er musste auf seine Gelegenheit warten ... sah, wie Luna zu Stolwerk und Sandro in den Wagen sprang, wie der andere Geländewagen auf sie zuraste, sie die Kollision gerade noch abwenden konnten, jetzt aber verfolgt wurden ... wie Stolwerk bremste und den anderen BMW ausschaltete, totaler Kugelhagel, dass man gar nicht mehr mitzählen konnte, voll *Stirb langsam* ... wie sie Frau Mauser an Bord holten, wie der Mann ihnen entgegenlief und Stolwerk den Spieß umdrehte, ganz knapp an ihm vorbeiraste ... wie sie stehen blieben und Luna heraussprang, die süße, wilde L-U-N-A!, wie sie Jackpot im Kugelhagel aufhob, in den Wagen trug und sie dann zusammen abdampften.

Yess!, machte er innerlich. Alle hatten es geschafft. Mission erfüllt! Frau Mauser würde so was von erleichtert sein, und Luna war eine Wucht, aber Stolwerk! Oh Mann. Wie er dieses Fahrzeug zu Schrott geballert hat – wo lernte man denn so etwas?

Abhauen!, schoss ihm reichlich spät durch den Kopf, denn die beiden Männer, die eben noch dem flüchtenden SUV hinterhergeballert hatten und dann ratlos beisammengestanden waren, hatten sich umgedreht und liefen jetzt auf IHN zu!

MIST! Jetzt hieß es alles oder nichts. *Voll zwischen ihnen durch,* befahl er sich selbst. Noch einmal duckte er sich ganz tief hinunter. Gab Gas.

Da riss das Kupplungsseil.

Und aus.

Es zieht, wäre die Untertreibung des Jahrhunderts gewesen. Um irgendetwas sehen zu können, mussten Stolwerk und Sandro die Frontscheibe des SUV mit ihren Füßen aus dem Rahmen drücken, womit sie dem Fahrtwind schutzlos ausgeliefert waren. Auf den Wegen durch Natters ging's ja noch, aber als sie dann Richtung Autobahn hinunterrasten, bekamen sie einen ersten Eindruck davon, wie praktisch so ein Stück Glas doch sein konnte. Nicht nur der Wind, auch Regentropfen und Blätterwerk fanden ihren Weg ins Innere des Fahrzeugs. Aber es half nichts. Sie flogen an der Tankstelle vorbei, an der Valerie am Vortag aus dem Taxi gestiegen und zu Fuß weitergegangen war, Haarnadel links, andere Seite der Tankstelle, dann auf den Autobahnzubringer, eine Rechtsschleife fast einmal im Kreis, dann endlich geradeaus, Stolwerk ließ den BMW sausen, soweit es der Fahrtwind erlaubte, wobei er sich die rechte Hand vors Gesicht hielt und durch einen Spalt zwischen seinen Fingern spähte. Rechts oben die Bergiselschanze, hinein in einen kurzen Tunnel, vor ihnen das Innsbrucker Lichtermeer, fast dunkel war es jetzt. Und furchtbar laut. Und kalt. Die Gischt eines vor ihnen fahrenden LKWs nötigte den Insassen ein kollektives „Wäääh!“ ab.

„Lass mal sehen!“, brüllte Sandro und beugte sich zu Valerie nach hinten. Sie hob ihre Hand und schob das Becken nach vorne. „Au!“, las sie an seinen Lippen ab.

Das macht's jetzt nicht gerade besser, rügte sie ihn still.

„Was? Wie schaut's aus, Veilchen?“, wollte Stolwerk wissen.

„Es ist nichts“, stieß sie aus. „Nur ein Kratzer.“

„Das sieht aber nicht so aus ...“, meinte sein Beifahrer, dem sie vorhin einen Kuss gegeben hatte, als er nervös, aber unglaublich süß in seiner Latzhose auf dem Traktorblech saß. *Rrrr,* hatte die böse Souffleuse gemacht, jetzt war sie still.

„Sch!“, gab sie ihm nach vorne.

„Veilchen, wir bringen dich sofort ins Krankenhaus!“ Stolwerk hatte schon die Ausfahrt Innsbruck West genommen, hätte nur noch geradeaus zur Notaufnahme weiterfahren müssen ...

„Niemals!“, brüllte sie den Fahrer an, so laut sie noch konnte. Auch Luna musterte sie jetzt von der Seite. „Geht schon, nicht schlimm!“, sagte sie zu allen. „Weiter wie geplant, das ist unsere einzige Chance!“

Sie atmete flach und ihr fröstelte. Aber das musste ja niemand wissen. Es war nicht ihre erste Kugel, tatsächlich hatte sie schon wieder ziemliches Glück gehabt, keine Schmerzen, kaum der Rede wert, aber trotzdem jedes Mal dieser verdammte Schock! Sie musste die Beine hochlagern und tat es dann auch, links und rechts an Sandros Kopf vorbei. „Stolwerk, du weißt genau, was passiert, wenn wir jetzt in die Klinik fahren! Los, ruf nochmal an ... sag ihm Bescheid ... und dass wir auch wen brauchen, der sich mit Hunden auskennt.“ Ihr Plan war nur logisch. Begab sie sich in ärztliche Obhut, wäre es vorbei mit der Flucht – und für den Hund zu spät. Brächten sie den Hund zum tierärztlichen Notdienst, würden sie wohl auch geschnappt.

Aber der Mann, zu dem sie jetzt unterwegs waren, wusste, wie man Hebel in Bewegung setzte. Und noch dazu war er ein Hundenarr. Es gefiel ihr zwar nicht, dass sie seine Hilfe in Anspruch nehmen mussten, aber sie hatte etwas gut bei ihm. Die Zeit, es einzulösen, war gekommen.

„Los, links abbiegen jetzt!“, rief sie nach vorne.

Stolwerk folgte, wenn auch kopfschüttelnd, ihrem Befehl und bog von der Klinik weg. Gleich darauf schossen sie über eine dunkelgelbe Ampel und über den Inn, jemand hupte ihnen wild hinterher. Stolwerk drückte die Rufwiederholung seines Handys.

„Wie geht es Jackpot?“, rief sie zu Luna hinüber, die den Hund auf dem Schoß hatte und etwas auf seine Wunde drückte. Diese sah sie erstaunt an und gestikulierte *so lala*, dann schniefte sie kräftig hoch und wischte sich mit dem Ärmel über die Wangen.

Sie bemerkte das Ziehen an der Seite, Schmerzen, die schnell zunahmen. Leichte Übelkeit stieg in ihr auf. Aber Valerie machte keinen Mucks ... musste durchhalten ... da spürte sie plötzlich eine Hand. Es war Lunas.

Die Haustür hatte seine Verfolger nur kurz aufhalten können. Jetzt waren sie drin. Er hörte, wie sie im Haus herumpolterten und ihn suchten ... um *was* mit ihm zu machen? Er war doch wertlos für sie, wusste nicht einmal genau, was das überhaupt für Leute waren! Nur, dass ihnen jedes Mittel recht war, um ihre Ziele zu erreichen ... seine Finger kribbelten, sein Verstand malte sich unschöne Szenen aus, von ausgedrückten Zigarren und gezwirbelten Brustwarzen und in Zeitlupe gezogenen Zehennägeln ... vielleicht auch Federkitzeleien, die man nur ganz am Anfang lustig fand, oder *Last Christmas* in Endlosschleife ... aber nein, das hier war kein Spaß, gar keiner, ganz sicher würden sie ihm wehtun. So wie dem Hund! Aber was konnte er ihnen schon erzählen?

Schreck! Er wusste, wo der USB-Stick war! Und wo die anderen steckten! Er war tatsächlich wertvoll für die Männer. Sie mussten ihn nur finden! Aber nein, sie würden kein Wort aus ihm herausbringen, nie würde er Luna oder die anderen verraten, er würde jede Folter überstehen, kein Bösewicht war böse genug für ihn.

Schreck! Jemand kam die Treppe hoch, unüberhörbar, und dieser Jemand gab sich auch gar keine Mühe, unentdeckt zu bleiben.

„Wo bist du, du Feigling?“, hörte Schmatz ihn brüllen.

Er saß in seinem Panikraum. Wobei *Raum* schon zu viel gesagt war, *Loch* tat es eher. Eine doppelte Seitenwand. Nach der NSA-Affäre hatte er sich dieses Versteck gezimmert, man wusste ja nie, wann die CIA bei einem anklopfte, weil man vielleicht dieses oder jenes kleine Staatsgeheimnis gehackt hatte. Es reichte ja schon, mal zufällig mit jemandem gechattet zu haben, der so ein Geheimnis ... egal. Jedenfalls war der Schrank außen breiter als innen, eine fast perfekte Täuschung, gerade groß genug für ihn. Er hatte sich ein Sitzbrett hineingebaut und dort steckte er jetzt fest, beide Hüften und die Knie auf Anschlag, so eng war dieses Fach. Der Mann war in einem der Gästezimmer, und wie es sich anhörte, zerdepperte er dessen gesamtes Mobiliar. Schmatz dachte an Luna ... L-U-N-A!, hoffte, es ginge ihr gut ... besser als ihm ... und an Frau Mauser, Sandro, Stolwerk, und wie gerne er jetzt bei ihnen gewesen wäre. Er wollte Weißwein aus Lunas Bauchnabel schlürfen und Stolwerk beim Kochen zusehen und Sandros Lieder hören (gut, die Lieder hätte er jetzt nicht unbedingt gebraucht) und nicht Todesangst haben! Er hätte es nicht zugegeben, aber ihm war zum Heulen zumute.

Er hätte entkommen können wie die anderen. Dieses verdammte Schrottding von Maschine hatte ihn zum letzten Mal im Stich gelassen! Hochkant würde er es rauswerfen, besser noch diesem Max zurückbringen, der es ihm angedreht hatte, und ihm sämtliche Getriebekränze einzeln zu schlucken ge...

Stimmen unterbrachen seine Gefühlswallungen. Jemand rief etwas Unverständliches nach oben, dann hörte er laut: „Dieser Feigling MUSS hier sein! Sucht weiter, ihr Nichtsnutze!“

Und ich will ihn lebend, hätte Schmatz sich noch dazugewünscht, kam aber nicht. Hier drin war es stockfinster, ein Panikraum, der schon für sich genommen ziemlich beängstigend war, da brauchte man eigentlich gar keine externe Panik mehr. Er hatte sich vorher nur ein einziges Mal testweise hier reingesetzt. Keine fünf Minuten hatte er es ausgehalten. Überhaupt waren die Dunkelheit und er nicht die besten Freunde. Aber er musste jetzt durchhalten! Frau Mauser hätte es getan, ohne mit der Wimper zu zucken. Sie war ja so mutig! Kein Jahr kannten sie sich jetzt und sie hatte ihr Leben bereits öfter riskiert als andere Polizisten in ihrem ganzen Leben. Diese Fernsehbilder und Handyvideos von ihrem Bergisel-Auftritt waren um die ganze Welt gegangen, alle hatten gestaunt und geliked und geteilt ... Frau Mauser war die beste Chefin der Welt ... mit der besten Tochter der Welt! L-U-N-A! Der Gedanke an die beiden gab ihm wieder Kraft ... er musste sich zusammenreißen. *L-U-N-A! L-U-N-A*!, feuerte er sich an und versuchte, sich ihren Duft vorzustellen ... musste er eigentlich *Mama* zu Frau Mauser sagen, wenn er sie heiratete? Egal. *Völlig* egal gerade jetzt.

Schreckschreck! Die Tür zu seinem Zimmer wurde aufgerissen. Dann hörte er den Lichtschalter. Schmatz atmete tief ein ... alles hier roch nach Lavendel, die trocken-staubige Luft reizte seinen Hals und der Hustenreflex kam so überraschend wie unerwünscht. Mit jeder Faser seines Körpers wehrte er sich dagegen, trotzdem musste er einmal erstickt durch die Nase husten. Er hielt die Luft an, als die Schritte lauter wurden.

Schreckschreckschreck! Quietschend ging die Schranktür auf. Vielleicht war ein Panikraum in einem Kleiderkasten doch keine gute Idee ... wo sonst versteckte man sich, wenn nicht in einem ... er wollte den Kopf einziehen, ging nur nicht ...

„Wo steckst du, kleiner Feigling?", säuselte eine Stimme, viel zu nah, seltsam angenehm und trotzdem – oder gerade deshalb – fürchterlich. Wie der Kinderfänger in *Tschitti Tschitti Bäng Bäng.* Hoffentlich war seine Nase nicht so gut wie die in dem Film ... und die Ohren auch nicht, so laut, wie sein Herz gerade schlug! Er saß in einem Raum, der viel von einem Resonanzkörper hatte, wie der Bauch einer Gitarre, jedes von ihm ausgehende Geräusch würde verstärkt werden, *Badumm!, Badumm!,* machte seine Brust, laut wie eine Buschtrommel, und wenn ihn das nicht verriet, dann garantiert ein Mini-Knacks vom Holzbrettchen, auf dem er saß, und gerade, als er daran denken musste, knackste es wirklich! Aber der Mann hatte rechtzeitig damit begonnen, die Kleiderbügel herumzuschieben, das machte Krach und lenkte ab. Einmal genehmigte er sich, neue Luft zu holen, dann entfernten sich die Schritte wieder, Schubladen gingen auf, der Mann mit der Säuselstimme durchsuchte seinen Schreibtisch, Sachen fielen auf den Boden, der Drehstuhl rollte ... und polterte an den Kasten! Richtig laut, fast hätte er vor Entsetzen geschrien! Nicht wie ein Mädchen natürlich ... SCHRECK! Etwas klirrte! *Vielleicht doch wie ein Mädchen,* dachte er, weil es ihn wieder durchzuckt hatte. *Jetzt reiß dich zusammen, Schmatz!*

Da vibrierte es in der Vordertasche seiner Hose. Verflixt! Er hatte sein Handy nicht ausgemacht! Seine Hand fuhr eilig an die Jeans, um einen Knopf zu drücken, egal welchen, aber es hörte nicht auf. Vor der Flucht hatten sie ihre Smartphones wieder angemacht, weil sie ohnehin wegwollten und sich ja irgendwie verständigen mussten, da war es weniger schlimm, wenn sie angepeilt werden konnten. Aber gerade war es ÜBERHAUPT nicht weniger schlimm!

Wieder knarrte dieses dumme Brett unter ihm. Er zog das Telefon einen Zentimeter weit aus der Tasche heraus, es leuchtete fürchterlich hell und blendete ihn in dieser Dunkelheit, dann endlich hatte er es auf lautlos gestellt. Sicher Frau Mauser, die angerufen hatte, weil sie wissen wollte, wo er steckte, aber so cool war er nicht, jetzt auch noch nachzusehen, oder gar noch eine SMS zu tippseln! Das hier war kein billiger Fernsehkrimi, sondern blutiger Ernst! Gar nichts würde er tun, außer Luft anhalten! Mucksmäuschenstill war es jetzt. Der Mann hatte das Vibrieren ganz sicher gehört. Keine Schritte. Kein Atmen. Kein gar nichts. Da war nur er, der Raum, sein Herz und das Monster mit der süßen Stimme, das es ihm gleich aus dem Leib reißen würde ... zwischen ihnen nur dieses kaum einen Zentimeter dicke, falsche Seitenbrett ...

Plötzlich die Kleiderbügel, kreischend, fürchterlich laut!

„Wo bist du, du kleine Ratte? Wo?!“, schrie der Mann.

Sollte er versuchen, die doppelte Tür aufzustoßen, ihm damit eins auf die Nase geben und seine Wing-Tsun-Kenntnisse zum ersten Mal im Ernstfall testen? Schließlich war er nicht umsonst Meister dieser Kampfkunst! Nein ... das funktionierte nur im Film. Feiglinge lebten länger, und sinnlos gestorben war auch tot! Jetzt klopfte der Mann die Wände ab ... gleich würde er bemerken, dass diese hier anders klang ... er dachte schon daran, den Prozess abzukürzen, sich geschlagen zu geben, als er eine andere Stimme hörte: „Boss, nicht finden! Was machen?“

Die Rückfrage musste ihn abgelenkt haben, jedenfalls verzichtete sein Peiniger auf die Inspizierung der letzten Wand und verließ das Zimmer. „Ich werde euch zeigen, wie man so was macht!“, sagte er noch im Hinuntergehen. Schmatz atmete so viel Luft auf einmal aus, dass es für einen ganzen Ballon gereicht hätte. *Mehr Glück als Verstand,* nannte man das wohl. Aber ... was meinte er mit *zeigen, wie man so was macht*?

Die Antwort auf diese Frage beschäftigte ihn fünf Minuten, in denen er sich voll auf sein Gehör konzentrierte. Wenn man Jahrzehnte in einem Haus lebte, kannte man seine Geräusche ... das Blubbern der Heizkörper, den lauten Knack, den das Dach machte, wenn die Sonne darauf schien ... das durchdringende Fiepen des Kühlschranks, das Donnern der Waschmaschine, wenn sie unrund lief. So was eben. In seinem Kleiderkasten hörte er zwar alles nur gedämpft ... aber da war nichts, das nicht hingehörte. Totenstille.

Sie kam langsam wieder zu Bewusstsein.

„Mein Veilchen!"

Um sie herum stand eine Riege besorgter Herren. Zum Glück keine Polizei. Stolwerk, Sandro, der greise Arzt, der ihr offensichtlich noch rechtzeitig helfen hatte können, dem Sensenmann zu entkommen – und Boris Marinov, Austro-Russe und milliardenschwerer Oligarch, wohnhaft auf der Hungerburg, immer noch Liebkind des Tiroler Landeshauptmanns. Valerie hatte seine Tochter gerettet. Und er war gerade am besten Weg, seine Schuld einzulösen – wenn nicht überzuerfüllen. Was sie von ihm verlangte, war nichts anderes als Gesetzesbruch. Moralische Probleme konnte ihm das kaum bereiten. Aber trotzdem hätte sie sich lieber auf Kaffee und Kuchen einladen lassen, vor allem, um die kleine Lizah wiederzusehen. Jetzt musste Valerie ihn bitten, gesuchte Straftäter zu verstecken. Inklusive ihr selbst. Aber das Leben war eben kein Wunschkonzert.

„Geht's?", fragte Sandro, der ihr den Kopf streichelte.

„Jaja", krächzte sie zur Antwort und wollte sich gleich aufsetzen. Schlechte Idee. Nicht, weil es nicht ging oder sonderlich geschmerzt hätte, sondern weil sie eine halbe Sekunde darauf von sechs Männerhänden fixiert und auf das Bett in einem von Marinovs Gästezimmern zurückgedrückt wurde.

„Liegen bleiben!", forderte der Arzt und legte ihr eine Blutdruckmanschette an, eine von denen, die man noch mit der Hand aufpumpen musste. Der Mediziner ließ sich Zeit damit, zelebrierte den Vorgang fast, vielleicht hatte er auch nicht mehr so viel Kraft in seinen Händen und musste langsam machen. Seinem Äußeren nach zu urteilen ging er locker auf die achtzig zu. Er war eine faszinierende Komposition aus Grautönen, ein Bild, als hätte man alle Farben herausgedreht. Man wollte instinktiv blinzeln und dann den Fernsehtechniker holen. Egal. Marinov vertraute ihm. Und sie lebte noch.

Sie drehte den Kopf zum Oligarchen. „Danke."

„Njet danke", entgegnete dieser, grinste und wiegte seinen Kopf hin und her. „Gerne helfen. Lizah wird sooo freuen Sie sehen. Und Hund, Hund gesund."

Schon bei ihrer Ankunft war ihr aufgefallen, dass ihm die deutsche Sprache nach wie vor große Probleme bereitete. Aber wer wollte, konnte ihn verstehen. Mit gerunzelter Stirn sah sie zum Arzt. „Der Hund ... Sie?"

Wie ein Farbtupfer blitzte jugendliche Verwegenheit aus seinem Gesicht. „Ach, wissen Sie, Frau Mauser ... ob Mensch, ob Tier, OP-Saal oder Küchentisch ist im Lauf meines Lebens relativ geworden. *Ärzte ohne Grenzen*, wissen Sie? Ich hab schon Schlimmeres gehabt. Mit der Zeit kommt man drauf, dass sich unsere Baupläne gar nicht so viel unterscheiden. Man lernt, darüber hinwegzusehen, welches Geschöpf gerade unter dem Messer liegt, solange es Hilfe nötig hat. Möglicherweise kommt es aber auch von meiner Alterssenilität, dass ich mich darauf einlasse … ich wohne nur ein Haus weiter, wissen Sie? Senile Bettflucht vielleicht. Aber betrachten wir es doch von dieser Warte: Solange ich Sie nicht gerade sterilisiert habe, ist doch alles bestens." Damit wandte er sich wieder seinen Instrumenten zu und ließ die Luft aus der Manschette entweichen. „Nicht lachen, Frau Mauser, ganz normal weiteratmen."

„Für Jackpot war's knapper als für dich", sagte Stolwerk.

„Sch!", machte der Mediziner. „95 zu 60. Ziemlich niedrig."

„Der ist immer so niedrig", verteidigte sie sich. „Wo ist Luna?"

„Passt auf Jackpot auf", antwortete Sandro.

„Er wird wieder?"

„Das ist noch nicht gesagt", übernahm der Arzt, „glatter Durchschuss. So etwas muss man einmal gesehen haben. Quer durch den Körper, ohne irgendein Gefäß oder Organ zu erwischen, und auf der anderen Seite wieder raus. Das nenne ich Jackpot. Sie hatten übrigens auch einen Massel, denn die Kugel ist an der Beckenschaufel abgeprallt. Wir haben sie im Auto gefunden. War wohl mehr ein Querschläger als ein gezielter Schuss … Die wie vielte eigentlich?"

„Die wie vielte was?"

„Die wie vielte Kugel, Frau Mauser. Ihren Narben nach zu urteilen, laufen Sie gerne in bleihältiger Luft herum. Oder sind Sie vielleicht magnetisch? … Nein, schauen Sie!" Demonstrativ legte er den Metallkopf seines Stethoskops auf ihren Arm und hob ihn wieder hoch. Dann flog sein Blick über die Operationsnarbe an ihrem Kopf, die unter den kurzen Haaren durchschimmerte, als hätte man sie hineinrasiert.

Jaja, dachte sie, antwortete aber nicht. *Schon kapiert*. Sie sah zu Stolwerk, der es sich zum Glück verkniff, in den sich anbahnenden Moralvortrag einzustimmen. Sie war ohnehin entschlossen, es in Zukunft vorsichtiger angehen zu lassen, erst recht seit Luna hier war. Blöd natürlich, wenn man sich postwendend ein „Ätsch!" vom Schicksal abholte. Aber für diese Kugel konnte sie jetzt wirklich nichts. „Und sonst? Alles gut?", fragte sie. Stolwerk wich ihrem Blick aus.

Irgendetwas stimmte nicht.

„Was? Was ist? Los, raus damit!"

Stille.

„Stolwerk, ist uns die Polizei gefolgt? Haben sie eine Spur?"

Er schüttelte den Kopf. Dann dämmerte ihr, nach wem sie bislang nicht gefragt hatte. „Schmatz?"

Stolwerk nickte und konnte seinen Gesichtsausdruck, den sie nur zu gut kannte, nicht schnell genug vor ihr verbergen. „Was? Was ist mit ihm? Ist ihm ... etwas passiert?" *Jetzt* hätte der Arzt ihren verdammten Blutdruck messen sollen! „Sag schon!"

Der Mediziner wandte ein: „Frau Mauser, Sie sollten sich jetzt nicht auf..."

„Sch!", zischte sie ihn an, drehte den Kopf wieder zu ihrem Ex-Ermittlungspartner und durchbohrte ihn förmlich mit ihrem Blick. „Was ist mit Schmatz? Ist er ..." Ihr stellten sich die Nackenhaare auf, Kribbeln am Hinterkopf, dazu die übliche Bildstörung. Etwas richtig Schlimmes musste passiert sein.

„Er …“, drückte Stolwerk herum.

„Ist er tot?“, stieß sie sich einen Dolch ins eigene Herz.

„Nein, nein … wissen wir nicht … er ist nicht gekommen.“

Valerie grübelte, doch für ein Ergebnis fehlten ihr Informationen. „Wie lange sind wir jetzt schon hier?“

„Elf vorbei, also … seit gut drei Stunden.“

Das klang doch nicht so schlecht! „Dann hat er vielleicht nur die Adresse nicht gefunden? Oder …“ Sie überlegte, suchte nach harmlosen Erklärungen. Seinem Fahrstil nach hätte er über Kufstein fahren können und trotzdem längst hier sein müssen. „Könnte sein, dass sein Moped liegen geblieben ist … und jetzt muss er zu Fuß gehen … oder er ist ins LKA, um dort Neues zu erfragen … genau!“ Sie sah abwechselnd Sandro und Stolwerk an, doch keiner der beiden schien ihre Vorschläge aufgreifen zu wollen.

„Ich denke, wir lassen Sie jetzt schlafen. Sie brauchen Ruhe!“, riet der Arzt, dessen Namen sie vergessen hatte.

Wie zum Donnerwetter sollte sie jetzt schlafen? „Stolwerk, was ist?“, sagte sie so bestimmt, dass diesem nichts anderes übrig bleiben konnte, als ihr zu antworten.

„Also …“, drückte er herum, „Schmatz ist nicht gekommen, hat sich auch nicht bei uns gemeldet. Und der Hof … der Schmatzerhof steht in Vollbrand, Veilchen.“ Dann konnte er ihrem Blick nicht mehr standhalten und sah zu Boden.

Vollbrand, hallte in ihr nach, ein schreckliches Wort. Verzehrend, fatal …

Stolwerk setzte fort: „Wir haben's auch nur aus dem Internet erfahren. Noch gibt's keine Hinweise, dass jemand im Haus war. Den Tieren geht's gut, die waren am Feld ... aber Schmatz ... von ihm fehlt jede Spur."

Valerie erinnerte sich. Sie hatte ihn noch auf dem Mofa herumdüsen sehen, dann aber nicht mehr. Sie hielt es für unwahrscheinlich, dass er ins Haus zurückgekehrt war. Was nur bedeuten konnte ... „Stolwerk, glaubst du, Knarr hat ihn mitgenommen?"

Er reagierte nicht.

„Hm ... weiß jemand, dass wir hier sind?"

„Sieht nicht so aus. Die Medien wiederholen den alten Fahndungsaufruf. Veilchen, wir können jetzt leider nichts anderes tun als zu warten."

„Ich helfen", meinte Marinov, „wissen wie."

Da ihr gerade kein sinnvolles Gegenargument einfiel – schlimmer konnte er es schließlich auch nicht mehr machen –, ließ sie sein Angebot im Raum stehen. Dann spürte sie einen Piks.

„Hey!", gab sie dem Arzt hin und zuckte zurück.

„Wir lassen Sie jetzt schlafen, Frau Mauser. Ich hänge Ihnen noch eine Flasche an und werde dann später nach Ihnen sehen. Los, meine Herren", sagte der Graustufen-Mann und scheuchte die anderen hinaus.

„Ich bleibe bei ihr", protestierte Sandro, doch der Arzt duldete keinen Widerspruch.

„Hey, scheiße verflucht, wir sind im Fernsehen!", hörte sie Luna von draußen rufen, da gingen ihre Lichter aus.

Sonntag

Schmatz war aus seinem Panikraum geklettert und zum Fenster geschlichen – und erstarrt, als er etwas Hartes in seinem Rücken spürte. Instinktiv nahm er die Hände hoch. Dann hatte Knarr seinen rechten Arm gepackt und nach hinten gebogen, so ein fieser Winkelgriff, dass ihm gar nichts anderes übrig geblieben war, als sich nach vorne zu verneigen.

„So einfach macht man das", hatte der Mann mit der viel zu süßen Stimme gesagt, es musste dieser Knarr gewesen sein, genau der, vor dem Luna so große Angst hatte. Eine fiese Reibeisenröhre hätte viel besser zu ihm gepasst. Er hatte ihn in aller Seelenruhe übertölpelt! Und er war einfach so drauf reingefallen. Dann waren noch zwei Personen in den Raum gekommen und hatten lauthals gelacht, wie Knarr ihn vor sich herumdirigierte wie eine Marionette und Schmatz nicht anders konnte, als zu folgen. Er war sich schon ziemlich dämlich vorgekommen in dem Moment.

„Und jetzt sag mir, wo das Halsband ist, sonst brech ich dir dein dürres Ärmchen. Drei, zwo, EINS ..."

Nein, natürlich hatte er nichts verraten. Auch, weil er bezüglich *Halsband* nur Bahnhof verstand. Und streng genommen war ihm so auf die Schnelle auch gar nichts eingefallen, das er hätte sagen können, denn dieser Mafiaboss hatte viel zu schnell heruntergezählt, *Dreizwoeinsnull* wie ein Rapper, wie sollte er da überhaupt zu denken beginnen, wenn er im Geiste mitzählen musste? *Dreizwoeinsnull. Badadadamm* und ein Zucken, ein Stich im Arm, aber kein Knacksen, also wohl auch kein Bruch und kein Riss. „Aua!", hatte Schmatz gleich vorsorglich geschrien, viel lauter als nötig, blamiert hatte er sich ohnehin schon.

Klar, Knarr hatte es eilig gehabt, konnte sich nicht besonders viel Zeit für sein Verhör nehmen, irgendwer hatte seine Ballerei draußen am Feld sicher mitbekommen und die Polizei gerufen. Und als Schmatz dann eingefallen war, dass er ihnen genau das eigentlich hätte sagen können, *gleich kommt die Polizei,* oder so ähnlich, waren sie auch schon abgedampft und hatten ihn einfach mitgenommen!

Jetzt saß er da, mit dem Stoffsack über dem Kopf, den sie ihm noch im Zimmer drübergezogen hatten. Keinem der Männer hatte er ins Gesicht gesehen, auch nicht diesem Knarr. Einen ganz lausigen Zeugen hätte er abgegeben. *Wenn Blicke töten könnten,* fiel ihm ein, das wäre natürlich praktisch gewesen und hätte die Situation im Handumdrehen erledigt. Aber mangels Superkräften und eben mit diesem Sack auf dem Kopf hatte er sich von ihnen herumstoßen lassen müssen. Irgendwann war er schließlich im Freien gewesen und in den Kofferraum eines Wagens gestiegen, besser gesagt, man hatte ihn hineingeworfen, dass es nur so schepperte. Es musste ein neues Auto gewesen sein, ihr altes hatte Stolwerk ja kaputtgeschossen. Jedenfalls hatte er versucht, sich die Strecke einzuprägen, die sie gefahren waren, aber das soll mal einer hinkriegen, so zusammengefaltet auf null Platz, wenn einem die eigenen vier Buchstaben näher waren als der Rest der Welt. Sie waren ziemlich gerast und vorne wurde immer wieder geflucht, er hatte aber nichts davon verstanden. Leider waren seine Hände gefesselt und das Handy hatten sie ihm abgenommen, also war auch nichts mit Hilfe holen. Und trotz aller Verzweiflung hatte er sich noch im Kofferraum geschworen: *Ich werde diese Kerle erledi-*

gen! Denn wenn er das schaffte, dann würde er alles schaffen, auch Spezialagent werden zum Beispiel, sein großer Traum.

Jetzt saß er seit Stunden auf einem harten Holzstuhl. Ganz alleine in der Dunkelheit. Stille. Wenn das eine ihrer Foltermethoden war, hatten sie ziemlich ins Schwarze getroffen. Stille fand er nämlich fast so fürchterlich wie Dunkelheit. Sie hatten ihn auf den Stuhl gedrückt, mit einem zusätzlichen Kabelbinder daran festgezurrt und waren davongegangen, Türe zu und mucksmaus. Einmal fing es an, aufs Dach zu tröpfeln, dann durchgängiges, leises Rauschen, lauter werdend, leiser, Tropfen, dann wieder Stille. Bis auf dieses kaum wahrnehmbare „Bizz! ... Brrr ..." Am Anfang hatte er es gar nicht bemerkt, auch jetzt störte es ihn kaum, aber plötzlich wurde ihm klar: Das war eine von den Foltermethoden, die immer schlimmer und schlimmer wurden, je öfter man sie wiederholte! Ein einzelnes Bizzbrrr machte überhaupt nichts, tausend hielt man locker aus, aber pass auf: Beim millionsten Mal macht es plötzlich „Pfff!" – deine Festplatte raucht ab und du singst wie ein Vögelchen.

„Bizz! ... Brrr ..."

Bisher hatte er die Klappe gehalten und *Tic-Tac-Toe* gegen sich selbst gespielt (und immer gewonnen), aber jetzt kam ihm vor, dass dieses Bizzbrrr ihm langsam die Seele auszusaugen begann. Und als ihm dabei *Harry Potters Dementoren* vor seinem geistigen Auge erschienen und an ihm zu nuckeln begannen, war es ganz aus. *Verdammtes Kopfkino!*

„Hallo?", rief er und erntete nichts außer der Hallfahne seines Rufs. Der Raum, in den sie ihn gebracht hatten, musste ziemlich groß sein. *Saal* traf es wohl eher. Vielleicht eine Sporthalle oder ein Veranstaltungszentrum oder ein Schwimmbad ohne Schwimmer, dann hätte es aber nach Chlor gestunken, hier drin roch es mehr nach ... nach ... er kam nicht drauf.

„Bizz! ... Brrr ...“

Das Foltergeräusch wurde immer intensiver ... er wartete eine Minute, dann wiederholte er sein „Hallo?“ und hängte „Hilfe!“ dran. Er schämte sich zwar ein wenig dafür, Luna hätte das bestimmt nicht getan, aber sie und Frau Mauser waren eben besonders, er nur ein ganz gewöhnlicher Kerl. Nur heulen, nein, heulen würde er bestimmt nicht.

„Bizz! ... Brrr ... Bizz! ... Brrr ... Bizz! ... Brrr ... Bizz! ... Brrr ... Bizz! ... Brrr ... Bizz! ... Brrr ... Bizz! ... Brrr ... Bizz! ... Brrr ... Bizz! ... Brrr ... Bizz! ... Brrr ...“

Fünf Minuten später heulte er wie ein Schlosshund. Sie hatten ihn so weit. Noch hundert Bizzbrrrs mehr und sein Kopf wäre Matsch gewesen. Alles hätte er getan, damit es aufhört! Na ja, fast ...

„Ich erzähl's euch ja, aber bitte ... Stopp! ... Hallo!“

„Na gut, dann wollen wir mal“, erklang die Stimme des Fieslings, keinen Meter von ihm entfernt. Knarr hatte alles mitbekommen, inklusive seines Schulmädchengeheuls. *Mimimi* – total peinlich. Andererseits musste der schon ziemlich einen an der Waffel haben, sich stundenlang still vor einen Gefangenen zu setzen ... und sein Bizzbrrr zu veranstalten ...

„Tomasz, Michal!“, rief er, gleich darauf flog hinten eine Tür auf und wieder zu. Schritte. Ersticktes Lachen. Dann fummelte ihm jemand am Hals herum und zog den Sack vom Kopf. Das Licht in dieser Halle war nicht besonders hell, blendete ihn aber trotzdem.

Jetzt konnte er Knarr zum ersten Mal in die Augen sehen, und gerne hätte es wieder dunkler sein können, so fies war die Hackfresse der *fiesen Hackfresse*, wie Luna sagte. Immerhin grinste sie und wirkte damit nicht ganz so geisterbahnmäßig. Aber hässlich! Schmatz war zwischen Anstarren und betretenem Wegsehen hin- und hergerissen. Knarr erinnerte ihn an einen Fußballer, ihm fiel der Name nicht ein, jedenfalls einen berühmten. Gleichzeitig hatte er auch einiges von *Scarface* und *Jabba dem Hutten*, eine seltsame Mischung, peinlich eben und scheußlich anzuschauen. Eigentlich hätte Knarr und nicht Schmatz diesen Sack über dem Kopf tragen sollen. Gut, das war gemein, aber es stimmte.

„Also, was ist? Was starrst du so dämlich? Ich höre?"

Wenn der wüsste ...

„Bizz! ... Brrr ..."

Schmatz sah nach oben, erkannte die Quelle der Bizzbrrrs und musste beinahe über sich selber lachen. „Da blinkt eine Neonröhre."

„Was sagst du?"

„Da-blinkt-ei-ne-Ne-on-röh-re!"

„Ach wirklich?"

„Ja. Hörst du das nicht?"

„Eine Neonröhre. Ha! Na schau. In deiner Situation machst du dir Sorgen um eine Neonröhre."

„Aber sie blinkt eben. Da! Hörst du? Bizz, brrr, bizz, brrr ... Hör hin!"

„Na und?"

Vielleicht hätte aus Knarr auch ein netter Mensch werden können, mit seiner Toleranzschwelle für rhythmische Störgeräusche wie dieses. Schmatz brachten sie an den Rand des Wahnsinns. Immer schon. Tropfende Wasserhähne, tickende Wanduhren, Bauarbeiter mit stundenlangem Durchhaltevermögen – und schlimmer noch: mit Taktgefühl, klopf, klopf, klopf, klopf, klopf, klopf, klopf, klopf, klopf, klopf, klopf – wie mit dem

Metronom. Homöopathisches Presslufthämmern, zrrt zrrt zrrt zrrt, Hauptsache, exakt im Takt. Es klappert die Mühle am rauschenden Bach? Pure Folter. Genau wie dieses Bizzbrrr hier. Das musste Knarr doch verstehen, wenn er es ihm erklärte? „Ich kann einfach nicht denken, wenn es die ganze Zeit so tut! Bizz, brrr, bizz, brrr ... blinkblink und zappzarapp ist alles weg, was ich weiß."

Schritte von hinten. Schmatz musste gleich nochmal schlucken.

Knarr sah auf, schüttelte den Kopf. „Nein, Michal, lass ihn." Dann senkte er seinen Blick wieder. „Weißt du, was? Ich kann dich verstehen. Wie heißt du überhaupt?", raspelte er Süßholz.

„Schmatz."

„Schmatz? Das ist ... ein ... schöner Name."

„Ja. Und du?"

„Milan."

„Das ist aber auch ein schöner Name." Er war schon ein wenig stolz, wie er einfach so in den Gangster-Smalltalk einstieg.

„Ja ... schönschön. Weißt du, Schmatz, ich hab ja keine Ahnung, wer oder was dich in diese Sache hineingezogen hat, da hattest du jedenfalls wirklich ordentliches Pech. Aber du bist ein lustiger, junger Mann und erinnerst mich an meinen lieben Bruder. Du hast noch dein ganzes Leben vor dir! Deshalb werde ich dir nichts tun, wenn du mir jetzt sofort erzählst, wo das Halsband ist."

Schmatz' Augen wanderten hin und her, er stellte fest, dass sie sich in einer Fahrzeughalle befanden. So einer Art Garagen-Werkstatt-Kombination. Um sie herum standen Betonmischer, also war der Geruch, den er vorhin nicht zuordnen hatte können, eine Mischung aus Baumaterialien und Fahrzeugflüssigkeiten. An einer Wand hing Werkzeug. Er sah wieder zur Decke hinauf. Er konnte nicht behaupten, über diese Bizzbrrrs hinweg zu sein, nur weil er jetzt wusste, dass sie natürlichen … also … nicht-folterlichen Ursprungs waren. Er musste gut aufpassen, sich nicht selbst zu überlisten.

„Aber die Ne-on-röh-ren blinken im-mer noch!"

Einmal blinkte jetzt auch Knarrs rechtes Auge, dann schlug er sich auf die Oberschenkel und schoss auf. Schmatz zog das Gesicht zusammen, drehte den Kopf zur Seite und suchte Deckung, wo keine war. Gleich würde er ihm eine kleben …

„Michal, die Pistole!"

Oh shit, dachte er. *O.k., ich rede,* wollte er rufen, da knallte es schon. Schmatz rutschte mit zusammengekniffenen Augen auf seinem Stuhl hin und her, als hätte er damit den Schüssen ausweichen können. Vor lauter Schreck ging ihm ein Strahl in die Hose, Angstlackerl nannte man das, peinlich hoch zehn, jetzt auch schon egal, er ließ laufen. Einmal *peng!*, zweimal *peng!*, viel zu laut … dreimal *peng!*, viermal! Dieser Knarr musste ein unglaublich schlechter Schütze sein, denn er war weder tot, noch spürte er etwas anderes als Ohrenklingeln.

Nachdem er noch lebte, erlaubte er sich, ein Auge zu öffnen, und sah, wie Knarr nach oben zielte, zuckte zusammen, als er noch einmal schoss und nochmal, denn die Neonröhre blinkte immer noch.

„Los, Männer!", brüllte Knarr gar nicht mehr engelsgleich, dann knatterte es wie wild und plötzlich war es stockdunkel.

Aber nur kurz.

„Bizz! … Brrr …"

Die riesige Mondsichel stand am Himmel, schien fast greifbar zu sein. Luna flog Valerie voraus, auf dem Strauß, der unfassbar breite Schwingen hatte. Ihr eigenes Pferd war mehr Rakete als Pegasus, hinten schossen Flammen heraus wie bei einem Spaceshuttle. Sie hatten an Höhe gewonnen und sich gedreht, stürzten wieder in die Tiefe, zum nächsten Angriff. Unter ihnen das Schlachtfeld. Knapp über dem Boden zogen sie hoch, vorbei am Panzer-Stolwerk, sein Kopf der Geschützturm, seine Pinocchio-Nase der Lauf.

„Feuer!“, schrie Luna, also drückte sie den Abzug, es waren lauter kleine Schmatz-Patronen, Gummigeschosse, die mit lautem Jubel aus den Kanonen kamen, ihre Schmetterlingsflügel entfalteten und dann machten, was sie wollten, besonders gerne Kreise ziehen und dann Luna hinterherfliegen. Jetzt klebte schon ein ganzer Heuschreckenschwarm an ihr. Total nutzlos, diese Munition!

Vielleicht konnte der Panzer mehr ausrichten. „Du musst lügen, Stolwerk!“, brüllte sie ihm nach hinten – wie sonst sollte er zielen? Dann war es höchste Eisenbahn hochzuziehen, denn sie flogen geradewegs auf den gigantischen Krötenkraken zu, der sich auf dem Hof niedergelassen hatte, ihn mit lautem Schmatzen aussaugte und alle acht Arme gleichzeitig nach den Angreifern ausstreckte ... und sie damit einfing! Besser gesagt ihr Raketenpferd. Das Tier wieherte, mit vollem Schub versuchte es, der Umklammerung zu entkommen, aber vergebens, immer weiter zog es sie nach unten ... Valerie sprang ab, landete mit den Füßen voraus im Morast, steckte bis zur Hüfte fest, versuchte noch, sich mit den Händen herauszustemmen, aber auch diese versanken sofort. Sie konnte nichts tun außer zu schreien, und nicht einmal das klang vernünftig. Tatenlos musste sie zusehen, wie sich der Krötenkrake einen nach dem anderen fing und besonders laut rülpste, nachdem er sich den Panzer-Stolwerk in den Rachen geschoben hatte ... eine kleine Rauchwolke kam aus den Kiemen ... dann raste einer der Krakenarme auf sie zu, zupfte sie aus der Erde wie eine Blume und hob sie in die Höhe, der mächtige Schlund größer und größer ...

Valerie fuhr hoch und wusste ziemlich schnell, wo sie war. Sie hatte durchgeschlafen, niedergespritzt von diesem Schwarzweiß-Testbild auf zwei Beinen. Ihr Becken schmerzte ordentlich und ihr Tastsinn verriet, dass der Bereich rund um die Wunde in den Nachtstunden angeschwollen war. Wenigstens der Kopf gab Ruhe, eine angenehme Nebenwirkung der Schmerzmittel. Niemand außer ihr im Gästezimmer, draußen war alles ruhig, langsam erwachte der Tag.

Am Morgen sah man die Dinge in einem anderen Licht, alles kam einem leichter vor. Das Leben bot mehr Möglichkeiten als Probleme an. Noch dazu schien es ein schöner Herbsttag zu werden. Zeit für eine Morgenbilanz.

Dass Geyer und der Rest der Truppe übergeschnappt sein mussten, war Fakt. Genauso wie die Schwierigkeiten, in denen Luna steckte, ob man sie ihr nun angedichtet hatte oder nicht. Zuallererst musste sie ihre Tochter schützen! Und mit Stolwerk, Sandro und Marinov hatte sie Unterstützung. Na also! Damit ließ sich doch arbeiten.

Schmatz.

Nein, die Sache mit Schmatz machte der Tagesanbruch nicht besser. Sie musste wissen, was los war. *Auf jetzt!*, gab sie sich einen Ruck, erhob sich und belastete testweise die verletzte Seite, was besser ging als erwartet. Eine eindeutige Vier auf der zehnteiligen Schmerzskala ... also schlurfte sie zuversichtlich los Richtung Zimmertür und wurde nach zwei Schritten von der Infusionsleitung zurückgerissen. „Aua!“, stieß sie aus. Ohne lange darüber nachzudenken, löste sie das Pflaster vom rechten Unterarm und zog die Kanüle heraus, mit dem linken Daumen dichtete sie die Wunde ab. Musste man nicht so machen, konnte man aber.

Nach ein paar Schritten kam sie sich dann doch etwas benebelt vor, aber besser diese Nebenwirkung ertragen als fiese Schmerzen. Sie trat hinaus, über den Gang direkt in Marinovs beeindruckenden Wohnraum, wo sich neben dem bekannten Protz und Prunk neue Scheußlichkeiten angesammelt hatten. Goldverzierte Hirschtrophäen, grelle Schleiflackmöbel, Kunstwerke, deren Farben und Botschaften sich aneinander zerrieben, sodass sich unterm Strich der Eindruck aufdrängte, Geschmäcker konnten nicht nur verschieden sein, sondern auch komplett fehlen. *Geschmackbefreite Zone.* Sie arbeitete sich vor und staunte ... die lebensgroße Plastik eines gelben Wildschweins mit schwarzem Zeus samt Dreizack drauf? Echt jetzt? Egal. Langsam fiel ihr das Gehen doch schwer, die Ausmaße dieses herrschaftlichen Palasts waren gigantisch ... nur noch wenige Schritte, dann hätte sie sich am Rand der Couch festhalten ... oder gleich dort niederlassen und ausrasten können ... da hörte sie Schnarchlaute, humpelte weiter und sah, dass Stolwerk und Sandro es sich auf der Couch gemütlich gemacht hatten. Jackpot lag auf einer Decke am Boden, sie blieb kurz stehen, sah, wie sich sein Brustkorb hob und senkte, und hörte, wie auch er schnarchte. Eine *Schnarchofonie! Männer.* Keine Spur von Schmatz ... oder dem Arzt ... und auch keine Spur von Luna ...

KEINE SPUR VON LUNA!

„Wieso habt ihr sie gehen lassen? Das gibt’s doch nicht!“, platzte sie heraus.

Stolwerk rührte sich als Erster. „Mein Veilchen!", begrüßte er sie verschlafen, wobei sich das mehr nach Jammern anhörte, und rappelte sich auf, bevor er ausgiebig gähnte und seine Bartstoppeln kratzte. Es gab Momente, da hasste sie seine Schwerfälligkeit.

„Stolwerk, wo ist Luna?"

Auch Sandro bemühte sich jetzt, Haltung anzunehmen.

„Sandro, hast du sie gesehen? Hallo?" Sie rüttelte ihren ... ihren was? Freund? Ja, Freund ... später. „Sandro?"

Auch er gähnte mal ordentlich, sie musste die beiden aus dem Tiefschlaf gerissen haben. Erst da entdeckte sie mehrere ausgetrunkene Flaschen Wein und Wodka – Marinovs Hausmarke, *Stolichnaya Elit* – auf dem Couchtisch und dem Fußboden, womit sie wusste, wie der Hase lief. „Das gibt's doch nicht!", wiederholte sie. „Wo ist Luna? Was ist mit Schmatz? Wo ist Marinov ... und wo der Arzt?"

Nun hatte sie mit ihrem Gezeter auch das Interesse des Hundes geweckt, der seinen Kopf hob und zu ihr drehte, aber keine Anstalten machte, den Körper zu bewegen. Sie starrte in drei zerknautschte, ratlose Boxergesichter. Jackpot war der Erste, der seinen Kopf wieder hinlegte und weiterdöste, Stolwerk und Sandro wollten es ihm gleichtun, Lider auf Halbmast, wie diese todmüden Kinder auf YouTube. *Das könnte ihnen so passen!*, beschloss Valerie. „So nicht, meine Herren!", rief sie, griff nach der zur Hälfte gefüllten Wasserkaraffe am Tisch und goss ihren Inhalt in einem Schwall über Stolwerk aus.

Sofort schoss er auf. „Hey, sp...innst, Veilchen?" Er hatte erstaunlich viel von einem Orang-Utan, wie er jetzt so vor ihr stand. Wahlweise Höhlenmensch.

„Wie könnt ihr euch nur wegsaufen, während weiß Gott was mit Schmatz passiert ist? Und Luna habt ihr einfach abhauen lassen! Was ist bloß los mit euch?“ Trotzig stemmte sie die Fäuste in die Hüften und ließ das gleich wieder bleiben.

„Ich ... wir ...“, bemühte sich Stolwerk, eine Rechtfertigung zu stammeln, kam aber nicht weiter und sah betreten zu Boden.

„Ja? ... ihr? Habt ihr Schmatz gesucht? ... Was war gestern noch?“

Er ließ sich auf die Couch sinken und zwang die Augenbrauen zusammen. Sandro sah weg.

Eine Tür ging auf. Oben. Ein weinerliches „Waiaiai!“ ertönte, die Tür ging wieder zu. Zuerst sah Valerie nur weiße Socken in Pantoffeln, behaarte Beine, dann Gold, viel Gold. Boris Marinov stieg im edel schillernden Bademantel die Stufen hinunter und hielt sich den Kopf. Statt zu ihnen zu kommen, näherte er sich in elliptischer Bahn seiner Hausbar, bückte sich zum Vorratsschrank, öffnete eine neue Flasche und goss sich einen doppelten Wodka ein, den er *auf ex* leerte. „Wollen?“, fragte er in die Runde.

„Nein, Herr Marinov, wir wollen jetzt keinen Wodka, DANKE!“, gab sie ihm in einem Tonfall hin, der keinen Zweifel über ihre Stimmungslage ließ. Sie hatte genug von dieser Männerbande. Also ging sie erst mal aufs Klo.

Jetzt, wo das Tageslicht durch die vergilbten Fenster oberhalb der Fahrzeugtore kam, störten ihn die Bizzbrrrs kaum noch. Aber die Nacht! Die war fürchterlich gewesen. Zuerst hatte er sich tatsächlich angepinkelt, na ja, ein bisschen. Peinlich, aber war eben so, zuerst warm, dann kalt, und gerochen hat es auch.

Aber das war seine geringste Sorge gewesen.

Nahezu alle Neonröhren hatten Knarr und seine Leute erwischt, es hatte Glasscherben und Betonsplitter und sonst was geregnet, aber ausgerechnet die Leuchtstange mit dem Wackelkontakt hatten sie nicht getroffen. Dunkelheit, der Blitz des Bizz, gefolgt vom Flackern des Brrr, dann wieder Dunkelheit. Immer und immer wieder. Knarr hatte sich ganz nah vor ihn gesetzt und war ihm abwechselnd unter Bizz und Brrr erschienen, und jedes Mal, wenn seine fiese Hackfresse im Dunkel verschwand, war ihm vorgekommen, dass es so etwas wie einen optischen Nachhall geben musste. Knarrs Anblick war jedenfalls auch in den Dunkelphasen nicht mehr weggegangen, so ein Netzhaut-Dings, streng wissenschaftlich gesprochen. Wie mit diesen Bildern, die man nur lange genug anstarren musste und dann auf eine weiße Fläche und sapperlot! War da der *Grinch*. Dazu noch die LKWs mit ihren riesigen Betonmischtrommeln auf dem Rücken! Sie warfen Schatten wie in *Jurassic Park*. Geisterbahn live.

Jedenfalls war das dann eine halbe Stunde oder zwei oder fünf Minuten so gegangen, bevor Knarr aufgestanden war und Kreise um ihn herum gedreht hatte, im Takt des Bizzbrrr. Knarrs Schuhe hatten harte Sohlen, also hatte es jetzt Bizz-Tock-Brrr-Tock-Tock-Tock-Bizz-Tock-Brrr-Tock-Tock-Tock-Bizz ... gemacht, immer und immer wieder. Dieser Kerl wusste, wie man folterte.

Dann war Schluss mit Tock und nur noch Bizzbrrr gewesen und plötzlich hatte er Knarr ganz nah an seinem rechten Ohr gespürt, weil sein Atem die Härchen darin gekitzelt hatte: „Warum habt ihr Jackpot das Halsband abgenommen, mein lieber Schmatz?“ Dieser Knarr musste ein Halsband-Fetischist sein oder so was, man kannte das ja, manche standen auf dies und andere auf das ... na ja, rein sexuell gesehen sollte jeder machen, was er für richtig hielt, er selbst war jetzt weniger der Ledertyp, aber neugierig trotzdem.

„Wozu brauchst du eigentlich ein Halsband?“

„Schmatz, ich mag dich, weißt du?“

Dasselbe konnte Schmatz kaum behaupten, und klar hatte sein Peiniger nur gelogen, doch irgendwie fühlte er sich trotzdem geschmeichelt. Psychologische Kriegsführung. Profi eben.

Aber Profi war er genauso. „Warum hast du deinen Hund erschossen?“

„Ich? Ich würde niemals einen *Hund* erschießen, mein lieber Schmatz.“

So, wie er die Betonung auf *Hund* gelegt hatte, musste man sich unwillkürlich fragen, wen oder was er *sonst* zu erschießen pflegte. Wieder musste Schmatz schlucken, hatte aber fast keine Spucke mehr, die Luft hier drin war staubtrocken. Wie gerne hätte er jetzt ein Glas Wasser gehabt.

„Könnte ich bitte ein Glas Wasser haben?“

Knarr sah nicht so aus, als würde er ihm ein Glas Wasser geben. „Weißt du, mein lieber Schmatz, dieses Halsband ist mir einfach ganz wichtig. Ein altes Familienerbstück. Hat Luna es vielleicht?“

Bei ihrem Namen hatte er unwillkürlich zucken müssen. *Mist!*

„Oh, du stehst wohl auf die Kleine, hm? Die ist doch gar nicht deine Kragenweite. Aber mach dir nichts draus. Die ist es nicht wert! Hör zu ... lass mich dir mal was von Luna Brennsteiner erzählen. Eine Diebin ist sie, eine ganz gemeine! Eine Einbrecherin, ein Miststück, ein drogensüchtiger Tunichtgut!“

Und wie gut sie tut, hatte Schmatz nur gedacht, aber keine Miene mehr verzogen. Beim Gedanken an sie ging es ihm gleich besser.

„Machen wir es kurz, Schmatz. Sag mir, wo das Halsband ist, sonst wird das nichts mehr mit Luna und dir."

Wenn der wüsste, dachte er. „Ich habe nie ein Halsband gesehen!" Das stimmte sogar. Langsam bekam er Kopfweh von diesem Halsband-Gequatsche, doch dann hatte sein Verstand plötzlich, wie aus dem Nichts, eine Meisterleistung vollbracht, indem er, quasi vor seinem geistigen Auge, USB-Stick, Halsband und Hund miteinander kombiniert hatte, was in der Addition der Elemente nur bedeuten konnte: Weil Luna den Hund geklaut hatte, hatte sie auch das Halsband, den Stick und damit die fünf Millionen in *Bitcoins* mitgenommen! Alles passte perfekt zusammen, so wie er und sie, diese süße, tapfere L-U-N...

„Und?", hatte Knarr seinem Komplizen entgegengeworfen, der von hinten gekommen war.

„Nicht geht, Boss. Schlüssel. Drei Versuche haben, dann löscht alles."

„Schlüssel, so so ... na macht nichts. Schau, Schmatz!" Knarr hatte ihm jetzt sein eigenes Smartphone vor die Nase gehalten. Also nicht nur sprichwörtlich, sondern richtig, Nasenspitze auf Bildschirm. „Los, entsperren!", hatte er ihm dann befohlen und dabei gar nicht mehr nett geklungen.

Jetzt musste man wissen, dass sein Handy eines von denen war, wo man zum Aufheben der Bildschirmsperre reinwischte. Rauf, runter, zickzack, Kreise und so weiter, je komplizierter, desto schwerer hatten es Fremde, das Ding zu knacken. Und seine Kombination war besonders aufwändig. Als EDV-Profi konnte man eben nicht vorsichtig genug sein.

„Los, mach schon, du Esel!“, hatte Knarr ihn angeschrien.

So nicht mit mir!, hatte Schmatz gedacht und absichtlich falsch gewischt.

Knarr hatte sich gar nicht besonders darüber geärgert und ruhig gesprochen: „So, jetzt hast du noch zwei Versuche, mein lieber Schmatz.“ Aber dann hatte er ihm mit den Fingern auf den Hinterkopf gedrückt, und mit links hatte er ihm erneut sein Handy vor die Nase gehalten. „Besser für dich, es klappt beim nächsten Versuch. Sonst wird's gleich schmerzhaft! “

Plötzlich hatte sich der Druck von Knarrs Finger erhöht, hinten, zwischen den Ohren. Knarr musste fiese Punkte erwischt haben, denn der Druckschmerz hatte sich sofort strahlenförmig fortgepflanzt, über den Kopf, den Nacken hinunter ... Schmatz hatte versucht, nach vorne auszuweichen, aber Knarr hatte eine der oberen Ecken des Handys gegen seine Stirn gedrückt, womit der Schmerz explodiert war.

„Auauauauauauauau!“

Die anderen hatten sich zerkugelt vor Lachen!

Schmatz fand es nicht mehr lustig. Aber dann war der Druck plötzlich weg gewesen, und mit ihm jede Qual.

„Also los, mein lieber Schmatz“, hatte Knarr gesäuselt.

Er hasste solche Situationen, in denen man sich keinen Fehler erlauben durfte, denn dann passierten sie ihm gerade extra. Na ja, einen Fehler hatte er noch gut ... eine Schweißperle war ihm über die Stirn geronnen, als er den ersten Vollkreis per Nasenspitze ins Smartphone-Display gezeichnet hatte, zickzack nach oben, dann nach unten, wieder ein Kreis, dann hatte das Handy signalisiert, dass es die Geste nicht erkannte.

Nach dem nächsten erfolglosen Versuch werden alle Daten auf diesem Gerät gelöscht, war da gestanden. Dabei war er sich sicher gewesen, alles richtig gewischt zu haben!

„So so, du Schlaumeier willst mich verarschen, was?", hatte Knarr gebrüllt und wieder seinen Griff angewandt, viel stärker diesmal. Schmatz hatte in Panik aufgeschrien und auszuweichen versucht, doch egal, wie sehr er sich gewunden hatte, der Eisengriff war geblieben.

Und dann hatte der Schmerz erneut aufgehört. Wieder wie auf Knopfdruck. Er hatte sich über sich selbst geärgert, dass er seinem Peiniger richtig dankbar dafür gewesen war.

Alles war SO unfair! Er hatte vorhin ja wirklich richtig wischen wollen! Sein letzter Widerstand war dahin. Er hatte sich als Schwächling gefühlt. Als Versager. Knarr konnte ihn mit drei Fingern ausknipsen, ihm das schlimmste körperliche Leid zufügen, das er je erlebt hatte, ohne sich anstrengen zu müssen, und er hatte nur noch diesen einen, einzigen Versuch gehabt, sein Handy zu entsperren! Wie auf Befehl hatten sämtliche Poren seines Körpers gleichzeitig Schweiß auszusondern begonnen.

„Los! Wisch!"

Letzte Chance ... Schmatz hatte sich gar nichts mehr zu sagen getraut, wobei ihm schon auf der Zunge lag, dass es etwas völlig anderes war, ob man sein Gerät per Finger oder mit seiner Nase bediente ... ersteres war quasi Alltag, letzteres machte er sonst nur heimlich, zum Spaß, und das nicht besonders oft. Also hatte er sich voll konzentriert, die Nase den ersten Kreis herumgeführt, zickzack nach oben, dann nach unten, dann hatte ihn die Schweißperle von vorhin drausgebracht, die ihren Weg von der Stirn auf die Nase gefunden hatte und eifrig nach vorne gepirscht war ... es kitzelte arg ... ging der nächste Kreis jetzt links oder rechts herum? Er wusste es nicht mehr! Aber man durfte beim Wischen doch nicht stehen bleiben!

Sie war ja so sauer. Sie würde dieser Männerbande jetzt die Leviten lesen, dass es nur so krachte! Mit nassen Händen riss sie die Toilettentüre auf.

„Tante Valerie!“, wurde sie von unten begrüßt. Da hatte jemand vor der Tür auf sie gewartet. Händchen klatschten gegen ihre nackten Schenkel. Valerie senkte ihren Blick und sah in ein leicht erschrockenes Kindergesicht. „Aba... aba...“, kam von Boris Marinovs kleiner Tochter. Dazu hielt sie ihr Ärmchen hoch und zeigte auf Valeries Kopf. „Aba... Kuckuck?“

Den Versuch, sich hinunterzubeugen, ließ Valerie gleich wieder bleiben. „Grüß dich, Lizah! Kein *Kuckuck!* mehr, leider ...“

Kuckuck. Der *Kuckuck-Afro* war ihr Zugang zu der Kleinen gewesen, als Valerie ihre Haarpracht aus der Wintermütze herausexplodieren lassen und dazu „Kuckuck!“ gemacht hatte, damals am Flughafen Innsbruck, als das Schicksal über Lizah hereinzustürzen drohte wie ein Kartenhaus. Die Kleine hatte das mächtig komisch gefunden und sie hatte es in der Folge immer wieder machen müssen, um Marinovs Tochter zu amüsieren ... na ja, eigentlich hatte sie es ja gerne gemacht. Aber seit dem *großen Bums* waren ihre Haare weg, und bis zum nächsten *Kuckuck!* würden Jahre vergehen. „Die wachsen wieder. Du bist aber groß gew...“

„Ich drücke!“ Lizah ließ Valerie mitten im Klischeesatz stehen und düste in die Küche, wo das Innere der Kaffeemaschine zu lautstarken Verrenkungsübungen ansetzte.

Valerie ging zur Couch. Stolwerk und Sandro hatten ihr den Rücken zugewandt und starrten nach unten, so merkten sie nicht, wie sie sich zu ihnen schlich.

„Also, meine Herren, was ist jetzt?“, machte sie lauter als nötig. Beide zuckten synchron, Stolwerk fuchtelte in der Luft herum, konnte Valeries Handy, das er gehalten hatte, aber nicht mehr einfangen. Erfahrungsgemäß hielt das Gerät einen solchen Sturz locker aus, da musste man schon ausholen und es mit voller Kraft ... egal. Sie bückte sich, sah Sterne, dann aufs Display und mühte sich, wieder in die Senkrechte zu kommen. Das mit ihrem Becken wurde langsam doch fies, sechs von zehn jetzt, aber sie verzog keine Miene.

Am Sperrbildschirm die Vorschau einer SMS von Schmatz: *Wir haben Schmatz. Kematen Beton. Bringen Sie das Halsband ...*

Eilig entsperrte sie den Bildschirm, um die ganze Nachricht zu sehen. *Wir haben Schmatz. Kematen Beton. Bringen Sie das Halsband bis 12 Uhr oder er hat eine Kugel im Kopf.*

Ziemlich abgebrüht, dachte Valerie. Knarr schien keine Angst vor Tricks zu haben, wenn er auf Warnungen verzichtete.

„Veilchen ...“, bemühte sich Stolwerk um einen samtweichen Tonfall, der jedoch ziemlich versoffen ausfiel.

„Was?“, keifte sie ihn an.

„W...wir haben“, dann hickste er, „wir haben’s ja versucht gestern, aber wo hätten wir denn ... suchen sollen? Überall ... Polizei ... also haben wir ... hier ge...“ Dann schluckte er trocken und setzte erneut an: „Du, Veilchen? ... Ich glaube, Luna ist ... da hin ... nach ... Kematen.“

„Natürlich ist sie dort hin, verdammt!“ Der Sperrbildschirm hatte alles Wichtige verraten. Sie rang nach Worten und fand Lunas: „Fuck, ey! ... Wohin soll sie denn sonst sein?“

„Fuck, ey!“, äffte Lizah nach, und gleich nochmal: „Fuck, ey!“

„Kaffee, Stolwerk!“, kam Marinov hinzu und schien sich kein bisschen über die Schimpfwörter aufzuregen, die sie seiner Tochter gedankenlos ins Vokabular übertragen hatte.

„Aber wir haben kein Halsband mehr“, lallte Stolwerk, und schloss an: „Wobei Knarr ja das da will ... wart ...“ Er fuhr in seinen Hosentaschen herum, zuerst vorne, dann hinten, dann suchte er die Couch ab, gefolgt vom Boden, auf allen vieren, selbst dort schien er Probleme zu haben, sein Gleichgewicht zu halten.

„Fuck, ey!“, rief Lizah, ohne es wissen zu können auch völlig zu Recht: Der USB-Stick war fort! Dann versuchte die Kleine, auf das schwankende Stolwerk-Pony zu klettern.

„Gestern war er noch da“, wusste dieser.

„Dann hat Luna ihn jetzt“, folgerte Valerie. Und still fügte sie hinzu: *Und will damit zu Knarr!* Sie schaute aufs Display, um die Uhrzeit der SMS zu checken: 06:17 Uhr. Gut zwei Stunden her. Schwer zu sagen, wann Luna die Nachricht entdeckt hatte, aber ihr Vorsprung war sicherlich groß.

„Wir müssen sofort zu ihnen!“, beschloss Valerie.

„Schon unterwegs, Captain!“, meinte Stolwerk, salutierte und drehte sich am Stand zu Marinov. „Boris, kann ich ... ein Auto haben? Unsres ist ... geht nicht ... kaputt. Alles Löcher! Hahaha ...“

„Wissen holen Hilfe! KGB!“, machte der Oligarch einen promillegerechten Gegenvorschlag.

Stille.

Marinov musste bemerkt haben, wie lächerlich sich das selbst für einen Betrunkenen anhören musste, doch gleich schloss er an: „Fliegen Helikopter? Keine Pilot. Aber ICH können! ... *Njeeet?* ... *Da, daaa,* Auto ... kommen, kommen!“

„Ich fahre!“, sagte Valerie entschlossen und bemühte sich, mit ihnen Schritt zu halten, so wie Sandro, der ihr die Hand in den Rücken legte.

„Valerie, das ... geht nicht. Wir machen ... das. Bleib hier.“

Was er sagte, war so nachvollziehbar wie überflüssig – und unmöglich, denn die beiden konnten kaum fahren, stanken wie eine, nein, wie zwei Schnapsfabriken. Sie drehte sich zu ihm. „Sandro, DU bleibst hier und ... passt auf.“

„Auf wen?“

Gute Frage. „Auf ... Jackpot ... und Marinov, dass er uns nicht noch die Russen holt.“ Sandro musste hierbleiben – er hatte keinerlei Ausbildung oder Einsatzerfahrung und war schon viel zu tief in diese Sache hineingeraten.

„Aber ...“

„Keine Chance.“ Sie durchstieß seine Alkoholfahne und gab ihm einen schnellen Kuss, wobei sie die Luft anhielt. „Wir sehen uns später.“

Er blickte zu Boden. „Kalt draußen“, meinte er, ein Hinweis, dass sie außer Slip, T-Shirt und Hüftverband nicht viel, also quasi nichts anhatte. „Ich ... hol deine Sachen“, bot er an, wankte Richtung Gästezimmer los, bog dann eilig zum WC ab, riss die Tür auf und stolperte hinein, gefolgt von Geräuschen, die besser unbeschrieben bleiben. Valerie verdrehte die Augen zur Decke und holte ihr Zeug eben selber.

Bald darauf saßen sie und Stolwerk hinter dem Steuer eines fabrikneuen Bentley Continental GT. Valerie, die ihre Jeans aufgrund der Hüftschwellung nicht ganz schließen hatte können, spielte auf dem Lederlenkrad Klavier und dachte an die Momente zurück, in denen es ihr wie das Größte vorgekommen war, einmal ein solches Luxusgeschoss bewegen zu dürfen. Völlig unwichtig jetzt. Sie mussten los! Doch das Tor des Marinov'schen Anwesens öffnete sich in Zeitlupe.

Sie schaute zu Stolwerk hinüber, der die Faustfeuerwaffen, ohne die Marinov sie nicht hatte fahren lassen wollen, im Handschuhfach verstaute. *Wie in alten Zeiten*, dachte sie an frühere Einsätze am LKA Wien zurück. Sie beide, das beste Team, das es dort jemals gegeben hatte – sie am Steuer, er der unerschrockene Beifahrer – und so, wie er sie gerade ansah, wirkte es fast, als hätte er gerade dasselbe gedacht.

„Alllles okidoki, Fffeilchen?"

Nein, er dachte definitiv an etwas völlig anderes. Sie sagte nichts, sah ihn an, er nickte schief.

Endlich winkte Marinov sie hinaus. Mit einem sanften Druck aufs Gaspedal machte der Bentley seine ersten Meter. Lautlos beinahe. Ums Eck in die schmale Zufahrtsstraße, vorne nochmal links und dann die Höhenstraße hinunter ... doch so weit kamen sie gar nicht, denn unvermittelt kam ein Auto aus einer Hauseinfahrt herausgeschossen und blockierte ihnen den Weg. Valerie wollte hupen, da sprangen zwei Personen heraus, und bevor sie sie erkennen konnte, war es auch schon zu spät.

Er war ja so erleichtert. Mehr Glück als Verstand hatte er gehabt mit dieser Wischerei. Eigentlich hatte er schon mit einer Rückkehr der Folterschmerzen gerechnet, nur noch irgendwelche Verrenkungen vollzogen und zu weinen begonnen, weil er es nicht mal hinkriegte, sein eigenes Handy zu entsperren, und dafür leiden sollte. Mit zusammengekniffenen Augen hatte er sich seinem Schicksal ergeben.

Aber dann war alles anders gekommen. „Na geht doch, Schmatz!“, hatte Knarr gesagt und auf seinem Smartphone herumgefingert.

Er hatte es geschafft! Wie auch immer! Keine Qualen mehr, zumindest nicht im Moment.

Aber an die Stelle der Erleichterung war sogleich die dunkle Vorahnung getreten, welche Möglichkeiten er Knarr gerade in die Hand gegeben hatte, eine Befürchtung, die sich sofort bestätigte, denn Knarr las in dem Gerät wie in einem offenen Buch.

„Na sieh mal einer an, wen wir da haben“, hatte diese fiese Hackfresse gerufen und ihm Valeries Kontaktseite gezeigt. „Frau Mauser, so so. Mit der telefonierst du ja besonders gern. Das ist doch die auf dem Pferd gewesen, oder?“ Da Schmatz sich verbot, irgendeine Reaktion zu zeigen, hielt Knarr einem seiner Männer das Gerät hin, der eifrig nickte. Dann meinte die Hackfresse: „Die kurzen Haare stehen ihr besser als diese Discofrisur da, aber zweifellos, das ist sie ... ein Feger ... sicher ein richtiges Luder ... irgendwie erinnert sie mich an jemanden. Und hier, schau, der Dicke, Manfred Stolwerk heißt der! Wie ein Bauer sieht der aber nicht aus. Ihr haltet euch wohl für oberschlau, was?“ Dann war Knarr vor ihn getreten und hatte schon zu einem erneuten Schlag ausgeholt, plötzlich aber innegehalten und die Luft ausgeblasen. „Also gut, Schmatz. Dann werden wir deine liebe Frau Mauser mal rufen.“

***

Geyers Passat blockierte den Weg. Keine Chance für Valerie, in der engen Privatstraße schnell genug zurückzustoßen. Kein Entkommen. Prammer stürmte mit angelegter Waffe zur Fahrerseite, riss die Tür auf und zerrte sie heraus, drehte sie um und drückte ihren Kopf gegen die Dachkante. Valerie sah, wie Stolwerk von Geyer auf der anderen Fahrzeugseite ähnlich unsanft behandelt wurde, aufgrund seiner Körperfülle aber aktiv mithelfen musste. Ihre Blicke trafen sich, und wieder brauchten sie keine Worte, um sich zu verständigen: Ihr Spiel war aus. Prammers Hände, die ihren Körper abtasteten, viel grober, als es nötig gewesen wäre.

„Aua, verdammt!", schrie Valerie erstickt und verlor ihre Körperspannung, nachdem ihre Mitarbeiterin ihr – Absicht oder nicht – auf die genähte Stelle geschlagen hatte. Neun von zehn. Sie konnte nicht mehr stehen, doch Prammer hielt sie so fest gegen den Wagen gedrückt, dass sie nur langsam hinunterrutschte.

„Los, bleiben Sie ste... hochkommen, Mauser! Lassen Sie den Blödsinn!"

„Sind Sie völlig wahnsinnig geworden, Prammer?!", schrie Valerie und krümmte sich am Boden.

„Halt den Mund!", bellte diese ihre suspendierte Chefin an. „Hoch jetzt!"

„Hey!", kam von Stolwerk, „sie ist verllletzt, du bllöde Kuuuh!"

Kurz, aber nur ganz kurz, lachte Valerie in sich hinein, denn gleich darauf konnten sie und Stolwerk sich erneut in die Augen sehen, auf ihren Bäuchen liegend unterm Bentley hindurch, mit angelegten Handschellen und Knien im Rücken.

Prammer fauchte: „Wo ist Frau Brennsteiner? Und der andere Mann, den Sie gefangen halten? Raus mit der Sprache, Mauser!"

„Ich ... uff ... bekomme keine Luft!“

„Muss ich hoffentlich nicht grob werden?“ Plötzlich spürte Valerie das ganze Gewicht der Frau auf einem Punkt mittig der Wirbelsäule. Sie glaubte das alles nicht! Ihr blieb die Luft weg, auch aus Entsetzen über diese Methoden. Sie musste ... jetzt sofort ...

„Ich hab’s ja immer schon gewusst, Mauser. Man braucht Sie ja nur anschauen und weiß Bescheid. Sie werden schon noch reden, das versprech ich Ihnen!“ Dann klärte Prammer sie und Stolwerk über deren Verhaftung auf, Ammenmärchen pur, völlig sinnlos, etwas zu entgegnen.

„Schau, Beate“, sprach Geyer, der inzwischen im Auto herumgekramt hatte. Valerie versuchte, den Kopf zu heben, aber sie hätte ohnehin nicht zu ihm hinübergesehen.

„Wow! Na wie Dienstpistolen sehen die aber nicht aus! Da ...“

„Sie verstehen das nicht!“, fiel Valerie ihr ins Wort. „Gefahr im Verzug! Wir müssen sofort nach ...“

„Gar nichts musst du mehr!“, schrie Prammer, direkt in ihre imaginäre Personalakte hinein.

Hochkant würde sie sie rauswerfen, wenn sich jemals wieder die Gelegenheit ergab – aber das war gerade nicht annähernd so wichtig wie Luna und Schmatz. Sie nahm sich zusammen und holte neue Luft, um an die Vernunft dieser offensichtlich Übergeschnappten zu appellieren. „Frau Prammer, Milan Knarr hat Schmatz und Luna und will ...“

„Erzähl deine Blödheiten sonst wem!“

Adrenalin strömte bis in die Fingerspitzen, von Geyer kam ein wenig konsequentes „Hey!“

Aber so was von hochkant, dachte Valerie, dann hörte sie ihn telefonieren. „Ja, Doktor Berger, wir haben sie ...

bei Marinov, ja. Nein, Frau Brennsteiner war nicht dabei ... aber ... gibt's denn schon einen Durchsuchungsbefehl? ... verstehe ... ins LKA? ... Warum ... jawohl, Herr Oberst."

Gleich nachdem das Gespräch beendet war, bogen mehrere Wägen von der Höhenstraße ab und hielten vor ihnen. Fahrzeugtüren flogen auf und zu.

Geyer stieß im Befehlston aus: „Beate, du bringst die beiden ins LKA und befragst sie gleich. Junger Mann, Sie fahren. Sie und Sie kommen mit ... wer hat den Durchsuchungsbefehl? Sie? Ach, servus, Erich. Zeig her ... also dann, los geht's!"

Uniformierte Polizisten trabten an ihr vorbei und weiter zu Marinovs Anwesen. Dann wurde Valerie von zwei anderen Kollegen unter den Armen gepackt, zu einem Polizeiauto geschliffen und unsanft auf die Rückbank bugsiert, die Hände immer noch hinterm Rücken gefesselt, wie man es sonst nur mit Schwerverbrechern machte ... Dauerschmerzen: sieben von zehn. Laut atmen half. Dann kam auch Stolwerk, für ihn brauchte es gleich drei, und die hatten Mühe.

„Fuck, ey!", übernahm ihr Mitverhafteter das neue Mode-Schimpfwort, als sie wieder nebeneinandersaßen, anderes Fahrzeug, eine Reihe weiter hinten.

Valerie schlug vor: „Sie haben ... eine neue Handypeilung gemacht, hm?"

„Wahrscheinlich, Veilchen", gluckste er.

„Und jetzt?"

Stolwerks Schulterzucken war genauso ernüchternd wie Prammers süffisanter Blick, nachdem diese mit einem gebellten „Losfahren!" auf dem Beifahrersitz Platz genommen hatte.

***

L-U-N-A! Luna! Sie war ja so wild, so schön, so ... ungeschickt! Er hatte sie vor allen anderen entdeckt. Wie sie es lautlos in die Halle geschafft hatte, war ihm ein Rätsel gewesen, aber da war sie gestanden, auf einem der Betonmischfahrzeuge, zwischen Trommel und Fahrerhaus, sodass nur er sie aus diesem Winkel hatte sehen können. Sie hatte ihm zugezwinkert und „Pst!" gemacht, also nicht laut, sondern mit dem Finger, und am liebsten hätte er ihr ein Bussi zuwerfen wollen, aber Spezialagenten mussten mit der Mimik aufpassen. Dann war sie zurückgeschlichen und heruntergestiegen und nicht mehr zu sehen gewesen, und dann – hier kommen wir zum *ungeschickt* – hatte sie ein Metallteil umgestoßen, eine Stange vielleicht, die jetzt auf den Boden fiel und schepperte und schepperte und schepperte. Wie eine Münze, die nicht einfach nur auf den Boden fallen konnte, sondern einen geräuschvollen Ringeltanz vollziehen musste, oder wie *Peter Sellers* im *Partyschreck*, der an einer WC-Rolle zog und dann tatenlos zusah, wie sich der ganze Rest abwickelte und auftürmte ... na ja. Jedenfalls hätte alles Husten nichts genützt, so lange dauerte diese Schepperei. Knarr war ziemlich aufgeschreckt und schickte gleich jemanden nach hinten, um nachzusehen, aber Luna blieb und blieb verschwunden, weil *so* ungeschickt war sie nun auch wieder nicht.

„So, jetzt ist es zehn", sagte er nach einem Blick auf die Armbanduhr. „Zwei Stunden noch. Mal sehen, ob Frau Mauser jetzt auf dich steht oder nicht."

Das hoffte Schmatz zwar nicht unbedingt, obwohl sie schon auch ein *Feger* war und er jede Hilfe nötig hatte, aber erstens war Liebe zur Chefin immer problematisch und zweitens ging einfach nichts über Luna! Was sie wohl gerade tat?

„Tomasz, was gefunden?“, rief Knarr nach hinten. Keine Antwort. „Hey, Tomasz, schläfst du?“

Nichts.

„Michal, schau nach!“ Als Michal lockeren Schritts losging, warf ihm Knarr in den Rücken: „Hey, Waffe raus, du Esel! Und aufpassen!“

Schmatz hätte die Geschichte mit den zehn kleinen … hmm … wie sagte man zu denen jetzt, jedenfalls vom Prinzip her hätte es ihm schon gut reingepasst: Einer nach dem anderen nach hinten, *zackbumm*, da waren’s nur noch … Knarr, und auch der nach hinten … und heraus kam: Luna! Und sie lebten glücklich bis ans Ende ihrer … kam aber nicht, stattdessen rief Michal aufgeregt nach seinem Chef, der mit dem Wort „Vollidioten“ loswetzte.

So saß er alleine und horchte angestrengt, vernahm ein ersticktes „Verflucht!“ von Knarr, dann das Durchladen einer Waffe, *ritschratsch*, dann leises Trippeln hinter ihm wie von nackten Füßen auf dem Hallenboden und dazu dieser Geruch – so betörend, wie es ihn nur einmal auf der Welt geben konnte! L-U-N-A! Er spürte ihre Rastalocken an seinem Hinterkopf und Rücken. Gänsehaut, er wollte etwas sagen, wusste nicht was, fühlte, wie sie eilig versuchte, den Kabelbinder zu durchtrennen, er wollte mithelfen, hörte, wie sie aufgeregt durch die Nase atmete. L-U-N-A! Animalisches Verlangen erfasste ihn, er würde über sie herfallen, sobald …

„Na sieh mal einer an, wen wir da haben!“

„So wie es aussieht, wird im Ermittlungsbereich 01 kein Stein mehr auf dem anderen bleiben“, eröffnete Beate Prammer die Vernehmung am LKA, wo sie ihre Gefangenen in Handschellen das Treppenhaus hinunter in den Vernehmungsraum eins geführt hatte. Lange hielt Valerie das nicht mehr durch. So, wie die Wunde an ihrem Becken schmerzte, hatte sie sicher wieder zu bluten begonnen. Aber sie musste die Zähne zusammenbeißen. Für Luna.

„Können Sie ... die Handschellen? Ich möchte mir das Gesicht ... wischen", hechelte Stolwerk.

„Können, aber nicht wollen", antwortete Prammer. Kalt war es hier drin, Valerie fröstelte, auch aufgrund des eisigen zwischenmenschlichen Klimas. Stolwerk schien zu heiß zu haben, wegen des Alkohols vielleicht? Von ihm konnte sie jedenfalls keine empathischen Großtaten erwarten, was die Sache verkomplizierte.

Beate Prammer war ihr schon ein paarmal negativ aufgefallen, sie kleidete sich aufreizender als nötig, die Hormone standen ihrem Urteilsvermögen im Weg und immer wieder unterliefen ihr Fehler, was sie selbst am wenigsten zu stören schien. Ihre Berichte lasen sich wie eine Mischung aus Schulmädchen-Tagebuch und Klatschpresse. Valerie hatte in den paar Monaten, in denen sie ihre Bereichsleiterin war, klärende Gespräche vor sich hergeschoben, was sich jetzt rächte. Sie war eine lausige Führungskraft. *Gewesen*, fügte sie ihrem Gedanken hinzu. Aber darüber zu lamentieren, brachte Luna und Schmatz jetzt auch nichts.

„Wie lautet der Tatbestand, der mir ... vorgeworfen wird?", kam sie gleich auf den Punkt. Sie atmete gegen die Schmerzen an, ihr Pulsschlag wurde schneller.

Prammer klappte die Akte auf. „Pff ...", machte sie, als hätte sie das Gewicht des Aktendeckels über Gebühr angestrengt, und schüttelte den Kopf. „Frau Mauser, ich bin so enttäuscht von Ihnen. Wollen Sie dieses unwürdige Spiel nicht beenden? Muss ich Ihnen jetzt wirklich vorlesen, was Ihnen vorgeworfen wird? Ich habe Ihnen doch bei der Verhaftung schon alles gesagt. Ich ... ich habe einen anderen Vorschlag. Wir machen es kurz. Sie gestehen alles und fertig. Gut?“

Valerie schaffte es gerade so, ihre Stirn zu runzeln. Stolwerk blieb still, zum Glück.

„Nein? ... Na, Sie wollen. Dann ...“

„Sie sind ja übergeschnappt!“, platzte Valerie heraus, das Adrenalin gab ihr neuen Schwung: „Wir haben doch niemanden *entführt*! Im Gegenteil! Wie kommen Sie nur auf ... so einen Blödsinn? *Wen* sollen wir denn bitte entführt haben? Wo ... wo sind Ihre Beweise? ... Hä?“

„Ach, Sie wollen *Beweise*!“, säuselte Prammer, „na, das war noch immer das beste Schuldeingeständnis, wenn Verbrecher einem mit Beweisen kommen, nicht? Ich war’s, aber beweisen Sie’s doch, haha!“

Valerie wäre danach zumute gewesen, aufzuspringen und Prammer mit dem Kopf voraus einen Rammstoß zu versetzen, am besten voll auf ihre sicherlich schönheitsoperierte Nase. Was ihre Mitarbeiterin da abzog, war an Dreistigkeit nicht zu überbieten. Trotzdem – und nur für Schmatz und Luna – durfte sie jetzt nicht die Fassung verlieren.

„Ich kann das bezeugen“, nuschelte Stolwerk. „Hören Sie ... wir muss... müssen schnell ...“

„Oh wie schön, Herr ... Stolwerk“, unterbrach ihn Prammer nach einem kurzen Blick auf ein Blatt Papier. „*Sie müssen schnell*! Gar nichts müssen Sie! Alles, was Sie sagen, sind Schutzbehauptungen! *Bezeugen*, ha! Ein Verbrecher deckt hier den anderen, das ist doch offensichtlich. Eine Drogenbande seid ihr, jawohl! Schauen Sie sich nur an. Und wenn Sie sich riechen könnten! ICH habe jedenfalls genug gesehen.“ Prammer hob das

Telefon ab und tippte eine Kurzwahl ein, Valerie kannte sie nur zu gut, wusste natürlich, dass der *alte Berger* auch sonntags im LKA zu weilen pflegte.

„Ja, Herr Oberst, Prammer hier. Die Vernehmung ist erfolgt, Frau Mauser verweigert jede Aussage ... schockierend, sage ich Ihnen ... Alkohol und Droooogen ... ja, gut, äh ... ich verstehe ... nein, habe ich nicht. Nein ... nein. Ja?“ Prammers Mundwinkel gingen nach oben – schlechtes Zeichen. „Ja, gut. Das mache ich. Vielen Dank, Herr Oberst.“

Oh, vielen Dank, Herr Oberst, ja darf ich Ihnen bitte noch den Hintern küssen, Herr Oberst?, reimte die böse Souffleuse hinzu, bevor Valerie einen letzten, verzweifelten Anlauf unternahm, diese Frau zur Räson zu bringen: „Beate, ich appelliere an Ihre Vernunft. Wir sind doch immer vernünftig miteinander umgegangen. Ich habe keinen blassen Schimmer, was ...“

„Ja, *das* weiß ich schon lange, dass *Sie* keinen blassen Schimmer haben!“, schrie diese sie nieder. „Los, aufstehen, alle beide, ich habe die strikte Anweisung von Oberst Berger, Sie jetzt gleich ins Gefangenenhaus zu bringen. Und machen Sie sich bloß keine Hoffnungen, morgen gibt’s U-Haft, das ist sicher. Sie werden schon noch reden! Los, aufstehen! Oder muss ich Ihnen erst Beine machen?“

Der Polizist, der sie vorhin gefahren hatte, hatte in der Zwischenzeit vorm Vernehmungszimmer gewartet und trat jetzt ein. Er half ihr auf die Beine, womit die Schmerzen wieder erträglicher wurden.

„Ziegelstadel“, fauchte Prammer beim Hochgehen, der Mann nickte nur.

Valerie überlegte, ob es Sinn machen könnte, sich auf ihre Verletzung zu berufen. Vielleicht könnte sie Prammer und dem jungen Streifenpolizisten entkommen, wenn sie im Krankenhaus ... *nein*. So, wie diese Frau drauf war, hätte sie sie bei einem Fluchtversuch noch erschossen. Außerdem hätten sie damit unnötig Zeit verschwendet. Nur eines war wichtig: Luna und Schmatz zu helfen. Schnell. Aber wie, und wem ließ sich überhaupt noch Vernunft einimpfen?

Am Vorplatz trafen sie mit Nikolaus Geyer zusammen, der soeben von Marinov zurückgekehrt war.

„Beate!"

„Ah, Niki!"

„Wo bringst du sie hin?"

„Ziegelstadel. Auf Anweisung von Oberst Berger."

„Jetzt schon?"

„Die beiden verweigern die Aussage."

„Das stimmt doch überhaupt nicht!", fiel Valerie ihr ins Wort, „Sie lassen mich doch nicht zu Wort kommen! Wir müssen schnell ..."

„Mund halten!", fauchte Prammer.

Aber Valerie ließ sich nicht mehr bremsen. „Herr Geyer, hören Sie zu, Notfall! Wir müssen sofort ..."

„Sie hätten vorhin reden können!"

„Jetzt halten Sie mal den Mund! Geyer, ich ..."

„Widerstand gegen die Staatsgewalt!", brüllte Prammer wie von Sinnen und herrschte den uniformierten Kollegen an: „Los, abführen!"

Gleich darauf wurde Valerie gepackt und zum Polizeiwagen geschoben. Stolwerk folgte freiwillig, ein riesiger, besoffener, treuherziger Teddybär ... warum hatte sie ihn eigentlich mitgenommen? Sie wollte schreien wie ein Demonstrant, Parolen rufen, sich widersetzen und am liebsten Autos anzünden, doch da wurde alles schwummrig und das Bild ruckelte wieder, sie musste stehen bleiben und die Hände auf ihren Oberschenkeln abstützen.

Hinter sich hörte sie Prammer sprechen. „Niki, die reden einen Blödsinn daher, dass ist ja wirklich unfassbar. Wir fahren sie erst mal in die Haftanstalt, da können sie in Ruhe nachdenken. Also dann!“

Nach ein paar hochhackigen Schritten auf den Streifenwagen zu wurde sie von Geyer gestoppt: „Beate, *ich* bring sie raus. Meld dich, wenn sich was Neues tut.“

Sie drückten Luna an einen Betonmischer und tasteten sie von oben bis unten ab, so gründlich, dass Schmatz fürchterlich wütend wurde. Niemand hatte an seiner Traumfrau herumzufummeln! Er rang nach Worten, aber alles war so schnell gegangen und dann auch schon vorbei gewesen.

„Nichts, Boss“, sagte einer, dann holte der andere einen Stuhl und gleich darauf saßen sie sich gefesselt gegenüber, L-U-N-A und er, er und L-U-N-A! Er musste grinsen, völlig unpassend, sie grinste zurück, und obwohl es total falsch war, war es gleichzeitig auch verwegen und cool.

Knarr trat zu ihnen und sprach. „Ja, wie das Leben so spielt, Luna. Man trifft sich immer zweimal, oder? Mindestens. Blöd gelaufen. Was musstest du auch unbedingt meinen Hund mitnehmen.“

„Der ist freiwillig mitgekommen! Hauptsache, weit weg von dir, wie alle, scheiße Mann!“, rief sie und riss demonstrativ an ihren Fesseln, rümpfte Knarr die gepiercte Nase entgegen. Seine kleine Tigerin. An ihrem Hals trat eine Ader hervor. Eine wahnsinnig attraktive Ader.

„Also, hast du das Halsband?“

Jetzt geht das wieder los, dachte Schmatz.

„Wofür zum Teufel brauchst du das?“

„Ein Familienerbstück.“

„Ach?"

„Ach."

„Im Ernst?"

„Im Ernst."

Schmatz' Augen flogen hin und her wie bei einem Tennisturnier, dann blieb sein Blick auf Luna kleben, sie sah zu ihm, sie sahen sich an – und Knarr kannte sich aus.

„Nein! Erleben wir hier tatsächlich die Wiedervereinigung eines Liebespaars? Kompliment, mein lieber Schmatz, das hätte ich dir gar nicht zugetraut! Och, wie romantisch!" Mit gespielter Verzückung riss er beide Fäuste an die linke Wange.

„Sicher nicht, was soll ich denn mit so einem Spasti?", rief Luna und rammte Schmatz damit einen Laternenmast ins Herz, aber zum Glück ging ihm gerade noch rechtzeitig ein Licht auf, denn *natürlich* waren sie ein Liebespaar, aber genauso *natürlich* durften sie Knarr das nicht wissen lassen, weil: erpressbar. Schmatz senkte seinen Blick. Ihre nackten, schmutzigen Füße machten ihn irgendwie an ...

„Na dann macht's dir auch nichts aus, zu sehen, wie ich ihm seinen Schniepel abschneide."

Wie? Was? Wo?

Sie zuckte mit den Schultern, wandte ihren Kopf nicht ab, gelangweilter Ausdruck. Jetzt wurde er schon ein bisschen sauer. Man konnte es mit dem Schauspielen auch übertreiben! Denn was folgte, war nur logisch: Knarr hatte plötzlich ein Springmesser in der Hand und drückte die Spitze voll auf sein bestes Stück.

„Luna, wo ist das Halsband?", fragte er ganz ruhig und sanft, so völlig unpassend, wie alles an ihm.

***

Gnädigerweise ließ Geyer sie die Handschellen vor dem Körper tragen – ganz darauf zu verzichten, kam aber nicht in Frage. Wieder im Sitzen, waren auch die Schmerzen wieder da, Atem und Herzschlag rasten. Aber sie musste durchhalten. Noch ehe sie losfuhren, fing Valerie an zu reden. „Herr Geyer, was ist mit ... diesen Anschuldigungen? Woher kommen die?"

Er blieb still, sah in den Innenspiegel, als sie den LKA-Parkplatz verließen, ihre Blicke trafen sich darin, er rieb sich die Stirn, sie hielten bei Rot. Ausgeprägte Augenringe und die fehlende Rasur deuteten darauf hin, dass er kaum geschlafen hatte.

„Herr Geyer? Wer verbreitet diese ... Lügengeschichten?", fragte sie nach vorne.

„Frau Mauser, das sind keine Geschichten. Wir haben glaubwürdige Hinweise erhalten."

„Aber wie? Von wem?"

„Das muss ich Ihnen nicht sagen", antwortete er halb gähnend.

Derselbe Mist. Dabei hatte sie Hoffnung geschöpft, als er Prammer auf dem Parkplatz aus dem Spiel genommen hatte. Geyer war doch ein vernünftiger Mensch! Seitenblick zu Stolwerk ... schlief er jetzt etwa ein? Die Augen schon geschlossen, der Kopf driftete ab ... sie wartete, bis Geyer abgelenkt war, und boxte kräftig in die Seite der Wodkaleiche, womit diese wieder auf Empfang ging, wie zur Bestätigung einmal laut schmatzte.

„Wen sollen wir denn bitte ... entführt haben? ... Sie haben Marinov und Herrn Weiler befragt ... also?"

„Wir wissen jetzt auch, dass Sie in Natters untergetaucht sind und den Schmatzerhof angezündet haben."

„Das ist doch ... Blödsinn! Das waren die, die hinter Luna her sind! ... Milan Knarr und seine Leute ... Ostmafia. Prüfen Sie's nach! ... Knarr, Milan Knarr! ...

Die haben Schmatz, und Luna versucht gerade, ihn da rauszuholen! Wir müssen sofort nach Kematen, das ist ein Notfall, Herr Geyer!“ Hastig holte sie Luft, fast wäre ihr schwarz vor Augen geworden, leichte Übelkeit, kalter Schweiß. Aber sie durfte es ihm nicht zeigen, denn im Krankenhaus nützte sie niemandem etwas. *Zusammenreißen!* Klar, dass Geyer mit zwei völlig konträren Realitäten konfrontiert sein musste, die sich beide höchst unglaubwürdig anhörten ... „Geyer, ich weiß, das klingt alles ... ziemlich abenteuerlich ...“

Er lachte bitter und schüttelte den Kopf, als sie beim Veranstaltungszentrum *Hafen* erneut auf Grün warten mussten. Wieder trafen sich ihre Blicke im Spiegel.

„Herr Geyer“, setzte Stolwerk völlig unerwartet an, „Herr ... Geyer? Hallooo?“

„Was?“, grummelte dieser. Jetzt waren sie schon auf der Völser Straße, nur noch wenige hundert Meter bis zum Gefangenenhaus.

„Falsches Spiel mmmit ... na?“

Der LKA-Beamte sagte nichts und schaltete einen Gang hoch.

Valerie übernahm wieder. „Wir werden hier absichtlich sabotiert ... merken Sie das denn nicht? ... Etwas ist gewaltig faul. Das ist ... eine ...“

„Eine Verschwörung?“, ergänzte Geyer. „Ach kommen Sie, das gibt’s doch nur im Film! Lächerlich. Die wahrscheinlichste Erklärung ist meistens die richtige. Es gibt Beweise und damit soll das Gericht entscheiden, was weiter mit euch passiert.“

Nur noch zweihundert Meter. „Herr Geyer, Sie waren doch immer loyal ... bitte glauben Sie mir nur noch dieses eine Mal, ja? ... Schmatz und Luna sind ... in Lebensgefahr. *Kematen Beton.* Wir dürfen keine ... keine Zeit mehr verlieren!“

Geyer blinkte bereits. „Oberst Berger hat die Überstellung angewiesen", sagte er nüchtern. „Und Sie wissen ja, was der *alte Berger* anordnet ..."

Ein Geistesblitz. „Herr Geyer, geben Sie mir mein Handy ... ich gebe Ihnen den Grund, sich dieser Anweisung zu widersetzen."

Geyer bog ein. Vor ihnen öffnete sich das schwere Einfahrtstor des Ziegelstadels.

Schmatz zitterte am ganzen Körper. Luna blieb völlig ruhig, obwohl Knarr drauf und dran war, ihn zum Ochsen zu machen! Langsam war er sich mit der großen Liebe gar nicht mehr sicher. Er wollte nichts anderes für sie empfinden als pure Zuneigung, aber ihr Verhalten verunsicherte ihn. Lag ihr denn gar nichts am kleinen Schmatz, seiner süßen L-U-N...

A?

„Du willst das Halsband? Dann sag mir, warum du Sophia erschossen hast", sprach sie mit einer Grabesstimme, die ihm wie von einer anderen Person vorkam.

„Sophia ...?"

„Sophia Brennsteiner. Alias Stefanie Wend."

Knarr ließ von ihm ab und ging ein paar Schritte. Schmatz konnte in seinem Gesicht – Entschuldigung: seiner Hackfresse – ablesen, wie es im Oberstübchen ratterte, so, als hätte Luna ihm gerade einen Virus auf die Festplatte gespielt.

„Sophia, ja ... was ... was hast DU denn mit ihr zu tun?"

„Warum hast du sie umgebracht?"

„Was ... interessiert dich das überhaupt?"

„Knarr, mir ist völlig egal, was du mit mir ... oder mit dem Schwachmat da machst", sprach sie tief und gelassen, als hätte sie eine Großpackung Valium verschluckt. Jetzt bekam Schmatz erstens Angst vor ihr und zweitens konnte sie sich diese Beleidigungen jetzt bald ... aber so was von!

„Wenn du dein verficktes Halsband haben willst, dann will ich Antworten. Wenn nicht, dann nicht. Ich habe nichts mehr zu verlieren. Und du?"

Der Bösewicht sah zu seinen Männern – Tomasz hielt sich nach wie vor ein Taschentuch unter die Nase, und Michal sah belämmert drein wie immer, wie dieser affige italienische Schauspieler, dessen Name irgendwie so ähnlich klang wie Speiseeis. Ziemlich dämlich eben. Von den beiden war sichtlich kein Rat zu erwarten, also wandte er sich wieder Luna zu. „Na schön. Weißt du", fing er an, langsam und bedächtig, „ich kann es nicht dulden, dass da draußen so eine Schlampe herumläuft und schlimme Dinge über mich erzählt."

„Schlimme Dinge wie die Wahrheit?"

„Pff ... die Wahrheit. Was weiß eine Diebin wie du schon von der Wahrheit?"

„Was hat Sophia denn erzählt?"

„Ach, müssen wir jetzt wirklich darauf herumkauen?"

„Wenn du dein Halsband willst, ja." Luna senkte ihren Kopf ein kleines Stück und starrte ihn an.

„Na von mir aus. Diese Hure hat vor Gericht behauptet, ich hätte jemanden umgelegt."

„Am Attersee. Am Steg vor deiner Scheißvilla!", platzte Luna heraus.

Kurz schien er überrascht. „Ja", sagte Knarr. Er ging ganz nah zu ihr, quetschte ihr Gesicht mit seiner linken Hand, sodass sie eine Schnute ziehen musste, und flüsterte: „Und du verstehst doch sicher, dass ich niemanden am Leben lassen kann, der das gesehen hat."

„Du verdammtes Schwein!“ Da war sie wieder, die Luna, die er kannte. Ihr Knie fuhr nach oben und erwischte Knarr am *Solarplexus*, das war fast so gut wie die Familienjuwelen, aber nur fast. Knarr ging zu Boden, rang nach Luft, Michal eilte herbei und half ihm. Tomasz warf sein Taschentuch weg, trat vor Luna und gab dieser eine schallende Ohrfeige.

Schmatz sah rot. Samt Stuhl stand er auf, sprang hoch und ließ sich mit lautem Gebrüll rückwärts auf Knarr und seinen Helfer fallen, wie beim *Wrestling*, nur in echt. Der Stuhl zerbrach und gab ihn frei, dumm nur, dass seine Hände immer noch mit Kabelbinder hinterm Rücken gefesselt waren. Unter ihm stöhnte jemand auf. Schmatz versuchte aufzustehen und schaffte es auch ... fast, plumpste wieder nach hinten, zurück auf die beiden Männer. Er hörte, wie Luna und Tomasz ebenfalls kämpften, konnte aber nicht sehen, wie es bei ihnen stand. Schmatz rollte herum, bekam mit der rechten Hand zufällig ein Stuhlbein zu fassen, aber was sollte er damit machen, außer damit hinter sich her zu wedeln wie ein Hund mit seinem Schwanz? Hinterrücks schlug es sich schlecht. Trotzdem versuchte er es, Knarr und Michal waren immer noch am Boden, und obwohl sie sich bewegten, schafften sie es genauso wenig auf die Beine wie er selbst. Jetzt endlich sah er zu Luna, auch diese hatte sich vom Stuhl befreien können, doch Tomasz hatte sie von hinten fixiert! Ihr Gesicht blutete heftig und der Nasenring fehlte – das Schwein hatte ihn ihr mit Gewalt herausgerissen! Gleich darauf stieß er sie mit dem Bauch voraus auf den Boden. Viel zu schnell breitete sich eine dunkle Lache unter ihr aus.

***

Sie hatte Geyers harte Schale nicht durchbrochen, aber immerhin angeknackst, weniger mit ihren Aussagen als dem Hinweis auf ihr Handy. Also hatte er auf dem Innenhof in ihren persönlichen Sachen gekramt, die man ihnen bei der Verhaftung abgenommen hatte.

„Da ...das ist meines“, hatte Stolwerk gesagt und gekichert, als Geyer sein Gerät in die Höhe hielt.

„Machen Sie keinen Blödsinn!“, hatte er gefordert und Valerie das andere Smartphone in die gefesselten Hände gegeben, mühevoll hatte sie es entsperrt, Schmatz’ SMS aufgerufen und ihm gezeigt: *Wir haben Schmatz. Kematen Beton. Bringen Sie das Halsband bis 12 Uhr oder er hat eine Kugel im Kopf.*

Während Geyer ein Loch in Valeries Smartphone gestarrt hatte, war die Borduhr von 11 Uhr 41 auf 11 Uhr 42 gesprungen. Sie hatte ihn zur Eile drängen, seinem Verstand auf die Sprünge helfen wollen ... aber was hätte sie noch sagen sollen? Stolwerk hatte zwar mit sich gerungen, war aber schon wieder am Wegdriften gewesen.

Geyers Diensthandy. „Ja, hallo ... ach? ... Interessant! ... Ja, wir sind im Ziegelstadel, aber ich werde noch was nachprüfen ... hör zu, schau mal, was du zu *Kematen Beton* findest ... Eigentümer, Mitarbeiter, was weiß ich ... vielleicht entdeckst du ein bekanntes Gesicht ... und alles über einen Milan ... Milan ...“

„Knarr!“, hatte Valerie nach vorne gegeben.

„Milan Knarr. Nein, jetzt gleich. Wenn du so gut wärst? ... Nein, erklär ich dir später ... schnell bitte, o.k.?“

„Mauser, Sie gehen mir auf die Nerven!“, hatte Geyer gesagt, als sich ihre Blicke beim Zurückstoßen trafen. Dann waren sie mit Blaulicht losgedüst und gleich darauf an einem Autohaus vorbeigerast, die Landesstraße entlang, rechts das Einkaufszentrum, durch ein Siedlungsgebiet und wieder hinaus auf die offene

Straße, Gärtnereibetriebe, Ackerflächen und Wiesen, rechts die Böschung der Bahn.

11 Uhr 46. Geyer drückte das Gaspedal durch.

„Was war ... interessant?“, fragte Valerie nach vorne.

„Wie?“

„Ihr Telefonat vorhin ... Prammer, richtig? Etwas hat ... Sie erstaunt.“

Er zog auf die linke Spur, um einen Bus zu überholen, vor ihnen blendete jemand zur Warnung auf, es ging sich locker aus.

„Krotlackner“, sagte er.

„Was ist mit ihm?“

„Hat sich gerade bei ihr gemeldet. Er möchte Sie beide selbst vernehmen, noch *heute*.“

„Da sehen Sie mal, was für ... fleißige Oberstaatsanwälte wir ... doch haben ... Allzeit bereit.“

„Ja.“ Geyers Lachfalten, nur einen Moment lang.

„Der hat sich ordentlich ... eingeschossen“, sagte Valerie, weniger als Information, als um draufzukommen, wie Geyer darüber dachte, aber er antwortete nicht. Auch eine Antwort. Sie bremsten stark ab, bogen im Zickzack von der Landesstraße in den Melachweg und beschleunigten wieder, schmal war diese Straße, mittendrin der Kleintransporter eines Paketausliefers, vom Fahrer nichts zu sehen und keine Chance, vorbeizukommen!

Geyer bremste scharf und hupte.

Schmerzen: acht von zehn.

Zeit: 11 Uhr 48.

Wie viel Blut war in einem Menschen? Vier, fünf Liter? Schmatz hatte zu schätzen versucht, wie viel sich wohl schon am Boden unter Luna ausgebreitet hatte. Er hatte noch nie jemanden so arg bluten gesehen. Tomasz musste ein riesiges Gefäß erwischt haben, oder gleich mehrere, als er ihr den Ring aus der Nasenscheidewand herausgerissen hatte. Er hatte ihr Gesicht in die Lache gedrückt, Luna hatte geröchelt und auszuspucken versucht, dann war Schmatz übel geworden und gleichzeitig war er so sauer gewesen, dass er blind drauflosschlagen hatte wollen, sie alle im Alleingang erledigen, Erste Hilfe leisten, den Notarzt holen, aber längst hatte Knarr die Oberhand gewonnen und ihn mit seinem Eisengriff herumdirigiert, wie er es brauchte.

Jetzt saßen sie sich gegenüber, Luna und er, auf anderen Stühlen zwar, aber noch immer gefesselt. Nach wie vor strömte Blut aus Lunas Nase, ihr Gesicht völlig verschmiert, auch der Hals, das Tank Top, ihre Hose ... aber niemanden schien es zu kümmern!

„Ihr Schweine!“, schrie Schmatz aus voller Kehle. Dann kamen ihm vor Verzweiflung die Tränen. „Jetzt helft ihr doch endlich! ... Bitte!“

Knarr keuchte und blutete am Hals, das weiße Hemd befleckt. Er sah auf die Uhr, dann zu Luna, dann erneut auf die Uhr, schien zu überlegen. Schließlich stellte er sich zwischen ihn und Luna, streckte ihm sein Hinterteil entgegen und fummelte an Luna herum. Schmatz konnte zuerst nicht sehen, was genau er machte, aber dann ging er einen Schritt zur Seite und Luna saß mit ausgestopfter Nase da, sah jetzt aus wie eine Mischung aus *Klingone* und *Ferengi,* sollten Sie *Star Trek* kennen. Die Taschentücher, die zuerst noch weiß aus den Nasenlöchern hervorleuchteten, färbten sich in Windeseile rot, und dann tropfte es wieder, nicht arg, aber doch ...

Da klingelte Knarrs Handy.

***

Weil der Paketbote trotz Geyers Huperei nicht aufgetaucht war, hatten sie die blockierte Stelle umfahren müssen, zurück auf die Landesstraße, die nächste Abbiegung, geradeaus-rechts-links – und wären beinahe in denselben Kleintransporter gekracht, der vorhin den Weg verstellt hatte und ihnen jetzt sein Hinterteil *auf Gehör* entgegenstieß.

Geyer riss den Wagen nach links, räuberte zur Hälfte über eine Wiese und blieb dabei erstaunlich gelassen, sie hätte diesem rücksichtslosen Paket-Fuzzi gerne eine seiner Sendungen in den Rachen gestopft.

11 Uhr 53.

„Jetzt rechts!", rief sie, als sie aufs *Blaue Backhaus* zusteuerten.

Geyer machte ein nicht näher definierbares Geräusch und bog ins Kemater Gewerbegebiet ab, wo sie den Schildern folgten und gleich darauf vor der Einfahrt von *Kematen Beton* hielten.

11 Uhr 55.

„Sie schaffen das nicht allein ... nehmen Sie uns ... die Handschellen ab!" Dabei hatte sie eher Angst, gleich ohnmächtig zu werden.

Er antwortete nicht, sprang aus dem Wagen und lief geduckt auf die Fahrzeughalle zu, wo er zögerlich durch den Spalt eines Garagentors spähte, erschrocken zwei Schritte zurückstolperte und auf den Hintern fiel.

„Ja? ... ... Aber wie ... das darf doch nicht wahr sein! ... Wohin können wir jetzt? ... O.k., verstehe. Wir sprechen uns noch, verstanden?" Dann hatte Knarr aufgelegt und eilige Anweisungen gegeben, Hände waren herangeflogen und hatten ihn und Luna hierhin und dorthin gezerrt, und ehe Schmatz sich's versah, donnerte er zusammen mit seiner Liebsten auf das geschlossene Hallentor zu, hinten an die eiserne Leiter eines Betonmischers gefesselt.

Geyer stand nicht auf, sondern rutschte am Hosenboden zurück, auf allen vieren versuchte er, Meter zwischen sich und die Halle zu bringen ... dann, wie in Zeitlupe, das Tor, das sich nach außen wölbte, zerbarst und mit animalischem Getöse ein Monster freigab, das nur Zentimeter an Geyer vorbeischrammte, im Staub schlingernd um die Richtung kämpfte und ein Stück Zaun mitnahm, als es nach Westen auf die Ortsstraße bog. Drei Männer in der Fahrerkabine, hinten drauf Schmatz – und Luna, blutverschmiert, ihre Nase merkwürdig geschwollen ... ihre Blicke trafen sich, einen kleinen Moment nur, „Mitkommen!" signalisierte Luna. Eine Mutter spürte so etwas. *Mitkommen* – aber wie? Geyer krümmte sich am Boden, konnte nicht aufstehen ...

Mit Lunas Anblick kam neue Energie. Ihre Tochter lebte, brauchte aber dringend ihre Hilfe. Der Rest war völlig egal. Schmerzstufe sieben, acht, neun von zehn, wen interessierte das.

„Veilchen, Marsch!", rief Stolwerk und deutete nach vorne.

Die Kindersicherung war aktiviert, also musste sie zwischen Fahrer- und Beifahrersitz durchkommen ... zuerst abschnallen ... die dazu nötigen Verrenkungen die Hölle. Gewicht nach vorne, mit den Knien über die Konsole ... und sich dann auf die unverletzte Seite plumpsen lassen, beidhändig den eigenen Fall bremsen. Geschafft! Nur leider hatte Geyer den Zündschlüssel mitgenommen! Also stieg sie aus und schleppte sich zu ihm.

„Geyer, kommen Sie, wir müssen ... hinterher, los!"

„Ich ... geht nicht, mein Knie ... meine Hand, keine Chance!“

Kein Blut, die Hose noch ganz, vielleicht ein Bänderriss ... und seine rechte Hand stand in einem ungesunden Winkel nach hinten. Sie würde ihn mit ihren eigenen Blessuren und gefesselten Händen nicht zum Wagen zurückschaffen können. „Dann geben Sie mir den Schlüssel, schnell!“

„Was? Nein, Frau Mauser, kommt nicht in Frage! Sie wissen genau, ich kann Sie nicht fahren lassen! Wir rufen Verstärkung.“

„Knarr haut ab ... mit Schmatz und meiner Tochter hinten drauf, wir können nicht warten, bis irgendwer irgendwann kommt! Her damit!“, befahl sie und hätte ihn eine Sekunde später nach dem Zündschlüssel zu durchsuchen begonnen, da fuhr er mit links in die Jackentasche und reichte ihn ihr.

„Danke, Herr Geyer. Kommen Sie zurecht?“

Er nickte einmal.

„Sagen Sie den Kollegen Bescheid, ja?“

„Sie können mit gefesselten Händen nicht fahren!“

„Können Sie sie ... vielleicht aufschließen?“

Er überlegte noch, als sie sich die Glock am Boden griff, sich damit abstützend aufrichtete und loslief.

„Hey! ... Das geht jetzt aber wirklich nicht! Frau Mauser!“, kam von Geyer, sie ignorierte sein Zetern, riss Stolwerks kindergesicherte Tür auf, deutete ihm, er solle nach vorne kommen, sprang hinters Steuer und startete beidhändig den Motor. Geyers Dienstwagen war zwar ein Handschalter, aber arbeitsteilig konnte es funktionieren ...

„Brrravo, Veilchen!“, machte Stolwerk beim Losfahren und legte seine Hände auf den Schalthebel, ohne dass sie ihn extra darauf hinweisen hätte müssen.

„Zweiter!", gab sie ihm hinüber, und er riss nach hinten. Ganz vorne sah man den weißen Betonlaster noch, diffus in einer Staubwolke zwischen den letzten Hallen des Industriegeländes, dann bog er nach rechts. „Und dritter!" Von irgendwo der erstickte Klingelton ihres Telefons, unter Stolwerk vermutlich, der das gleichzeitige Vibrieren mit „Oha!" quittierte, aber keine Anstalten machte, das Gerät aus seiner misslichen Lage zu befreien. Wie auch. Mit gut achtzig Kilometern pro Stunde rasten sie zwischen Bahngeleisen und Lagerhallen, dann Freiflächen und Parkplätzen auf die Kreuzung zu, bremsten scharf, Valerie wollte den Wagen rechts herumreißen und kam reichlich spät drauf, dass das Steuern eines Fahrzeugs mit gefesselten Händen beim Geradeausfahren die eine Sache war, so eine Neunzig-Grad-Kurve aber eine völlig andere Herausforderung darstellte, *normal* ging da nämlich gar nichts mehr! Aber wie schnell es sich doch lernte, wenn man in Böschung und Gegenverkehr zu krachen drohte ... statt also das Lenkrad konventionell drehen zu wollen, in den Mini-Portiönchen, die ihre Fesseln zuließen, legte sie beide Handballen darauf und kurbelte wie beim Käserühren, allerdings in Zeitraffer, bis zum Anschlag. „Zweiter!", schrie sie Stolwerk hinüber, der albern und völlig unpassend kicherte, zog eilig den linken Fuß von der Kupplung und gab Gas, sie schafften es gerade noch vor einem entgegenkommenden LKW zurück auf ihre Fahrspur. Dann ließ sie das Lenkrad von selbst in Neutralstellung zurücksausen, die Quittung kam von der Fliehkraft, die Valerie und Stolwerk arg durchbeutelte. „Dritter!" Kurz ging es geradeaus, dann in eine elendslange Rechtskurve, wieder gerade, dann eng rechts, ein Vollkreis fast – die Käserühr-Methode hatte in Abbiegungen ihre Vorteile, aber jetzt gerade erinnerte ihr

Fahrstil mehr an einen Grobmotoriker mit spastischen Anfällen, ständig war sie am Korrigieren und es gelang ihr kaum, den Wagen in der Spur zu halten ... wieder geradeaus, Landesstraße, nichts vom Betonmischer zu sehen, über ihnen eine beeindruckende Felswand, vor ihnen ein Steinbruch. Eine T-Kreuzung gab ihnen zwei Wahlmöglichkeiten: Links ging es westwärts nach Zirl, rechts nach Innsbruck ...

„Links oder rechts? ... Stolwerk?"

„Gerade...aus?", schlug er vor und zeigte beidhändig nach vorne, klar zum Entern wie ein Pirat, sie folgte seinen Zeigefingern ... aus einem Betriebsgelände stieg eine Staubwolke auf – am Sonntag! Von links kam nichts, rechts näherte sich ein Reisebus der Kreuzung, *das geht sich aus*, dachte Valerie, löste die Bremsen, mit Vollgas am Bus vorbei, ins Firmenareal hinein. Hinter ihnen das obligatorische Hupen, vor ihnen Hallen, Förderbänder und Steinhaufen, Lagersilos und Maschinen aller Art – das war ein riesiges Schotterwerk. Über der martialischen Kulisse hatten sich Maschinen in den Berg gefressen und eine terrassenförmige Mondlandschaft hinterlassen, die strahlend hell zwischen Wald und nacktem Fels herausleuchtete.

„Was will er hier?", sprach Valerie vor sich hin und steuerte zwischen den vielen Gebäuden hindurch, auf der Suche nach der Quelle der Staubwolke.

„Verkriiiechen!", kam Stolwerks Antwort.

Wieder läutete Valeries Handy. Dieses Mal fuhr er beidhändig zwischen seinen Beinen hindurch, zauberte es hervor und hielt es ihr hin – als sie sah, wer es war, bedeutete sie ihm, dranzugehen.

„Sandro, a-hoi! Hahahahaha ... G...glaub mir, das willst jetzt lieber nicht wissen ... Ja, neben ihr ... so ... bfff ... hahahahaja ... hör zu, wenn ich dich dranhab, ruf schnell die Polizei zum Steinbruch in Zirl ... Geiselnahme ... so Ost-Bande und Luftlandetruppen und Panzerdivisivi...sion, so ja, o.k.? ... Danke, ciao Sandro!"

Verstärkung zu holen, war richtig, denn ohne Unterstützung war das hier ein Himmelfahrtskommando. Sie durften Knarr nur nicht entkommen lassen, bis Unterstützung kam, dann würde sich schon alles aufklären, irgendeinem Kollegen würde sich doch Vernunft einimpfen lassen ... hoffte sie jedenfalls. Langsam rollte sie weiter, rechts ums Eck zwischen zwei Baracken hindurch. Vorne öffnete sich das innere Gelände.

„Ob Sandro das schafft ... mit der Polizei?"

„Soll ich, Pfffeilchen?"

„Nein, lass. Sicher hat Geyer schon Hilfe gerufen."

„Ja, ganz sicher."

Ein schneller Seitenblick, sie sah in seine blutunterlaufenen Augen, er wirkte amüsiert, aber auch ziemlich weit von sich selbst entfernt. Dann knurrte sein Magen, wütend laut. Verständlich.

„Stolwerk?"

„Ja, Veilchen?"

„Iss deinen Riegel!"

Sie lachten. Aber nur kurz.

„Da!", stieß er aus, im selben Moment, als Valerie gerade selbst das Hinterteil des weißen Betonmischers mit Luna und Schmatz gesichtet hatte. Der junge IT-Techniker hing wie ein nasser Sack an seiner Fessel, Valerie befürchtete schon das Schlimmste, aber warum hätte Luna ihn dann noch mit Knie und Füßen kicken sollen? Mit einem Ruck setzte sich der Laster in Bewegung. Nur noch wenige Meter trennten die beiden Fahrzeuge, aber hier ließ es sich weder überholen noch den Weg versperren! Das schwere Fahrzeug steuerte an einem Bürogebäude vorbei, links und dann rechts in die einspurige Auffahrt zum Steinbruch hinauf. Kein Zweifel: Die drei Männer in der Fahrerkabine hatten ihre Verfolger entdeckt. In der beginnenden Steigung verlor der LKW deutlich an Tempo, Schmatz bewegte sich wieder, seine Füße hatten eine Sprosse gefunden, ein kleiner Kreislaufkollaps vielleicht, kein Wunder. Viel mehr Sorgen machte sie sich aber um Luna, die stark geblutet haben musste.

Valerie fuhr im ersten Gang, hielt zwanzig Meter Abstand, beugte sich nach vorne und betrachtete das Gelände, in das sie jetzt fuhren. Unwahrscheinlich, dass es dort oben irgendwo eine Ausfahrt gab. Knarr würde ihnen nicht entkommen können. Er saß in der Falle! Luna starrte zu ihnen zurück und versuchte, etwas zu deuten, ihre Hände kamen nicht in Frage, also probierte sie es mit den Füßen ... kickte und vollzog Bewegungen, die an *Mr. Bean* erinnerten ... Valerie wurde nicht schlau aus den Verrenkungen, spürte nur den völlig unpassenden Drang, ihrem Kind bei nächster Gelegenheit Schuhe zu kaufen.

Man musste jetzt kein Sherlock Holmes sein, um die Situation einschätzen zu können: Schon klar, Luna und Schmatz waren an diese Metallleiter gekettet, und genauso klar, Knarr und Konsorten saßen vorne im Laster drin ... also mussten sie einen Weg finden, Knarr aufzuhalten und die beiden zu befreien. Immer wieder leuchtete der junge EDV-Techniker hervor, sein Teint strahlte mit dem kalkig-weißen Abbaugestein über ihm um die Wette. *Armer Schmatz*, dachte Valerie. Wie oft hatte er sie mit seinem Wunsch nach einem selbstständigen Außeneinsatz genervt, und dieser hier war nicht nur die Premiere, sondern gleichzeitig die ultimative Überdosis.

Unvermittelt ging es links um eine Haarnadelkurve herum, der Koloss hatte ihnen die Sicht verdeckt, jetzt waren seine mächtigen Vorderräder schon ganz eingeschlagen und er zirkelte fast am Stand um die eigene Achse herum – plötzlich wusste Valerie zu deuten, was Luna ihr zu signalisieren versucht hatte: Ihr Abstand war zu groß! Denn diese Hundertachtzig-Grad-Kurve bot die perfekte Gelegenheit, auf die Verfolger hinunterzuschießen! Und genau so kam es dann auch, der Betonmischer seitlich über ihnen, heruntergelassenes Seitenfenster, Knarrs Hackfresse hinterm Steuer, Kanone, Valerie schrie „Runter!", Schuss, Einschlag im Blech, Schuss, nichts, Schuss, ein hinteres Seitenfenster ging zu Bruch. Sie gab Vollgas, die Vorderräder drehten durch, Steine knallten gegen den Unterboden, Schuss, wieder Blech, sie rührte Käse und warf den Wagen in die Kurve, dann waren sie in Deckung.

„Bist du o.k.?"

„Jaja, Veilchen ... pass auf, da!"

Valerie riss ihren Kopf nach vorne. Einer von Knarrs Männern war aus der Kabine gesprungen und kam mit glänzendem Revolver auf sie zugelaufen – gleich wäre er in perfekter Schussposition gewesen! Ihr blieb weniger als eine Sekunde, ihre Entscheidung zu treffen, Flucht oder Angriff, Angriff oder Flucht? Sie entschied sich für *Gummi*, tauchte ab und drückte das Gaspedal bis zum Anschlag, der Motor heulte auf, ein ungesunder Schlag, ein noch ungesunderer Hopser, anschließend noch einer, Valerie ging schnell vom Gas und kam wieder hoch, konnte nur mit halbem Auge hinsehen, wie sich im Innenspiegel ein dunkles, bewegungsloses Etwas vor der hellen Straßenoberfläche abzeichnete.

„Ups!"

Stolwerk drehte sich um und gab noch ein „Ups!“ drauf.

Die nächsten Kurven waren weniger eng und vor allem konnte man sie leichter kommen sehen, eine rechts, eine links, dann geradeaus.

„Wie ... machen wir den Lunaschmatz ... los?“, stellte Stolwerk die Frage, die ihr selbst schon die ganze Zeit im Kopf herumgeisterte, jedenfalls so ähnlich, und weil es inzwischen nichts anderes zu tun gab, als beidhändig hinter dem Betonmischer herzukriechen, prüfte sie Geyers Schlüsselbund.

„Schau, da!“

„Jaaa, Veilchen?“

„Der Handschellenschlüssel ... kommst du hin?“

„Warte ... ja ... haha ...“

„Aber nicht herausziehen!“

„Jaja, hm ... ich kann den ... Schlüsselring! Nicht spreizen ... fffuck, ey! Hahaha ... aua!“ Gleich darauf lutschte er an seinem rechten Daumen, was aufgrund der erzwungenen Beidhändigkeit etwas Eichhörnchenhaftes an sich hatte. „Wiescho musch man die immer scho machen, dasch man schie nur mit Werkzscheug aufbekommt?“

Unmöglich, ihre oder seine Hände so zum Start-Stop-Modul zu halten, dass man den Schlüssel in eine der Handschellen stecken und drehen konnte ... aber hätten sie den ganzen Bund herausgezogen, wäre damit die Zündung unterbrochen worden ... Stolwerk fummelte noch eine Weile herum. Feinmechanik war nie seine Sache gewesen, wie auch, mit diesen Wurstfingern.

„Komm, lass es, irgendwann muss er anhalten ... und dann machen wir das schnell. Schau mal ... nach der Glock. Kommst du ran?“

„Jö schau, die liebe Neunzehner ..."
„Vorsichtig, Stolwerk!"
„Vooorsichtig, Aye-Aye, Captain!"

Neben ihr Klänge wie aus einem Metallbaubetrieb, routiniert, präzise, schnell. Verstohlen blickte sie zur Seite. Glock ging offensichtlich auch mit Wurstfingern und zwei Promille, gerade hatte er das Magazin in der Hand und inspizierte es, dann steckte er es zurück ins Fach und zog am Schlitten.

Wie sie ihn so mit der Waffe hantieren sah, versuchte sie wieder einmal, sich den jungen Stolwerk als Mitglied der österreichischen Spezialeinheit Cobra vorzustellen, aus der Zeit, bevor sie sich kannten – durchtrainiert und hammerhart, der Fleisch gewordene Schrecken jedes Terroristen ... doch wie immer fehlte ihr da etwas im Zwischenteil. Eine Überleitung, ein gemeinsamer Nenner, irgendetwas Verbindendes. Das war so ein William-Shatner-Captain-Kirk-Ding: zwei Versionen derselben Person, getrennt nur durch die Zeit – und doch Lichtjahre voneinander entfernt. Irre, wie sich Menschen im Lauf ihres Lebens verändern konnten. Egal. Völlig egal.

Denn langsam wurde es ernst. Der Betonmischer hatte jetzt kaum noch einen halben Meter Platz auf jeder Seite, die Terrassenstufe, auf der sie an der Wand dieser gigantischen Steinbucht entlang krochen, wurde immer schmäler, rechts ging es senkrecht dutzende Meter hinunter und vorne gab es keine Möglichkeit mehr, umzudrehen oder weiterzukommen. Was hatte Knarr vor?

„Www...as hat er vor?", teilte Stolwerk ihren Gedanken wortwörtlich.

Sie hielt an. „Ich hoffe, er macht ... keinen Blödsinn, Stolwerk." Immer noch ging ihr Atem viel zu schnell.

Luna und Schmatz sahen zu ihm, die Leiter, an der sie festhingen, befand sich auf der linken, dem Berg zugewandten, vom Gefühl her besseren Seite. Was ihnen freilich wenig nützte, wenn sie mit dem Laster in die Tiefe stürzten ...

Valerie zog den Schlüssel aus dem Start-Stop-Einschubfach. „Los, Stolwerk ... deine Handschellen, schnell!"

„Zuerst du, Fffeilchen", sagte er, nahm ihr den Bund weg und ließ ihn prompt fallen, er rutschte auf der Konsole nach hinten, sie wanden sich beide danach und stießen mit den Köpfen zusammen.

„Aua!", tönte es im Chor. Valerie machte nicht nur die Stirn, sondern auch ihr Becken zu schaffen. Drehbewegungen waren ganz schlecht. „Kommst du hin?"

„Wwwarte ... hm ..."

Sie sah nach vorne. „Scheiße!", schrie sie: Der Betonmischer kam im Rückwärtsgang auf sie zu, nicht besonders schnell, aber massiv, und war nur noch fünf Meter entfernt! Lunas panisches „Weg mit euch!" hätte sie jetzt auch von ihren blutigen Lippen ablesen können.

Valerie hämmerte Stolwerk gegen die Schulter.

„Jaha, Veilchen ... pff ... hab ihn ... fast!"

„Stolwerk! Schau!"

Er drehte sich nach vorne. „Wie, wo? ... Hei...liger ...!", stieß er aus und hatte den Türgriff in der Hand.

„Drinbleiben, Stolwerk!", schrie sie und versuchte, ihn sich zu greifen. Sie durften jetzt nicht rausspringen, denn damit hätten sie entweder ihren Absturz riskiert oder wären zwischen Fahrzeugen und Felsen zermalmt worden. Sie konnten den Motor aber auch nicht mehr anmachen – sie waren Knarr ausgeliefert! Noch drei Meter, noch zwei, noch einer, da stießen die

Fahrzeuge zusammen, zu langsam, als dass sich die Airbags geöffnet hätten, aber trotz des niedrigen Tempos grausam hart, ihre Köpfe flogen nach vorne, und als Valerie versuchte, das Auto in der Spur zu halten, kam ihr die Lenkradsperre dazwischen. Sie drückte die Bremse, so fest sie konnte, aber was half es gegen ein Gefährt, das mehrere Tonnen schwerer war als ihres? Meter für Meter wurden sie auf dem schmalen Weg zurückgeschoben.

„Leeenk!“, rief Stolwerk, der seine Hände gegen das Dach drückte und wie sie bemerkte, dass sie den Felsen immer näher kamen.

„Wie denn, du Genie! Die Sperre!“ Das hätte alles nicht sein müssen, wenn nicht er und seine Wurstfinger und der dumme Wodka ...

Ihr Blick ging von Rückspiegel zu Innenspiegel und wieder zur Seite. Zum Glück drifteten sie eher dem Felsen entgegen, besser als dem Abgrund, aber was war dann? Ein Schlag, als ihr Heck in den Kalkstein bohrte, vorne und hinten metallisches Knirschen, das unfreiwillige Fahrzeuggespann wurde langsamer, dann stoppte es ganz, ein Keim von Hoffnung, doch Knarr setzte nur einen Meter nach vorne und stieß wieder zurück, kaum Zeit, um Luft zu holen, und nach dem nächsten Zusammenstoß drehte sich ihre Vorderachse dem Abhang entgegen, das Monster schob sie quer in die Fahrbahn hinein, aber da war zu wenig Platz! Die Vorderräder des Passat gerieten über den Abhang – nur einen Meter weiter und sie hätten Übergewicht bekommen, wären hinuntergestürzt, Überlebenschancen gleich null! Ohrenbetäubender Krawall unter ihren Füßen, nacktes Blech auf der Steinstraße übertönte ihre Schreie, und als Valerie sah, dass gleich eine Kurve kam, Richtung garantiertem Absturz, zog ihr das nackte Grauen in den Hinterkopf ... doch plötzlich war es vorbei. Stille, dann das Aufheulen des LKW, der von ihnen abließ und wieder nach vorne fuhr.

„Rausrausraus!“, befahl Valerie.

„Ayyye, Ms. Captain!“, antwortete Stolwerk und wälzte sich zur Seite.

Wie knapp es war, sahen sie draußen – gerade noch Platz, die Füße an den Rand des Abgrunds zu setzen, eilig machte sie zwei Schritte davon weg. Viel hätte nicht gefehlt ... der Passat steckte fest, keine Chance, ihn wieder flottzubekommen, selbst wenn sie an den Zündschlüssel gekommen wären. Sie dachte nicht im Traum daran, noch einmal hineinzuklettern.

„Was macht ihr für einen verfluchten Mist, ey?“, kam aus der Richtung des Betonmischers. Kinder wussten wirklich, wie man Nerven zog.

„Der Schlllüssel ist im Spalt, Veilchen!“, rapportierte Stolwerk, dem es immerhin gelungen war, Geyers Pistole mitzunehmen.

Gut gemacht, lag ihr auf der Zunge, aber so war das Leben: Scheiße passierte. Kein Grund, herumzunörgeln. Sie hörte quietschende Bremsen, dann gab der Laster ein zischendes Geräusch von sich und blieb stehen.

Rauschen aus der anderen Richtung, von schräg unten, Valerie fuhr herum. Ein Wagen kam, mit Blaulicht! Also hatte Knarr *deshalb* von ihnen abgelassen und nicht aus Nächstenliebe. Weil er erkennen hatte müssen, dass eine Flucht sinnlos gewesen wäre, wenn schon Verstärkung unterwegs war! Der Dienstwagen, der sich näherte, gehörte – unschwer am Kennzeichen zu erkennen – Beate Prammer. Auf dem Beifahrersitz ... Nikolaus Geyer? Valerie war unschlüssig, ob sie sich darüber freuen sollte, dass ausgerechnet *die* beiden zuerst am Schauplatz eintrafen. Zur Sicherheit blieb sie in der Nähe ihres Schrotthaufens. Der Staub, den Prammer ob ihres Tempos aufwirbelte, hüllte den Wagen ein, als diese anhielt, ihre Tür aufriss und heraussprang.

„Stehen bleiben, Mauser! Das Spiel ist aus!“, bellte sie mit Pistole im Anschlag. „Hände hoch! ... Waffe fallen lassen!“, befahl sie Stolwerk.

Valerie konnte es nicht fassen. Sie war nicht nur dumm wie Brot, sie hatte auch noch Tomaten auf den Augen. „Schauen Sie mal an mir vorbei ... Sie dumme Kuh!“, schrie Valerie. „Sehen Sie? Erkennen Sie Schmatz ... und meine Tochter?“

Ein Warnschuss, dann senkte Prammer ihre Pistole wieder und visierte sie an.

„Hey, verdammt!“, haspelte Valerie, stolperte zurück, ihre Beine konnten die spontane Gewichtsverlagerung nicht mehr ausgleichen, mit vor dem Bauch zusammengeketteten Händen hatte sie auch keine Möglichkeit, den Aufprall abzufedern, und so landete sie hart auf ihrem Hintern. Die Schmerzen in ihrem Becken explodierten – zehn von zehn jetzt, mehr ging nicht –, aber mit ihnen kam auch neue Wut, die sie antrieb. Sie biss ihre Zähne zusammen und mit einem nach innen gewandten *Was auch immer jetzt mit mir passiert!* drehte sie sich auf den Bauch und stemmte sich wieder hoch, schnell wie ein Boxer, der bereits bis neun angezählt war.

„Beate!“, fauchte Geyer, der sich einhändig aus dem Fahrzeug befreit hatte und um die Motorhaube von Prammers Wagen herumhinkte. Er stellte sich vor sie, dann gestikulierten und quasselten die beiden, zu leise, als dass man es verstehen hätte können.

Eine Tür des Betonlasters wurde aufgerissen, Valerie fuhr herum. Der Beifahrer kam heraus und begann noch während des Herunterkletterns zu schießen. Da hatten sie den Salat! Eingeklemmt zwischen Gangstern und Idioten, aber im Zweifelsfall waren Geyer und Prammer im Rücken trotzdem sicherer. Valerie zwängte sich um den Schrott-Passat herum und ging neben Stolwerk in die Hocke. Drei Schüsse hatte sie gezählt, keiner war irgendwo eingeschlagen.

„Gib mir die Glock", forderte sie Stolwerk auf, der sie ihr beidhändig überreichte.

„Sch…ieß vorsichtig, Pfeilchen!"

Valerie spähte über den Kofferraumdeckel und sah, wie Knarr jetzt ebenfalls ausgestiegen war und mit vorgehaltener Pistole zu Luna und Schmatz hinaufstieg. Der andere Mann kauerte seitlich vorm LKW und schoss wieder – dieses Mal schlug die Kugel im Blech ihrer Deckung ein! Valerie erwiderte das Feuer, zweimal schnell hintereinander, sie war zwar keine Meisterschützin, aber zum Glück beeinträchtigten sie die Handschellen nicht und außerdem war da mehr als genügend Platz zwischen dem Schützen auf der einen sowie Knarr und seinen Geiseln auf der anderen Seite. Der Mann wich zurück. Dann Trippeln hinter ihr, es war Prammer, die mit hochhackigen Schuhen über den Schotter stöckelte und sie in eine Parfümwolke einhüllte, von der einem schlecht werden konnte.

„Was passiert da?", fragte sie verunsichert, als sie zwischen Valerie und Stolwerk in die Knie ging.

„Das sehen Sie ja, oder?", kam von Valerie. „Milan Knarr, der Mafiaboss … hat Luna … und unseren Schmatz als Geiseln. Und rechts schießt einer auf uns! Einen von denen … haben wir unten …" *Ups.* Valerie verbot sich den Mund.

„Überfahren? Haben Sie den Mann dort unten auf der Straße *absichtlich* überfahren?"

Sie gab keine Antwort, spürte nur, wie knapp sie davor war, dieser Frau ins Gesicht zu treten. Die nächsten beiden Schüsse des Gangsters, die wiederum in ihre Deckung einschlugen, kamen ihr gerade recht. Sie fuhr hoch, legte ihre Unterarme auf den Kofferraumdeckel und schoss fünfmal knapp hintereinander zurück ... einmal musste sie mindestens getroffen haben, denn der Mann wankte ... kippte zur Seite und fiel den Abgrund hinunter, schrecklich effektvoll und definitiv tödlich.

Beate Prammer war in Deckung geblieben und sah ängstlich zu ihr hoch. „Haben Sie ihn erwischt?"

„Ja."

„Hand-schellen-ab-nehmen!", befahl Stolwerk mit dröhnendem Bass, im Tonfall eines Vorgesetzten, und fand sich selbst mächtig komisch dabei. Prammer wagte keinen Widerspruch mehr und kramte in ihrem Täschchen ... und kramte ... und kramte weiter ... es blitzte und blinkte, als die Sonne auf diverse Schminkutensilien traf ... da konnte so ein unscheinbarer Handschellenschlüssel schon mal untergehen ...

„Feuer einstellen!", kam von vorne, Valerie stand auf und sah, wie Knarr ihre Tochter mit einem Arm von hinten umklammerte, mit dem anderen eine Waffe an ihre Schläfe hielt und sich ihnen näherte. Schmatz war weiterhin an die Leiter gefesselt.

Luna wand sich heftig. „Verfickter Scheiß...mist... arsch!", fluchte sie und trat nach hinten aus wie ein störrischer Gaul, die Arme zusammengebunden, Knarr schlug ihr einmal mit dem Pistolengriff auf den Hinterkopf, Luna schrie auf.

„Hey! ... Was wollen Sie?", rief Valerie.

„Werft eure Waffen den Berg runter! Jetzt gleich, sonst drücke ich ab. Wir nehmen den Wagen dort. Bleiben Sie weg. Los jetzt!"

Ihre Blicke trafen sich, nur einen Moment lang, aber sie erkannte, dass Knarr zu allem entschlossen war, zweifellos auch über die nötige Kaltblütigkeit verfügte. „Ist gut, ist gut", sagte sie und warf Geyers Dienstwaffe in den Abgrund, erwartete das Geräusch, das sich ergab, wenn die Glock auf den Felsen prallte, Metall gegen Stein, leise wie ein Kiesel am Brunnenboden – doch stattdessen krachte es laut neben ihr, unvermittelt, einmal, zweimal, dreimal, zu schnell, als dass sie sich gleich einen Reim darauf machen hätte können ... eilig fuhr sie herum und realisierte, dass Prammer gerade mehrmals auf Knarr geschossen hatte! Und damit auch auf Luna! Völlig perplex musste Valerie mitansehen, wie sie direkt noch einmal abdrückte, und nochmal! Sie wollte schreien, aber es blieb ihr in der Kehle stecken. Sie selbst konnte dieser Wahnsinnigen nicht entgegenspringen, ohne dabei in die Schussbahn zu geraten, aber endlich warf sich Stolwerk von der Seite gegen die Frau und drängte sie ab.

Etwas in ihrem Augenwinkel fiel wie ein Sack zu Boden und gab das passende Geräusch dazu. Valerie wagte es kaum, hinzuschauen, richtete sich auf, nichts, sah über den Kofferraumdeckel nach unten, da lagen sie beide, Luna und Knarr, zwei Meter vor dem Schrotthaufen, dazu Blut, Blut, Blut. Als sie sich um das eingedellte Heck des Wagens herumzwängte, hörte sie das Rauschen in ihren Ohren, ihr Herz hämmerte, ihr Kopf schrumpfte, wurde kleiner und kleiner und bald viel zu klein, ihr Innerstes drängte heraus, musste explodieren, hier war alles falsch, alles nicht wahr! Luna unter Knarr begraben, bewegungslos, Blut, Blut, Blut!

Sie würde Beate Prammer töten, sich mit ihr den Abhang hinunterstürzen, diesem Wahnsinn ein Ende bereiten, Luna nachfolgen, später, nein gleich, sofort.

Ein scharfkantig hervorstehendes Metallteil bohrte sich in ihre Hose und hielt sie fest, mit aller Kraft riss sie daran, der Stoff gab nach, egal, nichts war so wichtig wie dieser Menschenberg, und der regte sich nicht mehr. Sie waren tot, Luna war tot! Nichts war so sicher, all dieses Blut und viel zu zähflüssig die Zeit, durch die sie sich nach vorne kämpfte. Valerie stolperte, kam wieder hoch, hinter ihr schrien sie durcheinander, Stolwerk, Geyer und Prammer, Wörter und Sätze, merkwürdig fremd, weit weg. Immer noch zwei Schritte. Dieser verdammte Steinbruch würde zu ihrer persönlichen Hölle werden, sie hatte ihr Schicksal begriffen, wusste, dass alles hier enden würde, auch sie, jetzt gleich.

Endlich war sie bei den Körpern. Bückte sich hinunter. Knarr zur Seite zu rollen, fiel ihr so leicht, wie eine Bettdecke zu wenden. Seine Augen offen, er starrte sie an, überrascht. Ein dunkles Einschussloch in der Stirn, am Hals eine klaffende Wunde, aus der es dunkel hervorquoll. Aber Knarr war ihr völlig egal.

Luna.

Ihr Gesicht im Staub, die Rastalocken blutgetränkt, zusammengebundene Hände, die Kleidung dunkel befleckt. Bilder aus Syrien, Vietnam und den Weltkriegen drängten sich auf, der tapfere Soldat aus dem kollektiven Bewusstsein, gefallen, ein Körper unter vielen, tausend Mal gesehen, aber dieser hier war doch ihr Kind! Valerie ließ sich auf die Knie fallen und drehte ihre Tochter herum, Blut und Staub und noch mehr Blut, sie zog den Kopf auf ihren Schoß, strich über Lunas Wange, hielt sie mit ihren gefesselten Händen fest, da zog sich alles in ihr zusammen, krampfte, ein übermächtiger, sie verschlingender Schmerz. Sie krümmte sich, küsste ihr Kind auf die Stirn und hielt es fest, schmeckte das Blut, den Staub, den Tod, alles war tot, Luna, Gott, bald, ganz bald auch sie selbst, und der einzige Trost, den diese Welt ihr noch bieten konnte, war schwarz.

Mittwoch

Man ließ sie warten, hier im altbekannten Vernehmungsraum eins im Kellergeschoß des Landeskriminalamts, dem am öftesten genutzten Verhörzimmer ihrer Abteilung. *Ihrer ehemaligen Abteilung*, verbesserte sie sich, denn ihre Rückkehr als Leiterin des Ermittlungsbereichs Leib und Leben war so gut wie ausgeschlossen. Weil Oberstaatsanwalt Krotlackner alles dagegen unternommen hätte – aber auch, weil sie selber ganz konkret daran dachte, den Job zu schmeißen. Genug war genug. Zwei Tage hatten sie ihr gelassen, nur zwei Tage, sich zu erholen, aber von Erholung konnte natürlich noch keine Rede sein.

Jetzt saß sie wieder auf diesem Stuhl, wie am Sonntag nach ihrer Festnahme, nur Stolwerk und Prammer fehlten.

Die Horrorshow im Steinbruch hatte für sie im Krankenwagen geendet. Boris Marinovs Arzt („Der Mann ohne Farben") habe gute Arbeit geleistet, hatten die Doktoren der Universitätsklinik gemeint, drei von sechs Fäden waren im Einsatz gerissen und die Wunde teilweise wieder aufgeplatzt, aber dafür konnte er ja nichts. Jedenfalls keine Entzündung, nicht bedrohlich viel Blut verloren, und tatsächlich keine Kugel, die noch irgendwo in ihr steckte – die Theorie vom Querschläger hatte sich bestätigt. Dass auch Jackpot noch lebte (dieser erholte sich prächtig und war dem Oligarchen schon richtig ans Herz gewachsen), war ein weiterer Beleg für die Fähigkeiten des Greises. Aber trotz aller Heilkunst war Valeries Körper am Ende, sie wusste, dass sie ihm viel zu viel zugemutet hatte, schon bevor Luna aufgetaucht war, und ohne die aktuelle Dosis an Schmerzmitteln hätte sie nicht im Traum daran gedacht, hierherzukommen.

Geyer hatte sie angerufen. „Kommen Sie rüber ... bitte“, hatte er gemeint und sie ihn gefragt, ob er denn ernsthaft mit gebrochenem Handgelenk und lädiertem Knie Dienst schiebe, worauf er entgegnete, dass außergewöhnliche Umstände eben außergewöhnliche Maßnahmen erforderten. Das hatte ihr eingeleuchtet und gleichzeitig die Ausrede genommen. Also hatte sie sich in den Trainingsanzug geworfen, aus ihrem Krankenhauszimmer davongestohlen und war die zweihundertfünfzig Meter bis zum LKA an der Krücke gegangen. Diese war mehr Vorsichtsmaßnahme als Hilfe, das Gehen war ja kein Problem, nur das Beugen. Geyer hatte sie am Eingang abgefangen – auch er stützte sich mit der gesunden Hand auf eine Gehhilfe, die andere trug er eingegipst in einem Dreieck-Tuch –, hatte sie eilig begrüßt und in den Keller geschickt, dann war er in den Lift gehumpelt und nach oben gefahren.

Kalt war es, wie immer in diesem Raum, das gehörte zur Strategie: Lass den Verdächtigen bibbern, während er wartet und nachdenkt, und schon bist du im Vorteil. Ihr fröstelte und eigentlich hätte sie es wissen müssen. Eigentlich ... eigentlich sollte sie ja gar nicht hier sein. Eigentlich sollte bald die Krankenschwester mit dem Essen kommen, *Grießschmarrn!* Hallo? Sie brauchte den Zucker. Zucker machte sie nicht glücklich, aber er half. Warum war sie nochmal hergekommen? Egal.

So fühlte man sich also, wenn man als Verdächtiger hier drin warten musste. Am Tisch vor ihr das Tonaufnahmegerät. Der große Spiegel an der Wand, bei dem man nie wissen konnte, wer dahinterstand ... *Geyer? Die Kröte? Der alte Berger?* Gerade Oberst Berger eilte der Ruf voraus, dass er auch ohne Kenntnis der vernehmenden Beamten im Nebenzimmer zuzuschauen pflegte, wann immer es ihm einfiel. Er wusste eben gerne Bescheid, über die Fälle, aber genauso über die Arbeitsmethoden seines Personals. Und wehe, die passten ihm nicht. Alles exakt nach Vorschrift, sonst gab es was hinter die Ohren. Der alte Berger – die letzte Bastion vor dem totalen Wahnsinn? Was war eigentlich *seine* Rolle während der letzten Tage gewesen?

Rechts die gut abgedichtete Eingangstür, geschlossen seit ... wie lange wartete sie jetzt schon? Ihr Magen knurrte zur Antwort.

Valerie saß da, mit ihren Händen in der Trainingsjacke, besser gesagt, sie lungerte, mit durchgestreckten, übereinandergeschlagenen Beinen, ihr Gewicht auf der linken Backe, weil ihr Becken das besser fand, und starrte mit gespielter Langeweile geradeaus.

Dabei lief ihr Verstand auf Hochtouren. Was konnte Geyer wollen? Der Haftbefehl hatte sich erübrigt, Sandro, Schmatz und Marinov hatten sie entlastet. Geyer hatte sie dann am Montag informiert, dass ihnen ein anonymer Zeuge falsches Beweismaterial zugespielt habe. *Zugespielt*. Was für ein dämliches Wort. Pech, hatte Geyer nur gemeint, und kein Wort der Entschuldigung angehängt. Was blieb jetzt noch von den Vorwürfen gegen sie übrig? Eine allfällige Mitwirkung an Lunas Straftaten, die Unterstützung ihrer Flucht, aber auch diese Vorwürfe waren zahnlos.

Andererseits – wäre Geyer jetzt gleich hereingekommen und hätte ihr ein neues Süppchen aufgetischt, von Menschenhandel, Preisgabe von Staatsgeheimnissen oder Unzucht mit Außerirdischen, hätte sie das kein bisschen gewundert. Wo blieb er nur?

Oder würde sie gleich der *Kröte* gegenübersitzen, die sie ja unbedingt noch am Sonntag vernehmen hatte wollen? Als wäre die Demütigung von letzter Woche nicht schon groß genug gewesen. Was könnte er noch draufpacken? Dass er sie auf Streife schicken wollte, weil er sie für eine Vitamin-B-Quotenfrau-Fehlbesetzung hielt, dumm genug, jeder Verschwörungstheorie aufzusitzen, das hatte er ihr ja bereits mitgeteilt. Sicher hatte er sich angesichts der erfundenen Anschuldigungen schon genüsslich die Finger geleckt, wollte niemand anderem gönnen, die Untersuchungshaft durchzusetzen ... tja, dieses Vergnügen musste er jetzt wohl oder übel auf unbestimmte Zeit verschieben. Seit Sonntag herrschte Funkstille, hatte die *Kröte* nichts von sich hören lassen. War ihm die Luft ausgegangen oder holte er nur gerade neue? Und wie passte seine Ablehnung mit dem zusammen, was passiert war? Die Möglichkeiten, die ihre Fantasie da hervorzauberte, beunruhigten sie. Sie hätte nicht herkommen sollen.

Sie war nicht in Haft, sie war freiwillig hier, und in fünf Minuten würde sie aufstehen, ins Krankenhaus zurückspazieren und den Grießschmarrn hinunterschlingen, ja, so würde sie es machen. Fünf Minuten. Sie wollte sich nicht die Blöße geben, ihr Handy herauszuholen, diese Zeitspanne ließ sich auch ohne Hilfsmittel abschätzen. Und dann sollten sie sie alle zusammen gern haben.

Ihr Weltbild, vor allem aber ihr Bild von der Exekutive, hatte in den letzten Tagen ordentliche Dellen abbekommen. Ob es sich um Korruption oder blanke Inkompetenz handelte, die sie in Lebensgefahr gebracht hatte, würde sich vielleicht nie herausstellen. Fest stand, dass sie sich nicht mehr verlassen wollte, nicht auf die Kollegen, nicht auf die Gesetze, nicht auf das System. Die Polizei – die Guten? Vor Bitterkeit gingen ihre Mundwinkel nach oben. Alles hatte sich geändert.

Noch drei Minuten, schätzte Valerie, da ging die Tür auf, und herein stöckelte Beate Prammer, aufgetakelt wie immer, der Duft ihres grässlichen Parfüms eilte ihr voraus, Geyer folgte und blieb auf seine Krücke gestützt stehen, hatte etwas ... eine Akte? ... zwischen verletzten Arm und Körper geklemmt, während die schießwütige Wahnsinnige ihr gegenüber Platz nahm.

„Guten Tag, Frau Mauser“, sagte sie förmlich, beherrscht, ohne die Gehässigkeit vom Sonntag. „Wie geht’s Ihnen?“

Valerie zuckte zur Antwort mit den Schultern und sah zur Krücke, die am Tisch lehnte.

„Äh ja. Verstehe. Und Luna?“

Sie hätte jetzt die Gehhilfe nehmen und ihr über den Schädel ziehen können, zwei-, dreimal mindestens, bevor Geyer auch nur die Chance gehabt hätte, einzugreifen. Leichtes Aluminiumrohr, eine Platzwunde allemal ... daran anschließend ein filmreifes Krücken-Fechtduell mit Geyer, das hätte schon etwas! Stattdessen schluckte sie den Impuls hinunter und fragte: „Warum haben Sie mich hergerufen?“

Geyer übernahm. „Frau Mauser, wir möchten gewisse Ereignisse vom Sonntag mit Ihnen durchgehen.“

Gewisse Ereignisse. Also hegten sie doch noch einen Verdacht? Valerie hätte sich ohrfeigen können, sich etwas anderes erhofft zu haben. Das hier war ein stinknormales Verhör, und sie die Verhörte – nicht mehr und nicht weniger. Gleich würden sie ihre bescheuerten Theorien von Entführung, schweren Waffen und anderen Missetaten wieder ausrollen.

„Pff ... wie kann ich Ihnen helfen?“, fragte sie Prammer.

Geyer fuhr fort, als hätte sie *ihn* angesprochen. „Nun, Frau Mauser, uns ist so weit alles ... klar. Ja. So gut wie, jedenfalls. Aber sehen Sie“, sagte er und trat an den Tisch.

Er war also der Aktive, Prammer nur die Beobachterin. Dass die beiden diese Vernehmungstaktik bei *ihr* anwandten, empörte sie – erwarteten sie etwa, dass ihre Vorgesetzte die Methode nicht durchschaute, nur weil sie suspendiert war? Den Blödsinn konnten sie sich sparen. Wenn sie Prammer etwas fragte, sollte auch sie ihr antworten! Und nicht er! Valerie spürte die Wut aufkochen. Geyer trat an sie heran und ließ die Akte vor ihr auf den Tisch fallen. Dann seufzte er, lehnte seine Krücke an ihre, drehte die Unterlagen herum und hob den Deckel. Sein Zeigefinger landete auf einem Firmenbuchauszug ganz oben. Missmutig überflog sie ihn.

FIRMA
Kematen Beton GmbH
RECHTSFORM
Gesellschaft mit beschränkter Haftung
SITZ IN
politischer Gemeinde Kematen in Tirol

Kematen Beton, da klingelte es natürlich. Valerie las die Zeilen mit wachsendem Interesse. Geyers Zeigefinger tippte auf den Abschnitt mit den Gesellschaftern, sie sprang dorthin.

GESCHÄFTSFÜHRER
Reinhold Prammer, geb. 18.09.1967, vertritt seit 01.01.2003 selbstständig

Dann klopfte seine Fingerspitze mehrmals auf den Namen des Geschäftsführers. Prammer, Prammer, Reinhold Prammer ... Reinhold! Reini! Oder *Rrrreinieee*, wie Beate Prammer ihn nannte, wann immer sie lauthals mit ihrem *Göttergatten* telefonierte ...

„Reinhold Prammer", sprach Valerie.

„Wie? Was? Wer? ... Ich verstehe nicht ...", stammelte Beate Prammer und beugte sich nach vorne, um verkehrt herum mitlesen zu können. Geyer klappte die Akte zu, hinkte zwei Schritte seitwärts und nahm Platz.

Neben Valerie.

Also ... Schmatz wollte ja nicht angeben, aber James Bond hätte eine blasse Nase bekommen, hätte er das alles genau so durchmachen müssen wie er. Mit seiner Liebsten auf einer wackligen Leiter am Hinterteil eines riesigen Brummis, mit Karacho durchs Hallentor, da hätten sie erst mal einen Regisseur finden müssen, der das amtlich – also ohne Videotricks – abdreht. Und einen Stuntman, weil der originale Bond-Schauspieler hätte sich garantiert in die Hosen gemacht, vornehm ausgedrückt.

Neben ihm war Luna gewesen, L-U-N-A!, bei jeder Erschütterung hatte er ihren Körper gespürt, manchmal auch bewusst berührt, aber umarmen hatte er sie nicht können, weil: Hände oben. Kaum zu glauben, aber Kabelbinder fesselten einen besser als jeder Strick und jede Handschelle, weil: Hab mal zufällig eine Zwickzange einstecken, die du mit deinen Füßen aus der Tasche fischen und bedienen kannst, vorausgesetzt natürlich, du machst Klappmesser wie Chuck Norris. Eben.

Mit einem gewaltigen *Bums* waren sie dann plötzlich im Freien gewesen, die Sonne hatte geschienen, und er begriff zum ersten Mal, wo sie überhaupt waren: Kematen. Er hätte eher auf Telfes im Stubaital getippt, aber beim Herfahren hatte er ja noch den Sack überm Kopf getragen. Gleich noch so ein ungutes Geräusch, als sie eng ums Eck und hinaus auf die Straße gebogen waren und dabei ein Stück Zaun mitgenommen hatten, dann hatte er noch Geyers Wagen gesehen und dann, ja dann ... dann fehlte ihm ziemlich etwas im Zwischenteil, denn das Nächste, was ihm einfiel, war, dass Luna dauernd „Svennie, hey!“ gerufen und ihn gestupst und getreten hatte und sie mitten in eine Western-Szene geraten waren, zwischen arg mitgenommenen Gebäuden, auf einem kleinen, staubigen Platz, über ihnen ein krasser Steinbruch, und er war mit seinem vollen Gewicht an den Kabelbindern gehangen. Dann war der Lastwagen ruckartig losgefahren und er hatte mit seinen Füßen wieder Halt gefunden. Nein, nein, ohnmächtig war er natürlich NICHT geworden, da hätte es tausend andere Möglichkeiten gegeben, Betäubungsgas oder Baseballschläger oder Gehirnwäsche zum Beispiel, aber jedenfalls hatte er dann ein paar Minuten lang seine Hände nicht mehr gespürt. Selbst heute knacksten die Gelenke noch bei jeder Bewegung, und die Striemen rundherum hatten bis gestern wie Feuer gebrannt. Aber wie schon gesagt: Spezialagenten kannten keinen Schmerz.

Dann waren sie den Berg hinaufgekrochen und er hatte gemerkt, dass Frau Mauser mit Stolwerk hinter ihnen herfuhr! Und es war zwar völlig unmöglich, aber es hatte so ausgesehen, als ob beide Handschellen trugen, er hätte sich gerne gezwickt in dem Moment, aber erstens Kabelbinder und wie sich zweitens später herausstellte, war das alles kein Tagtraum gewesen. Und dann hatte er das Unheil auf sie zukommen sehen, in Form einer scharfen Kurve, und Frau Mauser hatte sich zu weit zurückfallen lassen, gleich hätte Knarr die perfekte Schussbahn gehabt ... hätte, Schmatz hatte es Luna zugerufen und die versuchte dann, es ihnen mit ihren Beinen hinüberzufunken, was ziemlich komisch ausgesehen hatte, wie in diesem *Monty-Python-Sketch* mit dem *Ministerium für alberne Gänge*. Aber *komisch* war dann fast nichts mehr gewesen, Knarr hatte auf Valerie und Stolwerk geschossen, genau wie er es vorausgesehen hatte, dann war noch einer von seinen Männern ... Tomasz nach hinten gelaufen und hatte schießen wollen, aber da hatte Frau Mauser ihn schon auf die Hörner genommen, war über ihn drübergerumpelt, dass es schon beim Zuschauen wehtat. Manchmal hatte man eben Glück und manchmal keines, und manchmal hatte man sein ganzes Glück verbraucht, wie diese Katzen mit ihren siebzehn Leben... oder so – oder wie Tomasz. Dumm gelaufen, aber für sie: gut.

Sie waren dann noch ein paar Kurven gefahren, laaangsam, deshalb hatte es arg nach Auspuff gestunken, zum Schlechtwerden, und ihm war vorgekommen, dass die Straße immer schmäler wurde, bis sie mitten im Steinbruch gestanden waren, quasi Sackgasse. Frau Mauser hatte schon vorher angehalten und war mit Stolwerk am Fummeln gewesen, jedenfalls hatten sie ihre Köpfe zusammengesteckt und rumgemacht, völlig unpassend in der Situation, und was Sandro davon gehalten hätte, wollte er lieber nicht wissen! Aber er würde schweigen wie ein Grab. Vor lauter Ablenkung hatten die beiden gar nicht gemerkt, wie sie längst im Rückwärtsgang auf sie zugefahren kamen, Luna und er hatten sie noch zu warnen versucht, aber vergeblich. *Crash*, Frau Mauser hatte sich bemüht, zu lenken, aber wenn das ihr Ernst gewesen sein soll, dann war sie eine verdammt schlechte Rückwärtsfahrerin. Bremsen war auch nicht möglich gewesen, so ein Betonlaster war natürlich viel stärker als ein PKW, und dann hatten sie Frau Mauser und Stolwerk fast den Abhang hinuntergeschoben. Arschknapp! Aber unten hatte man

Verstärkung mit Blaulicht anrollen sehen können und da musste Knarr Schiss bekommen haben. Jaja, man konnte das alles auch viel *vornehmer* sagen, aber was danach gekommen war, war einfach ein riesiger Haufen Scheiße.

Ihr kriminalistischer Spürsinn meldete sich nun endgültig aus dem Krankenstand zurück. „Reinhold Prammer, schau an." Sie hatte die Akte an sich herangezogen, auf den Schoß gekippt und erst dann wieder aufgeklappt, gönnte Beate Prammer keinen Blick in Geyers Unterlagen.

„Was ... was ist denn mit meinem Mann?", fragte Prammer, die immer noch versuchte, etwas zu erspähen.

Valerie ignorierte sie. In Windeseile durchflog sie die Ereignisse der letzten Tage, machte ihr neues Wissen an alten Gedankenfetzen fest, die sich bisher nicht zusammenfügen ließen. Geyer blieb still und gab ihr damit alle Möglichkeiten. Aber womit sollte sie beginnen – dem ungerechtfertigten Vorwurf einer Entführung, der Festnahme bei Marinov, der mehr als fragwürdigen Vernehmung genau hier, vor drei Tagen? Oder sollte sie unschuldig fragen, wie es zu dieser Verstrickung zwischen ihr und der Firma kam, in deren Gebäude sich Knarr versteckt gehalten hatte? Und mit welcher Methode – mehr als schlauer Fuchs oder gleich mit der Tür ins Haus? Valerie schätzte, dass Prammer unter der Oberfläche kochte, so sehr sie sich auch bemühte, einen beherrschten Eindruck zu vermitteln ... sie würde ohnehin explodieren ... also war es wohl egal, wie man ihre Lunte entzündete.

„Was ist mit meinem Mann?", erneuerte Prammer ihre Frage, eine Spur lauter als vorhin.

Valerie beugte sich nach vorne und drückte die Aufnahmetaste des Protokollgeräts. Womit sich eine juristische Zwickmühle ergab: Soweit sie wusste, war sie immer noch vom Dienst suspendiert und durfte eigentlich niemanden vernehmen. Ein Verstoß gegen die Vorschriften, und was wäre, würde Prammer das vor Gericht einwenden? Gut, Geyer war ebenfalls hier, aber könnte ... hätte Prammer eine Chance ... sie drehte ihren Kopf zu Geyer hinüber, er nickte nur, deutete auf den Akt, beugte sich ächzend zu ihr und schob das oberste Blatt ein Stück zur Seite. Valerie überflog die vom *alten Berger* unterschriebene Aktennotiz, datiert mit heute.

Die Suspendierung der Leiterin des Ermittlungsbereichs 01 Leib/Leben, Oberstleutnant Valerie Mauser, ist mit sofortiger Wirkung aufgehoben ...

Der weitere Singsang interessierte sie nicht. Fest stand: Diese Inszenierung hier war der Versuch des LKA, den entstandenen Schaden wiedergutzumachen. Sie hätte viel darauf gesetzt, dass Oberst Berger genau in diesem Moment hinterm Spiegel stand und zusah, vielleicht sogar mit einem Grinsen im Gesicht. Dennoch, so überraschend die Situation war, besonders freuen konnte sie sich nicht darüber. Denn gedanklich hatte sie ihren Schlussstrich unter das Kapitel Polizei bereits gezogen.

Nur diese eine Sache noch.

Valerie seufzte und holte Luft. „Vernehmung von Frau Beate Prammer ..." Nach der Nennung der wichtigsten Eckdaten hielt sie inne und sah ihr ins Gesicht, in ein ziemlich verdutztes übrigens. Dann fuhr sie fort: „Frau Prammer, Ihr Mann ist Geschäftsführer von *Kematen Beton*."

„Ich wüsste nicht, was mein Mann Sie angeht!", empörte sich diese. „Was ist das hier überhaupt? Das muss ich mir doch nicht gefallen lassen!"

Sie rutschte mit dem Stuhl zurück und war im Begriff, aufzustehen, als Geyer „Hinsetzen!“ fauchte, so bestimmt, dass sogar Valerie einen Moment lang den Drang verspürte, Platz zu nehmen, obwohl sie ja schon saß.

Hochnäsig ließ sich Prammer wieder auf ihren Stuhl sinken und meinte: „Ich dachte, Sie sind suspendiert, Frau Mauser? ... Niki? ... Sollten nicht wir sie befragen? Was ist das jetzt? Das ist doch lächerlich! ... Kann ... vielleicht mal jemand ... den Mund aufmachen?“

„Frau Prammer, Ihr Mann ist Geschäftsführer von *Kematen Beton*“, wiederholte Valerie, deren einziges Ziel es jetzt war, dieser aufgetakelten Ziege den letzten Nerv zu ziehen, bevor sie auf die Idee kam, einen Anwalt zu verlangen – oder gleich die beste Strategie von allen auszupacken: Gar nichts mehr zu sagen und ein Pokerface aufzusetzen. Dann konnte das hier zu einer Frage des besten Sitzfleischs werden, einem Duell, das Geyer und sie kaum gewinnen konnten, so lädiert, wie sie waren. Doch Prammer nickte.

„Antworten Sie bitte in das Gerät.“

„Ja ... ist er ...“

„Milan Knarr hat sich in der Fahrzeughalle Ihres Mannes versteckt.“

„Ja, und?“

„Wie erklären Sie sich das?“

„Wozu sollte ich Ihnen das bitte schön erklären?“

„Wie erklären Sie sich das?“, wiederholte sie stoisch.

„Zufall.“

Seltsamer Zufall, dachte Valerie. „Hat Ihr Mann geschäftlich mit Knarr zu tun ... gehabt?“

„Das glaube ich kaum.“

„Glauben heißt nicht wissen."

Prammer zuckte, ein Anflug von Aggression blitzte in ihrem Gesicht auf, was bedeutete: Mit der Oberlehrer-Methode war sie zu knacken.

„Glau-ben-heißt-nicht-wis-sen!", gab Valerie den Pauker.

„Mein Mann hatte nichts mit Knarr zu tun, das *weiß* ich!"

„Ach, woher wissen Sie das denn? Haben Sie das persönlich ü-ber-prüft?"

„Mein Mann weiß nichts von der Sache!", schimpfte sie.

„Ach? Von wel-cher-Sache-denn?" So eine Lesebrille auf Valeries Nasenspitze wäre jetzt eine klasse Sache gewesen.

Prammer zuckte erneut.

„Von welcher Sache denn, Prammer?"

„Das MUSS ich mir nicht BIETEN lassen!", schrie diese und fingerte aufgeregt an ihrem Halskettchen herum. Rote Flecken am Hals, ein sicheres Zeichen von Nervosität ... jetzt bloß nicht nachlassen. Sie hätte sich Stolwerk an ihre Seite gewünscht, er hätte ihr jetzt garantiert den Rest gegeben. Aber Geyer schwieg nur und überließ ihr damit die gesamte Verantwortung.

„Von wel-cher-Sache-denn? Pram-mer?"

„Jetzt reicht's aber!" Sie sprang auf und schlug mit der Hand auf den Tisch. Dann schritt sie eilig zur Tür und riss am Griff. Doch es war abgesperrt. Mit dem Rücken zu ihnen blieb sie stehen.

„Wir werden Ihren lieben Reini so richtig auseinandernehmen, Prammer!"

Diese fuhr herum. „Lassen Sie ... meinen Mann in Ruhe!" Ihre Stimme zitterte, dazu wechselte nun auch ihr Gesicht die Farbe.

„Dann sagen Sie mir, warum – und was für eine *Sache* das ist, von der Sie sprechen."

Prammer schwieg und blickte zu Boden.

„Setzen Sie sich!", fauchte Geyer, kurz und laut. Prammer zuckte. Neidisch musste Valerie anerkennen, dass sie nicht die Hälfte seiner Autorität besaß, wenn es um die Abteilungsleitung ging. Die Ermittlungsbeamtin setzte sich wieder auf ihren Stuhl, sichtlich getroffen.

„SIE, Niki? ... Sind wir jetzt ... per SIE?"

„Prammer, beantworten SIE Frau Mausers Frage!", gab er ihr zur Antwort.

Sie besah die Hände auf ihrem Schoß. Garantiert kamen ihr gerade die Tränen, aber Mitleid würde sie vergeblich suchen. „Bitte, lassen Sie meinen Mann in Ruhe", sagte sie leise, ohne jemanden anzusehen.

Valerie wartete kurz, dann setzte sie fort: „Frau Prammer, wie hat Knarr mit Ihnen Kontakt aufgenommen?"

Schniefen, aber keine Antwort. Langsam ging ihr Kopf hin und her, dann lief die erste Träne über die Wange, beidhändig versuchte sie, die üppige Augenschminke unter Kontrolle zu halten. Erfolglos.

„Was hat er Ihnen dafür gegeben? Geld?"

Keine deutbare Reaktion.

„Er hat Sie unter Druck gesetzt, richtig?"

Zuerst nichts, dann ganz leichtes Nicken.

„Ja, Frau Prammer?"

„Mhm." Die Frau, die Knarr am Sonntag kaltblütig erschossen hat, machte jetzt auf Schulmädchen.

Valerie riet ins Blaue. „Sie hätten das Geld dringend gebraucht, richtig?"

Wieder Kopfnicken, dieses Mal deutlicher.

„*Reinhold* hätte das Geld dringend gebraucht", präzisierte Valerie.

Erneut die Bestätigung. Vermutlich stand es nicht besonders gut um die Firma.

„Wusste Reinhold davon?"

Jetzt schüttelte sie aufgeregt den Kopf, hob ihn dann und schaute Valerie direkt in die Augen. „Bitte, Frau Mauser, das müssen Sie mir glauben, mein Reini weiß nichts davon! Das ... hätte er nie ..." Dann versank sie wieder und alle Dämme brachen. Geyer kramte mit der gesunden Hand in seinen Hosentaschen und reichte ihr ein Taschentuch, doch dieses konnte ihre Selbstauflösung nur kurz aufhalten.

Mit dem Mitleid war es so eine Sache. Extreme Emotionen wie Prammers gingen Valerie nahe, und diese auch noch auszunützen, um ein Geständnis zu erwirken, fühlte sich falsch für sie an, das war ein Job für Sadisten. Man kämpfte nicht mehr auf Augenhöhe, konnte jetzt immer weiter bohren, tiefer und tiefer, bis Dreck kam. Sie hatten Prammer geknackt. Stolz war sie nicht darauf. Aber trotzdem musste sie dranbleiben. Für Luna.

„Knarr hat von Ihnen verlangt, ihm Informationen über Luna Brennsteiner zu liefern, richtig? ... Frau Prammer? ... Kommen Sie, es hat doch keinen Sinn mehr."

„Ich ... ich ... was hätte ich denn machen sollen? Uns steht das Wasser bis zum Hals."

„Wie ist Knarr ausgerechnet auf Sie gekommen?"

„Ein Ko... jemand aus Wien, den ich kenne, hat den Kontakt hergestellt."

„Ein Ko...llege? Jemand aus der Polizei?"

„Das ... das ... Frau Mauser, bitte! Ich habe nicht gewusst, dass Knarr Ihre Tochter ... Ihrer Tochter etwas antun wollte."

War sie so dumm oder verstellte sie sich? Was glaubte sie, dass passierte, wenn jemand viel Geld zahlte, damit eine Polizistin Beweise manipulierte, Informationen verriet und eine Hetzjagd veranstaltete – dass dieser jemand nur locker mit dem Opfer plaudern wollte? Valerie bemühte sich, ihren Ärger über so viel Naivität hinunterzuschlucken. „Sie haben also die Gerüchte über meine Tochter und mich in Umlauf gebracht, richtig? Von der Entführung, den schweren Waffen? Alles, was Grundlage des Haftbefehls gegen mich war?"

Langsam fuhr ihr Kopf nach links und rechts, aber das war kein Leugnen, vielmehr ein Nicht-fassen-Können. „Es tut mir so leid, Frau Mauser. Das wollte ich nicht. Ich wollte Sie beide nicht in Gefahr bringen, bitte, das müssen Sie mir glauben!"

Valerie *musste* gar nichts mehr. Und genau das ließ sie die Situation überhaupt ertragen. Wie viel Knarr an Prammer gezahlt hatte, wie genau sie das mit den Anschuldigungen, der Fahrzeughalle und allem angestellt hatte, würde sie den Kollegen zu beichten haben. Nur eine Sache noch.

„Sie haben Milan Knarr ermordet."

Langsam, aber in einem Zug, wandelte sich Prammers Ausdruck. Gab sie sich zuvor aufgelöst, schnaubte sie plötzlich und sah Valerie spöttisch an.

„Er-mor-det! ... Und das ausgerechnet aus IHREM Mund! Sie ... Sie selbstgerechte ... arrogante ... Ziege! Ich rette Ihren missratenen Balg von Tochter, und das ist der Dank dafür? Ermordet!"

„Frau Prammer, Sie haben fünf Mal auf ihn geschossen. Und auf Luna. Es war pures Glück, dass ..."

„Pures Glück! Sie dumme Kuh! Ich KANN schießen, im Unterschied zu Ihnen. Ich habe Ihre Tochter gerettet! Sie sollten mir dankbar sein!"

Ein Schub dunkler, heißer Wut durchfuhr Valerie. Sie wollte Prammer wehtun, ihr ins verwaschene Gesicht schlagen, ihr die Nase brechen, sie windelweich prügeln. Und vor ein paar Tagen hätte sie es wohl noch getan. Bevor Luna in ihr Leben getreten war.

Zu aufgebracht, als dass sie Prammers absurde Aussage kontern hätte können, war sie froh um Geyers Einwand: „Frau Prammer, das ist eine reine Schutzbehauptung. Ich habe auch gesehen, dass Sie Milan Knarr vorsätzlich erschossen haben. Dabei haben Sie billigend in Kauf genommen, dass auch Luna Brennsteiner stirbt."

„Ich habe in NOTWEHR gehandelt!"

Valerie reichte es jetzt. „Knarr hat Ihnen keinen Grund dafür gegeben. Er wollte abhauen und niemanden umbringen. Sie haben mit FÜNF Schüssen sichergestellt, dass er nicht mehr aufsteht – und nicht mehr aussagen kann. Verbunden mit dem Wissen, das wir jetzt haben: Praktisch für Sie, nicht wahr?"

Prammers letzte Maske fiel. „Der hat's doch verdient!" Und als sie realisierte, was ihr gerade herausgerutscht war: „Ihr Arschlöcher!" Damit schoss sie auf, griff sich eine der Krücken und holte aus. Valerie hatte die beiden Alurohre schon länger als potentielle Waffen betrachtet und war daher vorbereitet, duckte sich zur Seite, ihr Becken protestierte, egal, denn schon schrammte die Gehhilfe um Haaresbreite über ihren Kopf hinweg, mit voller Wucht auf den Tisch, Trümmer des Tonaufnahmegeräts landeten überall auf dem Boden. Valerie, jetzt auf ihren Knien, griff sich die andere Krücke und schlug Prammer damit gegen das Schienbein, so fest sie konnte, und das war ziemlich fest, wie ein spitzer Schrei bewies. Eilig krabbelte sie an der Frau mit den unsäglichen Musterstrumpfhosen vorbei und holte erneut aus, dieses Mal in die Kniekehlen, Prammer knickte ein. So eine Krücke hatte zwar leider nicht die Masse eines Schlagstocks, aber immerhin einen praktischen Griff, den sie ihr in die Nieren gab und sie damit endgültig zu Boden schickte. Dann stemmte sich Valerie hoch, holte ein letztes Mal aus – und sah, wie sich ihre Gegnerin wehrlos krümmte, die Hände schützend um ihren Kopf gelegt. Hier war die Grenze. Valerie keuchte und hielt inne. Sie hatte gewonnen, trotz all ihrer Blessuren. Sie war oben. Gewonnen ... und trotzdem verloren. Sie ging zwei Schritte rückwärts, lehnte sich an die kühle Wand, ließ die Krücke fallen. Neben ihr drehte sich das Türschloss, die Tür wurde aufgerissen und Oberst Doktor Berger kam hereingeschossen, noch blasser, als er sonst schon war.

Hat sie's doch gewusst.

Also, Schmatz kannte ja diese Actionfilme, in denen ultracoole Meisterschützen den Gangster umlegten, der sich hinter seiner Geisel versteckte. Bämm, direkt zwischen die Augen und Schnitt, Vollklischee. Aber Film war Film, und Luna war Luna. L-U-N-A! Niemand durfte auf sie schießen! Doch Bea hatte es getan, gleich mehrmals, und dann waren die beiden dagelegen und er hatte hinten am Betonlaster festgehangen und zusehen müssen. Das waren die schlimmsten Momente in seinem Leben gewesen, die allerschlimmsten. Luna unter Knarr, regungslos! Sogar aus der Entfernung hatte er gesehen, wie eine Blutfontäne aus einem der Körper gespritzt war. Und wie Frau Mauser dann zu ihrem Kind hinkte, den Toten von Luna herunterrollte und sie in den Arm nahm, da hatte er sich gewünscht, er hätte wie *Superman* die Macht gehabt, die Zeit zurückzudrehen, um statt ihr zu sterben. Er hatte an seinen Fesseln gerissen und gezerrt, aber natürlich, Kabelbinder, keine Chance. Er hatte etwas schreien wollen und stattdessen nur heulen können. Wie gesagt: die allerschlimmsten.

Aber er würde heute nicht hier sitzen, wenn das alles so geschehen wäre. Statt auf einer Beerdigung war er nämlich im Bus von Natters nach Innsbruck unterwegs. Neben ihm: L-U-N-A! Und sie hielten Händchen, total unschuldig, dabei waren sie genau das – nicht. In der vergangenen Nacht hatte er so einiges von ihr lernen können, von dem er gar nicht gewusst hatte, dass man das so ... und so ... und verkehrt herum ... da haben sie sogar die Schmerzen vergessen. Tja.

Jedenfalls große Szene: Bea Prammer, die Meisterschützin. War tatsächlich eine. Denn irgendwie hatte sie es geschafft, Knarr drei Mal und Luna kein Mal zu erwischen. Vom Sturz, begraben unter dem Fiesling, hatte seine Liebste eine Platzwunde über dem Auge davongetragen, die sie nur noch schöner machte. Jetzt war die Braue rasiert und diese schwarzen Fäden standen heraus, auch aus der Nase ... voll scharf, wie die spitzen Enden beim Küssen manchmal in seine Wange piksten.

Nein, also, wieder zurück. Luna war ein paar Minuten bewusstlos gewesen und dann auf Klick wieder da, und das „Fuck, ey!" hatte sogar er gehört, trotz der Entfernung und seiner Heulerei, und es war das allerschönste „Fuck, ey!" seines Lebens gewesen.

Die Szene danach war weniger schön: Luna hatte sich aufgerappelt wie dieser sprichwörtliche ... Pinguin? Der aus der Asche, so schnell, dass es nur so staubte, und hatte auf Knarr eingetreten, mit voller Wucht, dann hatte sie sich auf die Knie fallen lassen und mit den Fäusten auf den Körper eingedroschen und immer wieder etwas von Sophia und Blutsschwester geschrien, richtig Angst hatte er da vor ihr bekommen, ihre Hände triefend rot, ihre Haare, die ganze Vorderseite völlig verschmiert und verdreckt, und erst als sie Knarrs Körper zum Abhang zerren und hinunterwerfen hatte wollen, war jemand dazwischengegangen. Zu zweit hatten sie sie festhalten müssen, an Armen und Beinen zugleich, hatten es aber kaum geschafft, denn Luna hatte Kraft, das wusste er. Dann war auch schon ein Notarzt da gewesen, hatte sie niedergespritzt und mitgenommen.

Jetzt waren sie wieder auf dem Weg zum Krankenhaus. Luna und er hatten die vergangene Nacht in Natters verbracht, ihre erste in Freiheit, denn die Polizei hatte sie zunächst verhaftet und eine Wache vor ihrem Krankenzimmer postiert, der internationale Haftbefehl, klar. Aber als sie am Montag draufgekommen waren, dass ziemlich etwas an der Story faul sein musste, und auch die übrigen Vorwürfe nicht für die U-Haft reichten, hatten sie sie am Dienstag freilassen müssen, und weil auch die Klinikärzte nichts mehr einzuwenden hatten, hatte er sie gleich mitnehmen können. Natürlich war es damit für Luna noch nicht vorbei. Spätestens beim Widerstand gegen die Staatsgewalt hörte sich der Spaß auf, und den konnte sie schwer leugnen. Aber wenn sie einsitzen musste, hätte er auf sie gewartet, wenn nötig auch sein ganzes Leben, doch so schlimm kam es nicht.

Sie hatten schon gestern zusammen Frau Mauser besucht. Luna hatte vom Sturz im Steinbruch ein mächtig blaues Auge, und Stolwerk, den sie im Krankenzimmer getroffen hatten, fand das total komisch, keine Ahnung wieso. Jedenfalls hatte Schmatz so ein Gefühl, dass sich Luna und der Dicke super verstanden, zwischen Mutter und Tochter funkte es noch nicht so richtig. Aber dass das noch kommen würde, da war er sich sicher: Luna war cool, Frau Mauser auch, also. Cool cool.

Apropos cool, allerdings weniger: Der halbe Schmatzerhof war Schrott, besser gesagt Asche. Nur ein Nebentrakt war unversehrt geblieben, und dort schliefen sie jetzt. Er und Luna, L-U-N-A! Alles versichert, aber sich vom Haus zu verabschieden, in dem er aufgewachsen war, war für ihn fast schlimmer als für seine Eltern, die sich gerade Bangkok oder Hongkong ansahen und die Nachricht ziemlich schnell verdaut hatten – nicht im Traum daran dachten, deswegen ihre Weltreise abzubrechen – und fast im selben Atemzug wieder mit ihren Plänen für Südtirol anfingen, als wollten sie ihm sagen: *Alles nicht so schlimm, Sohn.* Nach Südtirol zog es Schmatz jetzt nicht unbedingt, wobei, mit Luna wäre er überallhin gegangen.

Gedanken, die ihn auf die fünf Millionen Euro in *Bitcoins* brachten, von wegen gemeinsame Zukunft, schickes Haus für Mama und Papa, Altersheim für Tiere und so. Das konnten sie vergessen. Denn Knarr würde seine Kohle zwar kaum mehr haben wollen, weil tot, aber Stolwerk hatte darauf bestanden, den USB-Stick zurückzubekommen, den Luna ihm geklaut hatte, schließlich war er von ihnen allen zum Wächter der *Bitcoins* ernannt worden, und diesen Auftrag hatte er schrecklich ernst genommen, Knarr hin, Tod her. Also hatte Luna den Mini-Stick aus einer ihrer dicken Dreadlocks fischen und ihm zurückgeben müssen – und was hatte Stolwerk damit getan? Der Polizei gegeben! Als Beweismittel! Ja, ernsthaft. Schmatz hatte es zuerst auch nicht glauben können und eigentlich immer noch nicht. Fünf Millionen! Was konnte der Staat schon mit fünf Millionen anfangen, die niemandem mehr gehörten? Irgendwelche Banken retten? Beim Gedanken daran hätte ihm richtig schlecht werden können.

„Wir müssen raus, Svennie!“

„Was? Ah ja, genau.“

Die letzten paar hundert Meter fuhren sie zusammen auf Lunas Longboard, besser gesagt: Sie schob an und lenkte, er stand nur vorne drauf und genoss es, wie sie ihn von hinten an seinen Hüften festhielt und ausbalancierte. Kein Kitzeln. Unglaublich!

Valerie genoss die kühle, frische Luft, als sie das LKA verließ und ins Krankenhaus zurückspazierte, ohne Krücke, denn diese lag im Restmüllcontainer des LKA. Prammer hatte sich ihre gegriffen und im Kampf geknickt, Geyers war heil geblieben. Er hatte die Gehhilfe auch viel nötiger als sie.

Der *alte Berger* persönlich hatte sich ihr als Chauffeur erboten ... hatte sie draußen am Gang aufgehalten und sich in aller Form entschuldigt, für alle *Unannehmlichkeiten*, die Prammer verursacht hatte. Und wahrscheinlich hätte der LKA-Leiter ihr dann noch sagen wollen, dass er sie nach dem Krankenstand wieder in Amt und Würden erwartete, zurück auf dem Sessel der Bereichsleiterin, aber da hatte sie ihn schon unterbrochen gehabt.

„Auf Wiedersehen, Herr Oberst!“, sagte sie, und er hatte so dreingesehen, als ob er sie genau verstanden hätte.

Valerie hatte genug. Besser gesagt: Sie hatte alles, was sie brauchte. Sie freute sich auf den Grießschmarrn, noch mehr aber auf ihre Lieben, auf Luna, Sandro, Stolwerk und Schmatz. Darauf, einfach nichts zu tun. Tagelang. Wochenlang. Auf Freunde und – großartig: Familie. Mit ihrer Tochter würde sich schon noch eine Basis finden. Irgendwann. Ein neues, schöneres Leben bahnte sich seinen Weg. Die Polizei hatte darin keinen Platz. Noch nicht – vielleicht auch nie mehr. Aber alles in ihr sagte: *Das hier ist kein Ende.*

Es ist ein Anfang!

Epilog
Vier Wochen später, Linz

Der Umzugswagen wartete. Mit Ach und Krach hatte Stolwerk den Konkurs seiner Sicherheitsfirma abwenden können, doch er würde die nächsten Jahre viel Geld zurückbezahlen müssen. Woher er es nehmen sollte, wusste er noch nicht.

Seine alte Wohnung konnte er sich nicht mehr leisten. Aber wie es so schön hieß von diesem *Lichtlein, das von irgendwoher kommt*: Vorerst hatte er eine neue Bleibe gefunden, dort, wo er sich am wohlsten fühlte: bei Veilchen. Besser gesagt über ihr, denn solange sie bei Sandro wohnte, brauchte sie ihre Wohnung ja nicht. Es fiel ihm zwar schwer, sich mit dieser Lösung anzufreunden, doch manchmal musste man Hilfe einfach annehmen können. Außerdem hatte er das Gefühl, willkommen zu sein. Er freute sich auf Tirol.

Ein letztes Mal ging er durch die leeren Räume, ohne besondere Sentimentalität – es waren vier Wände auf Zeit gewesen, mehr nicht. Nichts und niemand hielt ihn mehr in seiner Heimatstadt.

Ein letzter Blick aus dem Fenster, hinunter auf die Mur, hinüber zum Franziskanerkloster, nicht weit dahinter der Schlossberg ... da klingelte es an der Tür. Der Postbote war überrascht, jemanden anzutreffen, Stolwerk konnte sich nicht erinnern, ihn je gesehen zu haben. Er musste den Empfang quittieren.

Ein amtlicher RSa-Brief an ihn persönlich:

Betreff: Rücksendung
Sehr geehrter Herr Stolwerk!
Die Untersuchung des von Ihnen ausgehändigten Beweismittels „USB“ hat ergeben, dass darauf keine aus-

wertbaren Daten enthalten sind, weshalb der Gegenstand an Sie zurückzusenden ist.
Vorzügliche Hochachtung
i. V. Ing. Pospisil/Abt. 6 BKA

„Keine auswertbaren Daten“, sprach Stolwerk und ließ sich die Wörter auf der Zunge zergehen. Dann drehte er den Briefumschlag um, das Speichermedium landete weich in der Innenseite der anderen Hand. Federleicht. Viel zu leicht angesichts seines Inhalts. Er sah es eine Weile an, wog ab, überlegte. Sollte er ... musste er nicht ... diesen Herrn Pospisil darauf hinweisen, dass ...

Nein.

„Die hatten ihre Chance“, murmelte Stolwerk und wählte Schmatz’ Nummer, noch während er die Wohnung verließ, den Schlüssel drehte und Linz für immer Lebewohl sagte.

Wollen Sie Veilchen näher kennenlernen?
Einfach umblättern →

Oberstleutnant Valerie Mauser

Spitzname: Veilchen

Geburtsort: Wien

Größe: 170 cm

Größe mit Haaren: 183 cm

Haarfarbe: Blond

Augenfarbe: Grün

Besondere Merkmale: Afro-Frisur

Wohn- und Dienstort: Innsbruck

Polizeiliche Funktion: Leiterin EB 01 Leib/ Leben am LKA Tirol

Vater: Staatsanwalt Doktor Hartmut Mauser, verstorben in Wien

Mutter: Pauline Mauser, Pensionistin in Wien

Kinder: Eine Tochter, bei der Geburt zur anonymen Adoption freigegeben, wiedergefunden in „Veilchens Blut"

Der Autor und weiterführende Links

E-Mail: joefischler@gmail.com
Homepage: www.joefischler.com
Facebook: www.facebook.com/johannfischler

Facebook-Seite der Veilchen-Krimis:
www.facebook.com/veilchenkrimis

Danksagung

Ich danke meiner Lektorin Dorothea Zanon und allen mit Veilchen befassten MitarbeiterInnen und Reisenden des Haymon Verlags. Lieber Verleger Markus Hatzer, danke für alles, das du möglich gemacht hast. Haymon rocks!

Ganz herzlichen Dank – ihr wisst, wofür:
Verena Gruber
Tatjana Kruse
Cornelia Kuhnert
Beate & Jeff Maxian
Elke Pistor
Ursula Poznanski
Evelyn Unterfrauner
Jennifer B. Wind
Bernhard Aichner
Bernhard Salchner
Arno Strobel
Günther Wildner

Joe Fischler
Veilchens Winter
Valerie Mausers erster Fall. Alpenkrimi
288 Seiten, € 9.95
HAYMON taschenbuch 167
ISBN 978-3-85218-967-3

Valerie „Veilchen" Mauser, hochverdienter Star bei der Wiener Kripo, wird ans LKA in ihrer Tiroler Heimat berufen. Vom Neuanfang im „Heiligen Land" erhofft sie sich ein einfacheres, ruhigeres Leben. Da hat sich Valerie aber böse geschnitten.

Gleich am ersten Arbeitstag überträgt ihr der Landesvater höchstpersönlich einen äußerst delikaten Fall. In kürzester Zeit wird Valerie zum Spielball von Politik, Hochfinanz und ausländischem Kapital – in Gestalt eines vor kurzem eingebürgerten Oligarchen und Tiroler Neo-Hoteliers. Ein ungeklärter Todesfall und ein entführtes Kind bringen Valerie gehörig ins Schwitzen – ein mörderisch spannender Fall im gar nicht heiligen Land Tirol!

„Flott und lustig erzählt – mehr davon!"
Steirerkrone, Christoph Hartner

Joe Fischler
Veilchens Feuer
Valerie Mausers zweiter Fall. Alpenkrimi
288 Seiten, € 9.95
HAYMON taschenbuch 201
ISBN 978-3-7099-7832-0

Heiße Tage für Valerie „Veilchen" Mauser: Wolf Rock kehrt für sein letztes Konzert in seine Heimatstadt Innsbruck zurück. Der streitbare Deutschrocker beansprucht Polizeischutz, denn er wird bedroht: Jemand will ihn für eine Schandtat aus den Siebzigern büßen lassen. Als das Konzertereignis im Bergiselstadion naht, wird die Alpenstadt zum Hexenkessel und der Rockstar zum Gejagten – Veilchen mittendrin.

Im zweiten Teil seiner Erfolgsserie setzt Joe Fischler noch eins drauf: gnadenloses Tempo, eine anständige Portion Alpenstadt-Flair und das nötige Quäntchen Herz!

„Mit seinem zweiten Veilchen-Abenteuer ist Fischler ein rundum guter Krimi gelungen."
Tiroler Tageszeitung

www.haymonverlag.at